網路小說
Novel@N
155

那年我心中最美的旋律

人氣作家 穹風@著

曾經有過的美好與喜悅，失去後的孤寂與落寞，
經歷過，始終在心裡，不走。

盛開的曇花非常美麗，但綻放的時間非常短，很短，很短，
就跟我們手邊所能把握住的光陰一樣短，要是錯過了，就沒有了。
可是曇花明天可能還再開，青春卻不會重來……

說是很冷，冷得令人難以承受，但或許也不盡然，人生在很多方面，其實都只是習慣了就好，對天氣是如此，對環境的適應是如此，甚至，對人的思念也是如此，只要習慣了，那麼原本的不自在，似乎也就沒什麼大不了的。當我與渡邊先生分享這樣的想法時，他搖搖頭，說：「你就是抱著這種觀念，才老是遇不到一個喜歡的人，也才會在這麼冷的天氣裡，沒有女人可以抱在懷裡，而只能跟我一起喝酒。」已經喝醉的他笑著說：「我可是很認眞地提醒你喔，阿直，換個想法吧？」

外頭不知何時飄起了雪，這是在台灣難得一見的景象，但在這兒卻一點浪漫氣氛也沒有，我只覺得苦惱不已，雪花要是沾上了衣服，不立即拍掉，就會慢慢融化，然後滲進衣服裡，到時又冰又硬，讓人非常不舒服。

「台灣這時候應該也很冷吧？」像是凝望著窗外鋪天蓋地、放肆落下的雪花，渡邊感嘆地說：「如果有機會，我也想看看台灣的雪。」

「別開玩笑了，台灣幾乎不下雪的。」我說。

把門打開，一陣寒意撲面而來，空氣中有乾冽的冷風。日本的冬天雖然有雪，卻不潮濕，潮濕的是融雪之際，此刻則顯得很乾。我站在走廊邊往外看。這是一棟很簡單的出租公寓，在東京到處可見，四四方方的六樓建築，沒有電梯，每戶都不過十幾坪大，但卻五臟俱全，從廚房到衛浴設備，甚至連客廳都有。每戶共用同一條走廊，走同一道樓梯。

「快點把門關起來，雪花會飛進來的。」渡邊在裡頭叫喚著。他是我見過的日本人當中，中文說得最好的一個，已經三十好幾的他就住在這兒，雖然曾到台灣當了兩年的交換學生，但回國後所從事的卻是和中文毫無關係的職業，跟我一樣，我們都在築地的魚市場打工，晝伏夜出，過著像老鼠一樣的日子，不過渡邊比我幸運，做完這個月，他就要回青森縣的老家結婚了，那邊的親戚介紹了一門不錯的親事，在東京早已浪蕩夠了的渡邊沒有拒絕的理由。時間已經凌晨兩點，喝完酒，吃完點心後，我們還得踩著滿地的雪去上工。

「以後這裡的一切就交給你了。」關上門，回到屋子裡，渡邊指著房間裡的擺設說，這兒的所有東西他都不打算帶回去，反正房租契約也尚未到期，乾脆全都移交給我就好。

「全部不要了？」

「全部。」他點頭，很篤定地說：「包括回憶在內。」

「全部的回憶也都不要了嗎？」

「有你的部分倒是可以考慮留下一些。」笑著，他說。

外面非常安靜，彷彿雪落下時也完全無聲似的，我們又喝了幾杯酒，渡邊忽然問我是否也有丟不下的回憶。

「一個人活到了二十幾歲，理論上是應該有一些難忘的回憶沒錯呀。」我點頭，「不過乏善可陳就是了。」

「乏善可陳？」睜著大眼，他不解地看著我。

「意思就是沒什麼好值得提起的。」我解釋，一時忘了他是日本人，中文成語終究不那麼靈通。

「仔細想想，一定會有些非常深刻的部分的。」他說：「你這個人就是太少提到自己了，也不知道該說是你刻意保持神祕呢，還是不善於說話，總之，就是給人一種猜不透的感覺。」

「我沒那麼複雜，眞的。」微笑，我說。

是不怎麼複雜，我這樣認爲。天快亮之前的兩個小時，魚市場裡早已人聲鼎沸，批貨、喊價的聲音此起彼落，不過那跟我無關，渡邊幫我介紹的這份工作很簡單，我們只要將一箱箱的魚貨從貨運車上搬下來，通通放到手推車上，讓那些老闆們去競標即可。

忙了一陣子後，抬頭，外面的路燈依舊亮著，但遠遠的天邊，黑色的夜幕已經透出些許深藍。雪是什麼時候停的？我其實沒怎麼注意，天空還有著濃厚的雲層，看來白天也不會有好天氣。嘆口氣，確定一車的貨都搬完，在等待下一輛車抵達之前，我叼著香菸，走到市場旁的小巷子邊，在魚腥味四溢的空氣裡點著香菸。

眞的不怎麼複雜，我又嘆口氣。認識渡邊已經兩年多了，當初剛來日本時，原本我住在老爸安排的地方，住在他工作上有往來的日本客戶家。挑好學校後，辦了入學手續，也認眞去上過幾個月的課，但念來念去始終提不起興致，最後乾脆也不怎麼去了，反正那兒都是些打算花錢來買文憑的學生。

既然打定主意不想認眞念書了，當然也不好意思繼續住在人家家裡，最後就跟著渡邊一起混，比我大一屆，同樣也是混到一張文憑的他在東京到處打零工維生，託他幫忙，就在跟築地只有一水之隔的月島，找到還不錯的便宜套房，從此我變成他的跟班。除了工作，我們要嘛各自在家睡覺，再不就是他帶著我到處亂跑，跟不同的人喝酒聊天，偶爾他會釣到在路上尋找一夜情的年輕女孩，而我則自己窩在隨便什麼地方繼續喝酒，或者乾脆回家看電視。

抽完香菸，搬完最後滿滿一車的魚，我們在別人的日子剛開始時，就結束了一天的工作。謝絕了渡邊他們要吃早餐的提議，我準備走路去搭早班電車，要回月島的宿舍。

「老弟，」見我正要離開，渡邊忽然追了上來。「眞的不一起去？」

「不了，昨晚喝的酒都還在我的肚子裡呢。」

「要學著跟大家應酬往來呀，否則一旦我回去了，以後誰給你介紹工作呢？」他苦口婆心地勸說。

「沒問題的，不用擔心我。」給他一個微笑。

「你眞的沒事吧？」

搖頭，我說眞的沒事，只是不知怎的，今天特別感傷而已。看著渡邊走遠的背影，我在想，這就是人生吧？有些人來了，就又有些人去了；有些人去了之後還會回來，就像渡邊，我相信總有一天，我將在世界的某個角落裡又跟他聚在一起，也許我們又一起看雪、喝酒；

但也有些人一旦離去之後，就從此只能住在回憶裡，再也碰不著面了。想起昨天晚上渡邊問我的，我有沒有丟不下的回憶呢？當然，我丟不下的其實可多了。

上了電車，那些深埋在心裡的回憶只在這種獨自一人時才慢慢浮現出來。那個遙遠的故鄉，在一個與日本的氣候截然不同的地方，有一群我曾經非常熟悉的人。他們曾經陪著我走過生命中最燦爛的青春歲月。這些人都還在我心裡，只是有些人可能會再相遇，有的則已經永遠離開。我閉上眼睛，不想看外面的風景，腦海裡只剩下一個隱約的身影飄忽著，那個身影是當年那一群人中，對我來說最重要的人，但偏偏她也是唯一那一個已經永遠離開的人。

❇沒有誰是真正離開的，只要她還住在我們心裡。

朦朧中我睜眼，有月光斜來，那是初夏吧？南國。
苦澀時歲裡，妳打圍牆邊過去，
蟬鳴、霞影，腳踏車的齒輪聲。

我都記得，那是個逆光飛行如此燦爛的年代，
而妳彈奏著我心中最美的旋律。

「音感不錯嘛。」初次見面那天，我心裡有點惶恐不安，那是種很怪的感覺，明明已經學過兩年鋼琴，再多學另一種樂器也無所謂，樂理的部分都是相通的，但頭一次見到李老師時，我卻老是有點不自在。雖然，他其實非常和藹客氣。站在一旁的是他的妻子，也就是接下來即將教導我中提琴的葉老師。

坐在鋼琴旁邊，他用右手隨意按了幾下琴鍵，那首曲子我聽過，是莫札特的Sonate kv284 in D major（註），大約只四個小節的長度，彈完後，他的右手換到低音琴鍵的地方再彈一次，然後問我有沒有哪裡不一樣，而我點頭，第二個小節有兩個音符跟他第一次所彈不同。

「這首奏鳴曲你練過嗎？」他問，見我點頭，於是微笑，右手在高音處又彈了一小段，跟著在低音處也彈一遍，曲風跟剛剛的莫札特有些不同，聽起來顯得粗暴了點。「那這首呢？熱情奏鳴曲的第三樂章，練過嗎？有沒有聽出來哪裡不同？」

「一樣是第二個小節，有三個音不一樣，」我回想一下，說：「不會差很多，但就是有點不同。」

「音高了還是低了？」

「低了。」我說。

李老師似乎很開心，站在一旁的我老爸看來也挺得意。就在我隨意晃看時，李老師對我爸說：「剛剛那首熱情奏鳴曲的第三樂章通常都是高中生在練的，你兒子不錯，音感很好。」

然後是老爸一連串的客氣謙辭，我沒細聽，倒是被窗外的畫面所吸引。幾個年紀跟我相仿的男男女女正在小院子角落的木桌前寫東西，其中一個長得跟李老師有點像，都有著高挺的鼻子跟很濃的眉毛，而那一桌當中顯然他是主人，因爲大家低頭書寫時，只有他拿起茶壺，幫大家在杯子裡添加茶水，喝的應該是紅茶之類顏色較深的飲料。

「以後你也要跟他們一起寫作業喔。」葉老師走過來對我說。

這是一棟很老舊的日式房子，外頭的庭院種植了不少花木，看起來古意盎然。李老師夫婦都在教音樂，但我後來才知道，原來這兒只有我一個人學的跟大家不同，老師的兒子天佑，從小的綽號就叫作柚子，他跟我同年，已經學了將近十年的鋼琴，不但容貌像他父親，連那份親切感也一併遺傳到了，拉著我走到庭院外，很大方地就向他的朋友們介紹起來。

「這是小橘，她主修的是雙簧管，」指著右邊一個長髮大眼睛的女孩，柚子笑著說：「小橘本來不叫小橘，不過因爲太愛吃橘子，所以叫作小橘。」然後我看到那個叫作小橘的女孩瞪他一眼，不過瞪完之後她就笑了，微笑時，側臉頰上有個小小的梨渦隱隱約約。

「旁邊這位是桃子，在這裡學鋼琴，不過在學校主修的是低音大提琴。」指著小橘旁邊，理著短頭髮，看來一臉不好惹的另一個女生，柚子小聲地說：「雖然你可能會覺得她好像很凶，不過桃子其實人很好。」

「是嗎？」我有點不相信。

「至少我跟她借錢從來沒還過。」柚子很驕傲地說著時，還順便閃過桃子扔過來的一枝筆。

最後則是角落的男生，其實最讓我好奇的是他，因爲自從老爸帶我來到這兒，柚子他們就經常抬起頭來往裡面看，也已經跟我對過幾次視線，惟獨這個男生例外，他始終安靜地低頭寫著自己的作業，看也沒看我一眼，連我都走到他們桌邊來了，柚子在介紹時，他也完全無動於衷。

「他是龍眼，跟大家一樣，在這裡學鋼琴，他個性比較沉默一點，話不多，你不要介意。」柚子介紹時，龍眼終於抬起頭來，但也只向我微微頷首而已，接著又低頭繼續寫作業。

「不會。不過我有個疑問，爲什麼你們的綽號全都是水果？」這個問題我已經想了很久了。

柚子告訴我，每個人的特色都跟水果有關，桃子本姓陶，小橘愛吃橘子，他自己的名字則很剛好，至於龍眼則是因爲他眼睛小，否則如果再大一點，也許可以叫作荔枝。

「所以我也應該取個水果的綽號嗎？」想了一下，我的名字似乎沒有可以跟水果扯得上邊的地方，再仔細想想，好像個性也與水果無關，甚至我根本就不愛吃水果。

「你想不出來也沒關係，我們可以幫你取一個，榴槤好不好？」柚子很大方地說。

「你個子挺高的，又瘦，應該叫作甘蔗。」小橘打量我一番後這麼提議。

「不如叫作西瓜吧？蠢就蠢得徹底一點。」桃子冷笑一聲。

「我要是你，我就一頭撞死算了，居然相信這些笨蛋的鬼話。」終於放下了筆，抬頭只看我一眼，龍眼用很冷淡的口氣說：「還什麼甘蔗、西瓜，瞧你一個鼻子快比人家兩個大，你乾脆叫作蓮霧算了。」

通常我們稱呼老師的妻子爲師母，不過這裡例外，葉老師不只相夫教子而已，她不但本身是個中提琴的行家，而且據說經歷與造詣都不亞於李老師，兩人結婚後，都在藝術學校擔任約聘的音樂老師，同時自家也有一個音樂才藝班。柚子他們都在藝術學校念國中部，而我只在每個週末來這兒與他們一起學習。不過說是一起學習，其實也不太對，他們都跟著李老師學鋼琴，只有我是跟著葉老師學中提琴。

「第一堂課很簡單，學著怎麼把琴夾住就好。」葉老師先示範了一次，對我來說那簡直神乎其技，完全不用手扶著，光靠下巴跟肩膀就能牢牢地穩住一把中提琴。「看到了嗎？就像這樣，別以為演奏時是靠左手拿琴，事實上手只是托住它而已，並沒有施力。」

我很懷疑這樣怎麼能夠算是第一步，但葉老師說，中提琴基本上就是一種違反人體工學的樂器，想好好演奏這種樂器，先決條件得先能讓它不從身上掉下來，而且不只要固定住，身體也不能過度僵硬。結果我就這樣站在角落，像罰站似地度過了至少半個多小時。葉老師除了偶爾走過來矯正我的姿勢外，她幾乎什麼都沒提到，就在一旁忙她自己的事，直到我的下巴跟肩膀整個都痛了起來時，她才讓我休息十分鐘。

「會不會很累?」休息時，給我一杯水果茶，她問。

「那好，等一下繼續夾。」聽我說還好，她點點頭，很要命地微笑著。

那是我生命中最漫長的一個小時了吧?當我終於聽到葉老師說下課時，感動得眼淚都快流出來，而且還不能太過著於行跡，我得刻意放慢動作收拾東西，以遮掩自己想急著逃出這地獄的渴望。

「嘿，蓮霧，你看起來很累耶。」從屋子裡出來，到外頭巷子張望一下，不見老爸來接我的身影，反而是後面傳來小橘的聲音。愣了一下，我才想起來，對了，蓮霧是我的代名詞。

「你爲什麼想學中提琴?」她背後是擺在庭院裡的一張老舊桌球桌，把裝著樂譜的包包隨手放下後，龍眼拿起球拍，隨手揮了幾下，然後柚子也拿著拍子湊上前跟他玩了起來，桃子則站在一旁觀戰，只有小橘過來跟我說話：「我們本來都以爲你是來學鋼琴的。」

「我本來也以爲我是來學鋼琴的，怎麼知道上個星期我爸跟老師聊一聊之後，卻開始學起中提琴了。」我聳肩，看看提在手上的琴盒，自己也覺得它很陌生。

「你自己不想學音樂嗎？」

「如果真的有得選，我最想學的是玩吧。」

「玩？」她睜大了像貓一樣可愛的杏眼。

「對呀，玩。」我說：「妳想想，當音樂家或當科學家，或者什麼發明家之類的都很無聊，當玩家不是就開心了嗎？」

她笑得花枝亂顫，還說我是很奇怪的人。但這番話其實是出自我的肺腑，如果真的可以選，確實我最想當一個玩家就好。而且我還告訴小橘，所謂的玩家應該就是什麼都很會玩，而且玩得很開心的那種。

「那你過來，咱們玩玩？」旁邊忽然傳來龍眼的聲音，他一臉冷漠地看著我。桌子一旁的柚子滿臉懊喪，看來已經被龍眼殺得落花流水，不敵投降。

「桌球我不在行，比都不用比，不過旁邊那個倒可以試試看。」說著，我指了指擱在牆角的棋盤跟黑、白兩罐棋罐。

「圍棋？」

「當然沒那麼厲害，」我笑著說：「五子棋還可以玩兩下子。」

其實也沒什麼難的，只要冷靜一點看著棋局，就可以瞧出端倪，而根據對方每一子的落下，也可以推敲出接下來的動作。這遊戲我玩了很多年，簡直可以算是最拿手的專長之一。初時幾子我都下得很謹慎，而龍眼則積極進攻。十子過後，差不多已經知道他的習慣，於是我開始反擊。

「活三了，請小心。」我說。「活三」指的是三子串聯而左右都沒有對方下子阻斷，通常是進攻的序曲，同時也可以運用成障眼法。果不其然，龍眼立刻下子想要阻止，而我則將被阻斷一邊的活三拉長成「卡四」，等到他又下子阻斷時，便從棋局的另一邊發動攻擊，讓龍眼疲於奔命，等我們在新戰場纏鬥了一下後，我將戰線延長，又做成一個活三，還跟剛才的卡四連在一起，形成「衝四活三」的無可挽回的局面，無論他怎麼阻擋都注定要落敗了。

「這麼快？」愣了一下，他看著棋局傻眼。

給他一個微笑，我正想收拾棋子，柚子卻湊了過來，嚷著換他接手挑戰。迫於無奈，我們只好再下一盤，這次我改變戰略，一起手就接連進攻，果然不到十子，「雙活三」已經佈局完成，最後柚子盯著棋盤看了好半天，確定真的破解無望，只好投降。

「好厲害。」小橘滿臉驚訝地問我這是怎麼練的。

「如果你們跟我一樣，從小到大除了五子棋，都沒其他玩具可玩的話，一定也會練到這種程度的。」很無奈的口氣，我說。

※我想當玩家，但還沒當成玩家，卻先當了蓮霧。

註　Sonate（奏鳴曲）　kv284（作品編號）　in D major（D大調）

2

「弓不要抓得這麼緊，拇指托住，食指輕壓，中指靠著，都不要太用力，手腕放鬆，控制好方向，別東揮西指的，你以爲在舞劍嗎？」示範了一次又一次，葉老師有著超乎常人的耐性。有時候我在想，如果老是學不會，她會不會發起火來叫我滾蛋，那麼從此我就自由了。然而這只是隨便想想，學費都已經付了，我要是在這裡搗蛋，回去可能會被老爸打死。

「你這把琴的音色還不錯，就是稍微尖銳了點。保養也還可以，可惜有些刮痕。」在我練習握弓時，她試拉了一下我的琴，沒有嫌棄算不錯了。那是一把很廉價的二手貨，我爸從鄰居的親戚的朋友的不曉得什麼人那裡便宜買回來的，但據說原本的價位很可觀。

「爲什麼想學中提琴？」葉老師一邊擦拭我的琴一邊問。但我沒有回答，因爲答案根本不存在。「是因爲學這項樂器的人少呢？還是自己剛好有興趣？」

「可能都不是。」我低聲囁嚅：「誰沒事喜歡聽這種咿咿呀呀的東西呀。」

這本來只是自己的嘀咕，但沒想到葉老師的聽力實在太好了，她居然聽得一清二楚，還哈哈大笑了出來：「不錯，你這小孩還挺誠實的！」

結束了課程，坐在庭院裡吃西瓜時，李老師家另一邊琴房的門也打開，滿臉疲倦的小橘走了出來。

「妳還好吧?吃西瓜?」我遞了一片,但小橘搖搖頭,一屁股坐了下來,她張開雙手,有滿臉的懊惱。

「八度音眞的很難彈。」她嘟囔著。

「因爲妳的手很小。」看了一眼,我說。鋼琴我也學過兩年,八度音需要把手張得很開,而這除了需要天生大手之外,也得長時間練習才能把手指張開的幅度撐大。

「幸虧這只是副修,不然我眞要哭了。」小橘說藝術學校的音樂班有規定,每個人除了一項主修樂器外,一定要副修鋼琴。

「所以你們整天都泡在音樂裡嗎?」我說的是包括小橘、柚子他們這些人在內。

「是呀,很可怕吧?」

「眞的。」我點頭。

聊起爲何來這裡學琴,我告訴小橘,其實這根本不是自己的選擇,就跟大多數我認識的朋友一樣,大家都想在課外時間做自己想做的事,就算是學音樂,我們也寧可學吉他或打鼓,才不會對古典樂器有興趣。

「眞的嗎?」

「妳去問一百個念普通國中的學生,要是超過十個人想學古典樂,我把這顆蓮霧鼻子割下來送給妳。」我拍胸擔保,又說:「小學五年級,我爸就送我去學才藝,繪畫、書法,還有跆拳道都學過一陣子。」

「那些好玩嗎?」

「當然不好玩。我寧可跟我們班同學跑去山上釣魚，也不想學這些莫名其妙的東西。」我搖頭，「誰在乎畢卡索或達文西到底想畫什麼?又有誰想知道究竟褚遂良寫書法的特色何在?這些到底跟我有什麼屁關係?我只想在家看卡通而已。」

小橘笑得很大聲，似乎已經忘了手上的痠痛，她很自然地拿起一片西瓜，學我一樣大口地咬，也學我一樣吸著西瓜的湯汁，吸得吱吱作響。

「那現在呢?現在你都國中了，應該知道自己喜歡什麼了吧?所以你才來學樂器的，是嗎?」吃完西瓜，她又問。

「不曉得，反正就學學看，搞不好會玩出一點名堂來。」我看看屋子，確定裡頭不會有人出來，然後才又說：「不過我想應該不會學太久，畢竟學費很貴，我家不像你們，也不像李老師家這樣有錢。」

「我家也不有錢呀。」小橘苦笑著說，她家的錢幾乎都被她老爸做生意賠光了，現在也得咬牙苦撐。「不過我覺得至少學得很開心，雖然手會痛。這一點鋼琴可比雙簧管困難多了。」

我根本不知道雙簧管是什麼，更不知道這無知會不會讓我顯得很蠢，所以最好的方式就是點點頭，什麼也別答腔，回家趕快上網查查看，到底那是什麼玩意兒。

走到一旁去洗手，天都已經快黑了，我老爸還不來，搞不好又在哪裡鬼混而把我給忘了。小橘是個非常有教養的好女孩，洗完手還從包包裡拿出面紙來擦乾淨，不像我就直接揩在褲管上。牽著腳踏車離開前，她像是想到什麼似的，回頭對我說了一句話：「我覺得你這人還挺特別的，大概是因爲你很自由吧，不像我們都關在音樂的象牙塔裡。」

「但我怎麼覺得我現在正在搬進去跟你們當鄰居。」已經開始跟自己下起五子棋，我抬頭回答。

「不管是玩什麼，希望你早點找到你自己喜歡的。」

「快了，快了。」我微笑。那是個很美的畫面，足以讓人一輩子都牢牢記得。南台灣的夕陽逐下，遠天有橙黃彩霞掩映，小橘斜側著身，有帶著梨渦、很甜美的笑容。她希望我早點找到自己喜歡的樂器，而我則覺得，在那之前，自己可能更先一步喜歡上她。

※愈年輕時所喜歡上的永遠都是愈單純的，比如妳的背影。

3

眞能那麼容易找到自己喜歡的事物就好了。說到底，我連自己究竟喜歡些什麼都說不上來，反正睜開眼睛就去上課，在學校度過無聊的一天，也不知道背那些歷史、地理到底有什麼用，然後中午吃飯，吃的也不是自己愛吃的東西，爲什麼校方都不來問問大家喜歡什麼樣的午餐？難道營養午餐注定是難吃的代名詞？下午的課開始前爲什麼非得睡覺不可？老師或校長難道不知道那樣根本睡不飽或睡不著嗎？搞到最後下午的課都沒精神，打瞌睡又會被罵。我覺得這種日子眞的無聊透頂。

回到家，根本沒力氣練琴了，把琴盒打開，看了又看，卻完全沒有想拿出來的興致，晚上九點多，才剛一肚子氣地從補習班離開。其實也不是多麼大不了的事，不過就是小考時把答案借給旁邊的人看一下而已，那麼短的時間內他能看到多少？班導師卻把我們叫過去訓了快半小時，害我差點趕不上公車。

上次在音樂教室，葉老師教我認識中提琴的各個部位時曾說過，像我們這樣年紀的孩子，通常都不曉得自己爲什麼要學音樂，甚至也不知道自己究竟喜歡什麼樣的樂器聲音，依循的往往只是家長的要求而已。那時她給我一張提琴的部位圖，一面介紹，讓我一面按圖索驥，然後說：「只要你現在不排斥，那麼未來也許就有喜歡上它的那天。」雖然我也挺羨慕柚子，很想跟他一樣，能夠完全沉浸在音樂的世界裡，但那樣的一天大概要到世界末日時才會來吧？趴在床上，看著擺在床邊的琴盒，我這樣想。比起來我喜歡小橘可能快一點，她那頭烏黑的長捲髮眞是漂亮得沒話說。

談不上是否有熱情，不過學了幾個星期後，總算慢慢認識了中提琴，雖然拉起來的聲音還是很難聽，但至少隱約有點樣子。從我家到音樂教室的距離不算太遠，只是搭公車很不方便，所以之前都讓老爸接送，但看小橘他們都自己騎腳踏車來，幾次之後，我決定也騎車算了，這樣還方便點。

「眞的知道路嗎？你該不會騎到明天的這個時候還沒找到地方吧？」出門前，我媽還問。

「我看起來像是無知到這種地步的人嗎？」我瞪她。

我的代步工具是一輛遠房表哥淘汰後，輾轉輪到我騎的破爛腳踏車，雖然齒輪有點磨損，騎起來雜音很多，但在平地上還算能跑，而且我那個表哥頭腦大概有毛病，把一輛原本是白色的腳踏車用噴漆給噴成黑、黃兩色交雜的樣子，雖然因爲年歲已大而有些斑駁，但乍看之下還挺炫目的。

通常我們家星期天總是拖到下午一點過後才吃午餐，吃完飯，把琴盒揹上，踩著腳踏車從家裡出發。這琴盒平常提著感覺還好，但此刻揹在背上卻重了許多，我騎不過二十分鐘就開始後悔，早知道還是讓老爸載。

不經過市區，我刻意繞行車輛比較少的道路，雖然會多花時間，但至少安全許多，要是跌倒的話，人受傷或車受損都無所謂，琴要是碰壞了可麻煩。艷陽天，已經汗流浹背的我並沒有多少零用錢可以停下來買飲料，只能放慢速度，讓自己多休息，爲了轉移這烈日炙人的感覺，我還刻意東張西望，多看看路上的風景。而不看沒事，就在快要抵達李老師家前，我在一條路邊的巷子口看到很奇怪的畫面。柚子站在角落邊，有幾個看起來年紀比我們略大一點的男生圍著他，起初我還以為他是被人給堵了，但更仔細一看，卻見柚子的神色平常，不像與人衝突。

停下車，掉轉方向，我朝他們騎過去，遠遠地正想叫喚時，卻看見柚子從口袋裡拿出東西來，交給對方其中一個，瞧那人手上的動作看來像是在數鈔票。如果不看柚子的表情，一定會覺得那是不良少年在勒索。

「柚子。」加快了踩踏，我趕緊騎過去。就在我接近時，那幾個像小太保的傢伙們朝我看了看，就這樣轉身離去，完全沒跟我有任何交集。

「他們是你朋友嗎？」柚子的腳踏車就停在一旁，也上了車，他跟我慢慢往音樂教室過來，路上我問他。

柚子搖搖頭，似乎有些難言之隱，只說是以前認識的朋友。

「你剛剛是不是在給他們錢？」那個畫面一直縈繞在心裡，我忍不住又問。

然而柚子沒有正面回答，卻說：「蓮霧，我跟你說，這件事你就當作沒看到，好不好？」

「好個屁。」我立刻拒絕：「怎麼可能當作沒看到？如果這是勒索，那當然要想辦法解決，不是嗎？」

「這件事說起來很複雜的。」柚子又是為難地搖頭。

我覺得很奇怪，為什麼他不肯說出來？是因為我們不夠熟嗎？還是有其他的緣故呢？那天下午上課時，在葉老師面前，我一直很想告訴她這件事，但想了又想，似乎講了也不好。葉老師還以為我身體不舒服，所以上課始終不夠專心，這種大熱天的，她居然倒了一杯熱茶給我。

好不容易挨到下課，我等其他人都走了，才叫柚子過來一起玩五子棋，而甫一坐下，他就小聲地問我有沒有把這件事告訴別人。

「你老老實實地跟我說，我就幫你保守祕密。」我說：「這個協議怎麼樣？」

想了又想，像是下了很大決心，最後柚子才點頭。「絕對不能說出去。」

「一言為定。」

「那群人都是附近海專的學生，他們其實人不錯，只是愛玩了點。」柚子說這之所以不算勒索，是因為他是自己心甘情願掏錢出來的。「有一次我在電動玩具店被人堵，是那些人見義勇為幫了我。」

「然後就換他們勒索你？」

「就說了不是勒索嘛。」柚子先看看周遭，確定他爸媽不在附近，這才繼續講：「他們那次幫了我的忙，後來大家去打電動時再遇到，也都會打打招呼，久了就認識了。」柚子說這些人有的就在電玩店打工，他們自己玩到沒錢了，就會找他借，而久而久之，柚子居然也習慣了當人家的活動提款機。

「他們有還過嗎？」

「怎麼可能還？這些人要是有錢的話，也一定拿去玩了。」柚子說他借出去的錢從來不會追討，反正每次不過幾百元，但這些人愈欠愈多後，人情也愈積愈大，以後他在電玩店就經常可以玩免費遊戲了。

我不知道這樣的想法對不對，但感覺上，柚子其實並不眞的那麼愛玩電動玩具。若論遊戲機的話，他家客廳裡就有，我來上過幾次音樂課，也從沒見他玩過，所以或許他眞的有自己的道理，我們這附近要講校園幫派，海專的學生絕對數一數二，只是看來生活一向單純的柚子爲什麼需要認識那些人，這我眞的不懂。

一連下了幾盤棋，我都心不在焉，但饒是如此，柚子還是輸多贏少，一直玩到天都快黑了，我才牽了腳踏車要回家，而這時已經在煮菜的葉老師則正好叫柚子去幫忙買瓶醬油，於是他又跟我一起出來。

「介不介意我問個問題？」沒直接騎上去，我們牽著車，走在短短的巷子裡，想了很久以後，我決定還是直接問他：「雖然我們不算很熟，但我眞的想不懂，爲什麼你要把白花花的銀子送給別人花。」回頭看看李老師家那棟老舊的日式建築，我說：「你家不算特別有錢吧？」

「你眞的很想知道？」他忽然停下腳步，良有深意地看著我，而我點頭。「好，我告訴你，那確實沒有任何特別的原因，他們也沒有勒索我。說眞的，我只是想交朋友。」

「交朋友？」這大概是我見過最特別的交友方法。

「你可能不懂，或者很多人都不懂，當有一天你發現自己的世界裡只剩下鋼琴時，那種感覺是多麼豐富飽滿，但又多麼孤單可怕。」看著我，柚子說：「我爸彈了一輩子鋼琴，除了鋼琴跟我媽之外，他完全沒有朋友。這種感覺是很可怕的，你了解嗎？」

這話說得我懵懵懂懂，那種世界大概只有他們這些從小學音樂的人才能體會吧？見我呆立，柚子忽然笑了一下，「我有些朋友都說很羨慕，覺得我好像是小藝術家，以後一定也會在藝術學校的系統裡一直深造下去，可是其實他們都不知道，比起只有音符的世界，坦白講，我更嚮往外面的天空。」

※人總憧憬於自身以外的世界，是嗎？

4

我實在不是很能理解柚子的想法，這或許就是他特別的地方吧？但也可以說是奇怪。騎車回家，吃了晚飯，在房間裡拉了好久的琴，有時會有一點段落的旋律，有時是隨便拉出一點起伏的聲音，或者練習連弓的技巧，在算不上是音樂的雜聲不斷製造出來的同時，我腦子裡一直在想著關於柚子的事。班上有些同學知道我在學琴，大家都說學音樂的人腦袋總是怪怪的，然而以往我卻不怎麼認同，可是現在我好像有些了解了。柚子的邏輯很怪，有時候看起來很冷淡的桃子也不正常，今天去上課時，我看到她站在李老師家院子的樹下發呆，手上不曉得拿著什麼像果實的東西，走過去問她時，她居然叫我安靜，因爲她在等樹上的松鼠下來吃飯。龍眼當然就更不必說了，除了小橘之外，大家好像都不曉得腦袋裡裝些什麼，算一算可能只有李老師跟葉老師是正常人。

「阿直，你在忙嗎？」剛練完琴，我正想坐下來，準備看看書，老媽卻走上二樓來，敲敲我房門，說有事想問我意見。

「問我意見？」他們可從來沒想過有事要問我，這讓人隱約有些不妙的預感。打開門，身材早已完全走樣的老媽把她的大屁股往我床上一擺，問我現在學音樂的心得，又問我還想不想更專心學習。

「今天晚上我跟葉老師聊了一下電話，她說你的提琴拉得很不錯。」

「有嗎？」回想剛剛在房間裡亂拉的那些片段，我可一點都不覺得。

點個頭，老媽問我想不想念音樂班。

「音樂班？」愣了一下，我以爲自己聽錯了。家裡不算很有錢，老爸前兩年在大陸的投資都不順利，現在回來台灣跟別人合夥也只是慘澹經營，我媽則根本沒有在工作，這種經濟壓力下，我連私立高中都不敢妄想，他們居然還想讓我去音樂班？

老媽說這雖然是葉老師的提議，不過當然他們也很認眞在考慮，畢竟這年頭工作不好找，不管讀什麼樣的高中，以後進了哪一所大學，都不能保證未來肯定會有多少出息，她還舉了幾個例子，誰誰家的小孩頂著碩士頭銜在家等面試，又誰誰家的小孩拿到教師資格後卻連個代課的缺都排不上。

「妳就那麼肯定音樂班的未來比較有前途？」我是眞的很懷疑。不過老媽則把今晚葉老師的話搬出來，說音樂班的背景出身未必就只能是音樂演奏家，多的是相關行業。

「當然這要你自己想念音樂班才行，不然去了也是痛苦。」老媽下了一個結論：「我跟你老爸年輕的時候都曾經想學樂器，不過最後都只能想想而已。但現在不一樣，如果眞的有興趣，那就應該試試看。你都已經國二了，可以自己想想了。」

「你們以前不能學是因爲家裡沒錢，那現在呢？難道現在我們家就有錢嗎？」我很不想讓這問題浮出檯面，但有些事情終究是不可避免的關鍵。

「你可以把這想成是一種投資。」老媽說：「投資的眼光要看得長，這樣就好了。」

我不知道葉老師的觀點是怎麼來的，一天頂多只練兩個小時，這算是非常基本的時間長度，這樣的琴藝怎麼聽得出感情所在？高中音樂班眞有那麼容易考嗎？老媽說這個她已經問了，雖然我的中提琴不過初學程度，然而鋼琴基礎還不錯，可以用鋼琴的資歷去參加甄試，這資歷就算不怎麼輝煌，至少我也參加過幾次比賽，還有七級的檢定合格，只要選擇的曲目不出差錯，要通過入學檢定考應該沒問題。

坐在小禮堂的鋼琴前發呆，想了又想，這問題已經困擾了我好幾天，但怎麼都想不出一個自己很適合去音樂班，以後可以朝著這方面發展的理由。

「練習已經結束了不是？」一個聲音從後面傳來，是管樂隊的指導老師，姓莊。今天我是請公假來幫管樂隊伴奏的，他們練習結束後早已紛紛散去，但我一時還不怎麼想回教室。很年輕的指導老師走過來，就站在我旁邊，伸手在琴鍵上彈了幾個音，然後看看我，臉上像在鼓勵我做些動作似的，而這表情讓我解讀後，則變成我的手在琴鍵上也彈出隨便幾個聲音。

他像是非常滿意地露出一抹很淺的笑，跟著右手又彈，然後左手也加了上去。我不知道那是誰的曲子，但從調性跟速度聽來都不太難，自覺是可以跟得上的程度，於是我索性也加入，兩個人一站一坐，恣意地就跑上一段，整個小禮堂裡瀰漫的都是我們輕快的旋律，他的音愈爬愈高時，我就愈往低下走，而當他故意空出很多拍點時，我就陸續給他做點綴性的補上，這種感覺還不賴，唯一的缺點是我們實力相差還是很懸殊，莊老師的技巧很多，我在追逐他音樂的感覺時，一直有種力不從心的無奈。

「你鋼琴彈得還可以呀，現在還在學嗎？」好不容易他終於收手，我已經精疲力盡，早知道不要亂揣測人家的意思，四手聯彈可不像日劇或電影裡演的那麼簡單。知道我改學中提琴後，莊老師點點頭，說：「眞可惜。」

那是個還算涼快的午後，夕陽漸紅，我們在沒開燈的老舊小禮堂裡，總感覺剛剛連環錯雜的鋼琴聲音還迴盪不盡。老師見四下無人，居然點了一根香菸，還問我要不要抽。

「我不抽菸。」搖頭，我說。果然學音樂的人都怪怪的，音樂老師居然問學生要不要抽菸。

「學多久了？」

「幾年了。」他問得很隨性，我也回答得很簡短。

「我說的是中提琴。」他把菸灰直接彈在地上，眞是囂張。

「不到一個月。」

然後他笑了出來，直說這眞的是很可惜的事。

「哪裡可惜？」

「如果你好好練下去，以後應該可以當不錯的鋼琴演奏者。」他把菸叼在嘴巴上，說：「剛剛那玩意兒是很即興的東西，但不管怎麼即興，總還是會包含一些有系統的東西在內，那些你未必都練過，卻能夠也即興地跟了上來，這表示你資質跟反應都不差。有這樣的條件還不好好運用跟發揮，卻改練中提琴，那不是很可惜嗎？」

「是嗎？」確實，這也是我思考的問題之一，姑且不論我自己喜歡音樂與否，但放棄一個已經專長的，去選擇另一個陌生的，這本來就是很匪夷所思的事。

「不過這還不是最可惜的。」他說。

「還不是？」

「還不是。」點頭，他說：「最可惜的地方，是你待在這個只注重英文、數學，還有國文、理化之類科目的環境。一個高手如果沒有舞台，那他高手的價值就等於零了。」

※但我沒有很想當高手，我只想等放學出去玩而已。

5

「音樂班是這樣啦，首先呢，當然是你自己得喜歡才行。」柚子說。

「廢話，不然難道要他媽喜歡嗎？」龍眼瞄了他一下。不是平常的學琴時間，但因爲葉老師家今晚烤肉，所以我們全都來了。今晚的葉老師也不是葉老師，她只是很好客的李媽媽而已，趁著她在張羅一盤又一盤的食物時，我諮詢這些現在就在國中音樂班裡的人。

「能夠有系統一點，把該學的都學全了倒是眞的。」小橘說。

「妳確定在音樂班就眞的學得全？多的是念了幾年音樂班，但最後只學會一首表演曲子的白癡，那種人注定一輩子就只能在舞台上表演那一首他們唯一會的曲子。」龍眼又說。大家都點頭，看來這不是隨便亂批評的，連小橘也戚戚然。

「風氣吧，音樂班裡有太多跟音樂有關的活動，在那種風氣下，比較可以陶冶一個人的音樂素養，進步也會快一點。」然後是平常不多話的桃子。她又剪了更短的髮型，現在看起來眞的好像男生，而且是有點凶的男生。不過在說這些話時，她顯得很認眞。

「眞的陶冶得出素養嗎？」龍眼又想反駁。

「當然，我說的是對大部分的人。」桃子也不示弱，她冷冷地看著龍眼，說：「佛也只渡有緣人，至於石頭就永遠都是石頭，沒救的。」

我們聽了都很想笑，不過當然也都不敢笑。這兩個人的個性其實還挺像的，都是會一發不可收拾的那種，若不是李老師剛好拿著一壺飲料過來，只怕他們就要吵起來了。

除了我們幾個圍在一起烤肉之外，李老師還邀請了一些他以前的學生，算算大概有十幾個人。這些人有的已經出社會了，有些則還在大學念書。也虧得院子夠大，才能熱熱鬧鬧地塞下這麼多人。

「你很困擾嗎？關於音樂班的事。」小橘說她約略聽柚子說了，知道葉老師想慫恿我高中也去念音樂。「其實也不用那麼困擾啦，你就把它當成是一般的高職就好了呀，在普通學科外，多學一點專業技能罷了。」

「是嗎？」

「而且這技能還不錯，能讓你穿得整整齊齊，成爲萬眾矚目的焦點，一起聆聽由你帶來的感動。」小橘說話的樣子很不像個國中生，她的下巴很尖，眉毛很細，眼睛一直水汪汪的，看起來就像個成熟的女人，跟她這樣對坐說話時，我忽然有種自慚形穢的感覺。

「就怕聽到的不是感動，而是笑話，那就大事不妙了。」我說。

「你有沒有爲了表演而努力練習某一首曲子的經驗？」小橘問：「那種爲了一首曲子而掏心掏肺去了解、研究，然後想辦法將它詮釋出來的經驗，你有過吧？」

「有。」我點頭。

「也許你自己在台上彈奏時並不會注意到台下的反應，但其實我每次去聽音樂會，或者看到學長姊的展演時，都會有種感動到快要流眼淚的感受。這些人給了曲子新的生命，然後打動了我們，對吧？」小橘看著遠遠處，掛在牆頭上的燈光，有很嚮往的眼神：「音樂是爲了使人感動而存在的。我覺得，做爲一個演奏者，如果有那麼一天，我能用我的音樂給人這樣的感受，一次就好，只要一次就好，我死都甘願。」

我不知道這種感受究竟是怎樣的，除了以前學鋼琴時，有過幾次小型的聯合發表會外，其實我一次也沒聽過別人的演出，而那些發表會裡，通常我只會忙著自己的演出準備，自己的表演結束了，就跟著我老爸他們回家，很少會注意到別人。這麼說來，我是不是應該多聽聽別人的演奏，好發掘那種被感動的滋味？

晚上九點多，大家的肉都快烤完了，也開始紛紛散開來到處聊天走動，我看見柚子正在一旁跟幾個年紀比我們大上不少的年輕人說話，他的交際手腕果然了不起，跟那些人也聊得開來；至於龍眼跟桃子則在角落下起了五子棋，他們的棋藝都爛到不行，不過還是玩得很起勁，我看到桃子有好幾次明明就要輸了，卻開始賴皮，逼得龍眼只好讓她起手又回。

那小橘呢？庭院裡沒看到她的人影，難道在哪裡聊天嗎？反正在這裡沒人有工夫理我，端著飲料，我想進去看看電視也好，結果一推開紗門，卻聽見很幽微的管樂聲從廚房那邊傳來。

很少走到廚房，我小心翼翼地一步步過去，這座日式建築坪數不少，不小心的話還可能就迸進儲藏室裡。我循聲而來，一路走到廚房邊，看到很黯淡的黃色燈泡下，葉老師搬了張小板凳坐在一旁，而小橘手上拿著一支樂器正吹奏著，那應該就是雙簧管吧？不長，看來也輕。表演者與聆聽者臉上都有著陶醉的神情，這曲子連我都聽過，是台灣老歌〈望春風〉，幽幽揚揚，不疾不徐，充滿了對一些什麼的渴望之情，也蘊藏著一點無奈的滋味，像在透露小橘她自己的思緒似的。那當下我在廚房門口看得傻了，她就坐在早已廢棄不用的老灶上，很隨性但卻好看的姿勢，頭髮撩散在肩膀上。

「音樂是爲了使人感動而存在的。」我想起她不久前才說過的話，忽然明白了這個道理，也忽然覺得自己這瞬間除了對音樂的感動之外，心裡也盈滿了對她的感覺。

※音樂是為了使人感動而存在的。

6

「所以你到現在還沒有做任何決定？」莊老師一臉疑惑地看著我。點個頭，我說這件事一直在我家都沒一個結論，時間還不急，不趕著做決定。

「如果要提出申請，最好有更高段的音樂檢定，這樣會更有利一些。」莊老師皺著眉頭說：「你該不會以爲檢定考這種東西是隨便哪天都可以去考的吧？」

我當然也知道檢定考不會因爲我而另外舉辦，但事實上如果一個檢定證明會有這麼大的影響，那大不了不要去申請就好了，反正我也沒有眞的很想去讀那種要花大錢的學科。

中提琴還在學，不過最近葉老師多教了一點其他不同的，把樂譜翻開，她跟我解釋起如何分析，從樂音的鋪排、整首歌的情緒起伏跟架構章法，到段落、形式的安排，以及許多曲子的種類，大致上都講述了一遍，原本我還以爲這會跟中提琴的練習有多大關係，但講過一個大綱後，她才告訴我這叫「曲式分析」，算得上是音樂學校的一般課程。

「不管你以後讀不讀音樂班，這都是最好有點底子的東西。」葉老師說：「與其光學招式怎麼使出來，倒不如學會如何拆招，看懂招式。」

她說得也很有道理，只是這種課程有點無聊。好不容易做完練習，天都已經黑一半了，我這才收拾琴盒，離開時還聽到鋼琴的練習聲，龍眼的腳踏車停在一旁，看來他一時三刻還走不了，而我們今天應該沒時間下五子棋了。

南台灣即使到了冬天也依舊炎熱，根本沒有要變冷的意思。踩過幾個街口，我已經開始流汗。大街上很擁擠，多的是車輛。老媽沒有限定我該幾點到家，所以這當下最好的方式就是繞道而行。從市場邊穿過去，沿著小巷子騎到底，我一邊騎車，一邊隨口哼著歌。流行歌還是比古典樂簡單也動聽多了，然後我又想，爲什麼我爸會覺得男生拉中提琴很好看呢？在我看來，男生彈電吉他應該比較帥吧？

胡思亂想著經過兩個路口，我正想在前面不遠處的便利商店停下來買個飲料，卻看見一個很熟悉的身影先進了店裡，那應該是柚子沒錯。我騎更近一點，也確定停在便利商店門口的腳踏車是他的。不過這同時我做了一個決定：不進去跟他打招呼了，因爲就在柚子進店裡的同時，那一群老是跟他伸手要錢的傢伙也剛轉身走了過去。

在路邊等了一下，過不了幾分鐘，柚子從店裡出來，騎上腳踏車。我見他離去後，這才往剛剛那群人離開的方向追過去。他們人數不多，只有三個，而且個子跟我大約都差不多高，只是他們下巴約略都長了些鬍渣，身材看來壯碩一點而已。

「做什麼？」走在最前面那個男生眼睛很小，不過眼神卻很凶惡，一見我的車攔住他們去路，立刻上前一步。

「可不可以請你們幫個忙？」沒下車，我只用雙腳拄地，讓自己用平穩的語氣說話：「我知道你們經常跟我朋友拿錢，他也都會給，對不對？」

「是又怎樣？我們又沒逼他，是他自己喜歡給錢的。」站在小眼睛後面的那個傢伙有一小撮山羊鬍，高中生居然可以這麼囂張？他很不屑地說：「怎麼，你也想跟他一樣嗎？」

「不管之前是什麼原因，總之，希望以後你們不要再拿他的錢了，我也會跟他說的。」沒理會山羊鬍的話，我用很篤定的語氣對小眼睛說。

「幹，你以爲你是誰呀？」結果這話剛說完，小眼睛馬上在我腳踏車上踹了一腳，害我一個重心不穩，連人帶車摔倒在地。那瞬間我心頭一凜，雖然身上沒受傷，但琴盒卻重重地在地上碰了一下，不曉得琴有沒有受損。而我還來不及爬起來，山羊鬍又在我腳踏車上補踹一腳，順便送上一句髒話。

「如果沒你的事，最好閉上狗嘴，不要那麼雞婆。小鬼，閒事還輪不到你來管。」那個小眼睛的傢伙一腳踩著我腳踏車的骨架，讓我完全無法掙扎起身，手則在我腦袋上拍了兩下。

就在我隱約覺得大事不妙，早知道不該如此莽撞，卻還想不到脫身之策時，忽然之間，有個東西極快速地飛了過來，非常準確地直接命中那個小眼睛的胸口，力道之大，當場將他擊倒在地。小眼睛錯愕地看著東西襲來的方向，臉上有很痛苦的表情，只能大口呼吸，卻一句話也說不出來，而我聽到很輕的皮鞋踱地聲，然後是龍眼的聲音：「海專的很了不起是吧？誰敢動他一下就試試看。」

那當下我差點沒傻眼，掙扎著爬起來一看，龍眼就站在不遠處，他竟然從口袋裡掏出香菸，毫不在意地就點了一根，還長長地吐了一口白煙後，這才對那三個傢伙說：「想打架的話，我奉陪。」

那過程很短暫，但我幾乎都在恍惚中，就這樣眼睜睜看著龍眼走過來，他沒什麼大動作，卻很輕易地就打倒山羊鬍跟另外一個人，而小眼睛自始至終都坐在地上大口呼氣，看他滿臉痛苦的表情，剛剛龍眼擲過來的東西可能對他傷害很大，但再一看，那其實也不過就是個書包而已。

「滾遠一點。」很冷淡的口氣，龍眼把小眼睛一腳踹開，這才幫忙扶起我的腳踏車，他神色很平淡，轉頭只問了我一句：「你沒事幹嘛跟這些癟三過不去？」

「這說來話長……」我正猶豫著要不要把柚子的事從頭到尾說出來，但龍眼卻點點頭，手一揮，就說：「那就別說了。」

是不是該說幾句感謝的話？龍眼撿回書包，拍拍上面的灰塵，然後走到自己的腳踏車旁邊。我跟了上去，正在思索著該如何開口時，他卻先叫我檢查一下琴盒，看看琴有沒有摔到。

「應該還好。」打開盒子，我確定琴還好好的。

「就是這些人對吧？」龍眼反而先問我：「經常跟柚子要錢的那些人。」

「你知道？」我非常訝異。

「想也知道。柚子每次跟這些人碰面後，回家就跟他老媽要錢。我認識他都多久了，這種事猜也猜得到。」

「但柚子說這是他自己心甘情願的。」

「傻子。」他冷冷地哼了一聲：「花錢買來的交情通常都是靠不住的交情。」

點點頭，我正在玩味著他這幾句話時，卻看見龍眼低頭檢查自己的拳頭，而這時我才想起來，他可是學鋼琴的，手指要是受傷了，那該怎麼辦？

「不用擔心，那幾下沒什麼大不了的。」又看穿了我的眼神，龍眼問我：「倒是你，這麼多事做什麼？以爲自己很能打嗎？還是你天眞地以爲用幾句話講講，人家就會聽你的勸？」

「我……」

「古道熱腸是好事，但是不自量力就等於找死。」龍眼用很冷淡的口氣說：「要做什麼之前，先秤秤自己的斤兩吧。」

我不知道這件事在龍眼的看法裡，是否眞的只有「雞婆」兩個字而已，不過隔了一個星期，又到葉老師家學琴時，柚子卻偷偷把我叫到一旁的牆角，就在琴房的窗戶邊，問我那天是不是發生什麼事了，他說後來他打過幾次電話給那些海專的傢伙，本來還想問他們需不需要零用錢，結果那些人第一次跟他說不用了，而且是以後都不用了。

「這件事只有你知道，一定跟你有關吧？」他顯得很心虛。

「全世界只有你還傻呼呼地以爲只有我知道這件事，媽的。」我跟他說：「龍眼早就一清二楚了。」

「有沒有搞錯？他知道？」柚子很吃驚地看著我。

「怎麼，我知道不行嗎？」結果，我還來不及回答，龍眼的聲音居然從琴房的窗戶裡傳出來：「你再用這種連巷口賣豆花的阿婆都聽得到的聲音講祕密，我看等一下就換你媽聽到了，蠢豬。」

這話一說，我差點沒笑出來，然後龍眼在裡面又開口，這次他是對我說話：「還有，那個三流中提琴手，葉老師說你『曲式分析』學得很爛，等一下進來記得跟我借筆記回去看。這種小學生的常識麻煩請先建立，不要只會咿咿呀呀地拉一堆莫名其妙的聲音。」

❉朋友之間不需要有祕密。

7

如果學音樂的人都是有個性的人，那我看我肯定不適合學音樂。還記得那天班上一堆人在討論日後的方向，大家聊得不亦樂乎，但誰也沒過來問我。坐在位置上，我老感覺自己是隱形人，好像我的存在與否一點都不重要似的。其實我也很想過去跟大家談笑風生，然而不知怎的，就是沒辦法，就算跟一群人坐在一起，我也是找不到話說的那個人。

第一次學測結束後，班上的族群更壁壘分明了，有些人等於已經畢業，根本就不認眞聽課；有些則變得更加專心精進，準備要力拚之後的大考。至於我，坦白講，我還眞不知道自己要拚什麼才好。

「一般來說，通俗的觀念是這樣認爲的：你是不是一個人材，這不能由你自己決定，因爲你得通過一層層的考驗，過得去才叫人材，過不去的則只好冬天劈了好放火燒，那叫作木材。」莊老師還是在抽菸，也一樣又問我要不要，聽我拉完一段旋律後，他又說：「不過，換個角度說，不管多少人給你鼓勵，說你是個人材，但如果你老是裹足不前，畏畏縮縮的話，那一樣也沒用。」

我當然知道他在說什麼，這些話已經不是第一次聽到了。管樂隊的練習結束了，我的伴奏任務也早已完成，但他不曉得打哪裡弄來我家電話號碼，居然打到我家裡去，然後還是老媽接的，講完後，老媽轉告我的只有一句話：「你們學校一個什麼樂隊的莊老師叫你明天帶中提琴去學校。」

這算是趕鴨子上架嗎？那天晚上，莊老師又打電話來我家，這次是老爸接的，也不曉得他們到底講了什麼，好長的通話結束後，我爸走過來，只告訴我結論：「準備好資料，去把你以前比賽的獎狀跟檢定考的證明找出來。」

所以最後就變成這樣子，當大家還在努力拚著大考時，我則在老媽的陪伴下，去了一個陌生的學校。班上那些人討論未來志向的話題終於跟我完全無關了。我走在幾個大人的後頭，詫異於這個新學校怎麼連圍牆都沒有，然後他們帶我到學務處，辦了簡單的手續後，一個微胖的中年男人走過來，對我說：「非常歡迎你來到我們學校，相信這裡的環境你一定會喜歡。」他笑起來很像彌勒佛，伸出胖大的手掌拍拍我肩膀，對我說：「我是科主任，以後有問題都可以來找我。」

我猜如果再過二十年，當我再度回想起這段往事時，也許我會很後悔自己沒有當場站起來，跟他說：「我現在最大的問題就是：請問我可以拒絕你嗎？」

「還好你沒有這樣跟他講，不然老牛肯定會當場氣到中風。」小橘口中的「老牛」就是那個科主任。

一群人窩在新崛江的麥當勞裡，趁著李老師他們夫婦倆今天有事北上，停課一週，我們五個第一次在音樂教室以外的地方聚會。不過雖然說是第一次，事實上那只是我的第一次，他們四個似乎早就很習慣這樣出來了。今天難得老媽心情特別好，居然沒讓我擠公車，還把她的機車借給我騎。

「所以你覺得學校怎麼樣？」小橘問我。

「不曉得，其實我根本沒逛完。」搖頭，我回答。

申請資料送出後，過沒多久，學校就回覆了通知，請家長陪我過去一趟，本以為還會有什麼入學考試的，叵料到了那邊，老牛笑咪咪地走過來招呼，帶來的是我已經通過申請的消息，看著老爸跟老媽喜出望外的表情，這意味著我的什麼高中、高職或五專的想法全都化爲泡影了。那天辦完入學手續，老爸急著要找餐廳慶祝，根本沒讓我有逛完校園的時間。

「你確定你眞的適合讀音樂班嗎？」龍眼吃完他的漢堡，瞄了我一眼：「你連曲式分析都學得那麼爛。」

「可以的啦，你眼睛那麼小都看得到樂譜了，他至少看得清楚升、降記號吧？」小橘替我扳回一城，大家都笑了出來。

「要小心一點喔，我們學校沒有圍牆，不要一不小心就走出校園了嘿。」柚子笑著提醒我。

「你以爲每個人都跟你一樣嗎？不小心走出校園還順便被車撞？這件事要不要我再講一次，讓大家複習一下？」小橘又替我擋了一記，還指著柚子頭上一道小小的傷疤，對我說：「這個只有你不知道，我跟你說，國一上學期，有個白癡要去琴房時，居然不小心走到外面去，結果被騎機車的老太太撞傷。你看那道疤。老太太的一整袋菜全都灑在他身上，他還臭屁說那道疤是摔破頭來的，其實根本是被老太太袋子裡的一條魚給刮破皮的。」

我嘴裡的可樂差點沒噴出來，正想嘲笑幾句時，桃子冷冷地說：「很好笑嗎？也許下一個就是你，我看你腦袋也沒好到哪裡去。」

「我？」我傻了一下，同樣是不太好親近的人，但龍眼至少還跟我有點交集，可是桃子卻總讓我怕怕的。

「小子，我告訴你三件事，這三件事你記清楚了，保證未來三年受用無窮。」

趕緊正襟危坐，等我集中精神，大家也都笑夠了，專注地聽著時，桃子用很冷靜的口氣說：「第一，見到學長或學姊，一定要很有禮貌，因爲藝術學校很重視這個。」

「好。」點頭，我確定自己銘記在心。

「第二，我們音樂科跟舞蹈科是世仇，一向井水不犯河水，不過你也不能失了禮數而讓人笑話。」

「了解。」我又點頭，雖然不知道世仇的原因何在，不過先記著總是對的。

「至於第三，你以後騎機車的時候要小心，無照駕駛已經很有風險了，要是再亂停的話，被拖吊了你都還牽不回來。」

這一點讓我一愣，怎麼提起這個呢？就看見桃子很冷靜地指著窗戶外面，說：「你看，拖走了。」

「幹！」我大叫。

※這三件事我會牢記在心，尤其是第三樣。

因為我媽說罰單就從零用錢裡面扣。

夏天就這麼來了，艷陽下有青春的筆，
一揮而成年少時好美那段篇章。
彼時，咱揮霍汗水以品嚐手牽手時的溫度。

那光如此絢爛，那曲子如此溫柔，
而妳是我眼中最美的風景。

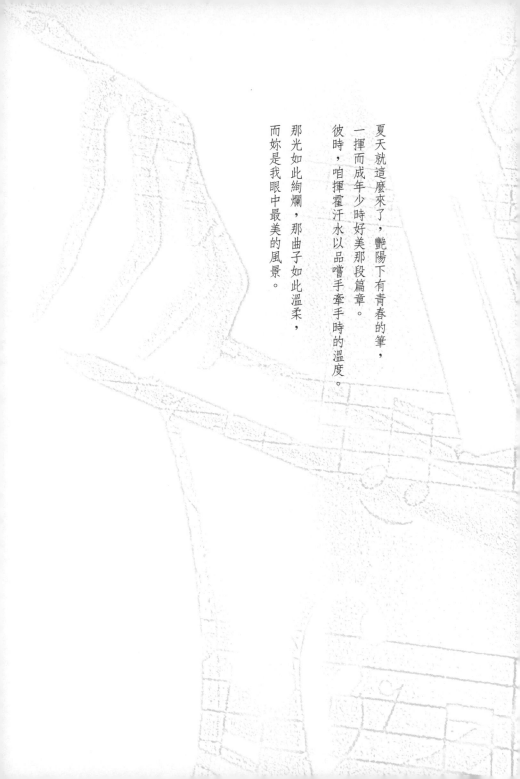

8

走出教室時，我還恍如置身夢中，不太敢相信自己前面那幾十分鐘裡看到跟聽到的一切。新學期的開始，懷著些許忐忑到校，身邊大部分的同學是彼此老早都熟識的，他們幾乎都從國中的音樂班一路直升上來，一群人聊得非常熱絡，在討論著有哪些國中同學在或不在了，誰誰誰去了哪個學校的音樂班，或者誰誰誰轉而投入一般高中的考試之類；而另外也有一些跟我一樣半路出家的，臉上則都呆滯或徬徨不已。

我自己覺得很慶幸，至少在開學之前已經認識了柚子他們，除了小橘之外，大家的座位雖然都離我有點遠，但至少他們總會不斷投過來關切的眼神，坐在我斜前方的小橘更是，導師時間時，她還傳了幾次紙條過來，提醒我一些在這裡上課的細節。

第一節的導師時間很簡單，說的也不過就是一般的事務而已，老師說她從來不曾期望學生有多大成就，只希望我們在這裡的三年能學多少是多少，如果要追求更高的造詣，還是要靠大家平常自我的練習。這些我都知道，當然也都聽聽就好，而讓我眞正驚訝的，是第二節的西洋音樂史，上課時間一到，走進來的不是別人，正是闊別幾個月不見，我原本以爲這輩子再也不會碰到的莊老師，那個在國中管樂隊伴奏時，一天到晚問我去不去音樂班，還問我要不要來根菸的傢伙。

「班長？班長是哪位？」在教室門口才把香菸熄掉，莊老師走進來時的開場白是：「以後記得，上我的課請準備一個菸灰缸，謝了。」

那節課究竟上了些什麼，我根本沒怎麼在聽，倒是下課前他忽然發現我就坐在教室中間偏後的位置上，愣了一下，才說：「不錯嘛，小子，你來對地方了。」

那時全班都投射過來納悶或訝異的眼光，而我除了苦笑，實在不曉得該說什麼才好。莊老師要離開教室前還不忘問我要不要跟他去外面抽根菸。

「我還沒學會這個。」只能這樣回答。

「好吧，那學會了再告訴我，咱們一起去。」而他居然這麼點點頭。

「所以你跟小莊老師很熟嗎？」挺匪夷所思的體育課，做完體操後，體育老師就放牛吃草了，一群女生窩在樹下聊天，有些人打起了籃球，柚子則說操場太熱，結果帶我來逛校園。

「不算熟，以前國中的時候在管樂隊認識的。」我說。

「那個人也是怪怪的。」柚子點點頭，說這學校看起來很漂亮，但多的是一些怪人，叫我自己以後要多習慣。

眞的能習慣嗎？我有點擔心。四處晃了一圈，鐘聲響時我們恰好晃到餐廳附近，不過柚子沒帶我在裡頭吃飯，買了點食物，卻往舞蹈科這邊過來，我正想問他是不是走錯路，還記得桃子說過，音樂科跟舞蹈科是世仇，但話還沒問出口，柚子已經先跟迎面走過來的兩個女孩子熱絡地打了招呼，馬上拉著我過去。

「唷，新生呢。」稍微介紹了一下，這個半瞇著本來就已經不怎麼大的眼睛，正在上下打量我的學姊叫作育舒，她的人跟名字很不搭，尤其說話口氣一點都不像個和善客氣地對待新生的學姊，「想好了要怎麼興風作浪、怎麼對付我們舞蹈科了沒有？」

「還沒。」我回答得很直接，是眞的還沒。

「想好之後提醒我一下。」她冷笑一聲，睨我一眼。

「好。」然後我又點頭，旁邊柚子跟另一個學姊已經笑彎了腰。

我從來沒想到過，自己在藝術學校的第一頓午餐，居然是在舞蹈科的練習教室外面的樓梯邊吃的。不過這頓飯吃起來感覺很怪，一盒涼麵剛打開，馬上就有幾個人過來跟柚子寒暄，我一邊吃麵，一邊詫異於他的人緣之廣，而才吃沒幾口，就看見他將手上的飯糰囫圇吞下，然後跑到不遠處去跟一群看來就像學姊的女孩們聊了起來。

「怎麼，你也很想去嗎？」冷不防的，育舒學姊的聲音從我背後傳來，口氣之冰冷，令人直想打顫。

「我？」我趕緊搖頭，想確定一下這話是對我說的。

「小鬼，別以爲我們給他面子，就一樣會愛屋及烏。」她橫過來一眼，而那當下，我決定從此以後對她的稱呼不再加上「學姊」兩個字。育舒收拾著手邊的便當盒跟飲料杯，非常不友善地說：「給你個建議，以後沒什麼事的話，最好不要一個人跑來舞蹈科。」

如果能夠考據的話，我真的很想探聽個水落石出，關於這樁無聊的世仇。是不是若干年前，有哪個音樂班的學生對舞蹈科的始亂終棄？是跳了人家的票？或者倒了人家的會？還是欠了多少錢沒還？需要這樣連累得後來的學弟妹飽受他們冷言冷語？一個人走回教室時，我不斷思索著這個問題。

已經是午休時間，不過走廊上到處都是晃盪的學生。這兒學生不算多，比想像中的要少，按照柚子的計算，只怕最多不過千來人。走上通往三樓的階梯，我一面走，一面在想，爲了能夠穿上這身制服，老爸要多辛苦多久？如果以後在這條路上沒有一點什麼成就，會不會因此而很對不起他們？但成就難道是說要就會有的？誰也不曉得明天會發生什麼事吧？開學的第一天中午就莫名其妙挨了舞蹈科的一頓排頭，我看未來的日子也堪慮了。

胡思亂想著，到了教室才發現柚子根本還沒回來，大部分的同學都趴在桌上休息，有些人則看著書，而黑板上寫著兩串數字，那應該是不在座位上的人的座號。

「第一串是中午有登記去琴房練琴的人。」見我納悶地看著黑板，小橘輕聲地對我說。

「那第二串呢？」我在上面看見了自己跟柚子的座號。

「第二串是那些開學才第一天，中午就跑得不見人影，連午休也遲到的討厭鬼的座號。」結果小橘還沒回答，我後面又傳來一個讓人不寒而慄的冷漠聲音，早上剛被導師欽點爲風紀股長的桃子從我旁邊走過去，跟育舒一樣，帶著充滿殺氣的眼神，她瞄了我一眼，說：「菜鳥最好還是安分點，別以爲我會給你面子。」

這話說得不算小聲，班上一堆人錯愕地轉過頭來看我，那瞬間，我很想站起身來，拿著書包就回家。不是因爲被羞辱，也不是自責認錯而羞愧，我只是覺得這所學校很變態，裡頭的女生不知道都吃錯了什麼藥，活像身上沾了大便，講話臭得讓人受不了，媽的。

※所以只有小橘是好人。

9

「還習慣嗎？比起我們家，這裡的環境算是相當不錯了，對吧？」葉老師笑得很親切，在學校的琴房裡，她先叫我把提琴拿出來做基礎保養，順便問起新生活。

「都還好。」我笑著回答。但這絕對是客套話，還好個鬼，音樂班從一到三年級只有兩個人學中提琴，星期四的個別指導課也剛好兩節，所以本來我跟另外那傢伙應該恰好一人一節課，結果那傢伙放了葉老師鴿子，不曉得到哪裡鬼混去了。原本我還帶著相當敬意想來找他寒暄問候、拜拜碼頭的，沒想到竟然撲了個空。而且按照班長拿來的家族名單，那個擺了我跟葉老師一道的傢伙，就是我的直系學長。在這個很重視學長、學弟制的地方，開學第一週，二、三年級的老早就來找家族學弟或學妹了，只有我孤零零地過了好幾天，完全沒人理會。

不過或許這樣也好，就像龍眼說的，他根本不在乎這些，能不要有學長姊還更好。這個人在學校裡也一樣冷漠，很多同學對他都帶著敬畏的眼神，每天看見龍眼一個人揹著書包進教室，獨自坐在教室的最後面發呆，我總不免要想起那次在葉老師家附近，被那群海專的傢伙給包圍時，他衝過來幫我的畫面。

「技巧還在，不過就是心不在焉。」聽我先試著拉完一段曲子，葉老師點點頭說：「基本功要加強一點，尤其是個人的專注力方面。」

我點點頭，但這談何容易？即便這當下告訴自己要專注投入在音樂聲中，然而不過幾弓，我的思緒就又開始亂飄了。到後來，葉老師也無可奈何，只好在一些細節上多做指導，然後就放我下課了。

環境很好是事實，但是否因爲環境改變了，拉琴的心態也跟著變了呢？一臉茫然地準備晃回教室，南台灣九月還有艷陽天，熱得讓人受不了，本來還想挑點涼蔭的地方走回去的，結果卻在中庭遇見一個看來很像老鼠臉的傢伙擋住去路，還劈頭就問我中提琴拉得怎麼樣。

「什麼怎麼樣？」我呆了一下。

「就是演奏能力怎麼樣呀。」老鼠說。

「就那樣呀，跟平常沒什麼兩樣的那樣。」我也不知道我在說什麼，弄得那隻老鼠也有點錯愕，最後他只好直接問我有沒有上台經驗。

「彈鋼琴的話就有。」

「沒有在台上拉過中提琴嗎？」他又問，見我搖頭，老鼠沉吟了一下，然後臉上露出奸險的微笑，拍拍我肩膀就說：「學弟，你出人頭地的機會來了。」

「臉尖尖的，眼睛小小的，看起來不像人類的五官。」我說。

「錯不了，他的綽號就是老鼠。」聽完形容，人面極廣的柚子立刻點頭，他不但替我證實此人的外號，還順便告訴我，原來那傢伙就是擺了葉老師一道的我的家族學長。

「講話怪怪的，聽起來不像正常人的語氣。」

「肯定是，他的個人特色就這樣。」柚子又點頭。還說我們今年的展演活動就是由這隻老鼠擔任總監。他說老鼠這個人很怪，但怪得很有名，算得上是拉中提琴的天才，但聽說非常討厭上台表演，今年他當上有史以來得票率最高的學生會主席，但卻是被推舉出來，而非自願參選的。

「有點沒良心，看起來像是不懷好意。」我說老鼠還打算給我一個出人頭地的機會。

「那當然，他肯定是自己不想拉琴，所以要派你去替他送死了。」

「媽的。」然後我就生氣了。

關於老鼠的風聲不少，然而十之八九都不是好事，有人說他恃才而驕，有人說他桀驁不馴，也有人說他囂張跋扈，但就是沒半點花邊緋聞的消息，唯一的正面評價，就是統籌與辦事能力極強，所以才當了主席。不過就緋聞方面來講，那也想當然耳，套句桃子說的，誰要跟他有這方面的瓜葛呀？

叫我上台的理由，可能是因爲他擔任總監之後會分身乏術，不方便既籌畫整個活動，還另外分撥時間練琴；也可能他已經受夠了這些蜚短流長，所以不想太出風頭。但總而言之，不管哪個理由使然，反正倒楣的都是我。

感覺上似乎跟過去有了些許不同，以前跟著葉老師學中提琴，就只是單純地在週末假日學習才藝，那時候與柚子他們不管有多少互動，也都只侷限在這個小小的院子裡，而且交集時間幾乎只有學完琴後，剩下的短短一兩個小時自由時間。現在卻不同了，我們是每天要相處將近十個小時的同班同學，幾乎是一起生活的夥伴了。帶著這樣的改變，再在葉老師家碰頭時，那種微妙的心理變化眞的很不一樣。

「發什麼呆？」見我坐在角落裡出神，從琴房走出來的桃子問我。

「我在想著要不要上台的事情。」把剛剛柚子的分析簡單說了一下，桃子點點頭，直接問我想或不想。「當然想呀，但是要考慮的地方還有很多……」

我躊躇著，但話還沒說完，桃子就打斷我，用的還是她一貫的冷冷語氣，就說了句：「失敗的人才需要找一堆理由。」

事情有這麼簡單就好了。坐在小板凳上，我托著下巴，看著前面龍眼用桌球痛宰柚子之後，接著換桃子上去。然後又過不久，小橘也從另一邊琴房出來，劈頭就問我準備在年底的展演裡加入哪一組。

「這個活動是這樣，每年都會辦一次，地點未必都在校內，當然也開放校外人士參觀。內容很多很雜，也沒有特定的音樂風格，但不管內容怎樣，有些工作分派永遠都是固定的。音樂班一到三年級都會參加，但通常一年級負責基層的工作居多，比較不會有上台機會。」

「是嗎？」我懷疑，因為老鼠現在就想派我這個一年級的上去代打，噢，不，是送死。

「主辦的幹部幾乎都是二年級，由二年級的組長們帶領一年級的新生做各種工作。大體而言，除了總監跟副總監，其他都是小組行動，比如後管組、清潔組、定位組、樂器組，其中樂器組的人最多，因為要搬樂器。」小橘笑著說：「所以想當然我們應該都在樂器組。」

「沒有其他組別了嗎？」聽來聽去，我覺得好像都是吃力不討好的工作。

「有呀，便當組。」她笑著說：「這應該是最沒壓力的了，你想負責替全部的人訂便當嗎？」

我當然不想成為訂便當的人，那感覺非常窩囊。時間又晚了些時，大家都還不想回去，龍眼早就不曉得贏了桃子幾場，那個一頭短髮的惡婆娘死不認輸，一直纏著龍眼繼續廝殺，而小橘則坐在旁邊寫起了譜，然後我看看旁邊的白癡，有個蠢蛋忘記自己人在家裡，父母就在隔牆而已，居然聊天聊到口出髒話，當場被李老師，也就是他老爸活逮，而他們家的處罰方式非常原始，就是貼牆罰站十分鐘。

「小橘跟你講好啦？」覺得有點無聊，我把小板凳挪了挪，靠近柚子一點，他小小聲地問我。

「講好什麼？」

「樂器組的事呀。」他雖然被罰站而不能亂動，但眼睛卻骨碌碌地不斷轉著，看看正在打桌球的兩個人，又看看小橘，然後才說：「如果可以的話，就來樂器組吧。」

「為什麼？我覺得後管也不錯吧？學習一些後台管理的東西，這以後應該很有幫助吧？」

「話是這樣講沒錯，但有些事情我不能依靠那兩個傢伙吧？」他下巴朝龍眼他們一努。

「有些事情？」這話似乎帶著玄機。

「是呀，有些事情。」說著，他下巴一偏，目光則朝向了小橘那邊。

✽我的老天爺。

10

「事情很簡單，人跟人相處久了都會產生一點感情，對不對？這些感情再累積下去，慢慢地就會有點變化，可能成爲家人般的親情，但也可能催化而成愛情，對不對？」柚子說：「所以事情就是這麼簡單。」

「你要我幫什麼忙？」不想聽這些亂七八糟的狗屁理論，我比較想知道他要幹嘛。

「也不用幫什麼忙啦，其實根本沒有下手的空間呀。在學校沒機會多相處，大家來去都一整群人；在我家學樂器的時候，龍眼跟桃子又殺氣騰騰，有他們兩個在旁邊，根本什麼膽子都沒了。」平常落落大方的柚子這時候忽然扭捏起來，囁嚅了一下，又說：「小橘的學姊就是樂器組的組長，當然她也會是樂器組的人。可是這一組的人很多，對不對？到時候一定也還會分出更小的組別，所以如果有機會的話，你就推派我去跟她同一組，這樣就好了。」

「就這樣？」我愣了一下，有沒有這麼簡單呀？本來以爲他會有更偉大的志向的。

「能這樣就好了啦，人不能太奢求呀。」

我差點沒笑出來，還眞是小兒科的希望呀，這應該不是什麼難事吧？在教室外的走廊邊，攀著三樓欄杆往外看，更遠處是國中部的教室，國中部的大樓再過去則還有國小部。我一邊發呆，一邊聽他繼續說：「這件事只有你知道喔，千萬別講出去。」

「連龍眼他們都不能講？」

「當然。」他說：「這件事要愈少人知道愈好，所以一定要保密。」

我點點頭，實在很想提醒他，之前海專的那件事，全世界也只有他一個人以爲保密到家，結果還不是被龍眼看穿了。

「兄弟，你會幫我吧？」說著，他忽然轉過頭來，很認眞地看著我。

「會啦。」我說。

我能說不幫嗎？他都這樣開口了。回家的途中，遠遠的天空有好大一輪夕陽，那顏色就是我喜歡的女孩的顏色，不過這個女孩，今天下午有個朋友說他也很喜歡，而且打算開始追。

媽的，眞倒楣。我訝異於自己對柚子竟然沒有半點敵意，反而還覺得如果他們能在一起也好，這一切全都是我自己的問題，誰叫我沒有先開口呢？不過話又說回來，他們認識那麼久了，要談喜歡的話還有可能，至於我，我猜自己只是因爲生活圈裡少有像小橘那樣的女生，所以才特別對她有好感吧？而這種好感是暫時的，一旦我認識了更多女生，相信也就會轉移注意力了。

「魂不守舍地幹什麼了？」把書包一丟，我坐在房間的鋼琴前，隨手就開始彈，不過既不是什麼巴哈，也不是貝多芬，我彈的是周杰倫的〈黑色幽默〉。這世界眞是太幽默了，對吧？結果才彈沒幾下，老媽忽然從客廳裡探頭出來，問我在亂彈什麼東西，她手上還拿著正在修改中的衣服。

「這是台灣新一代鋼琴教父寫的歌，這曲子可能可以流傳兩百年，是現在每個鋼琴家必練的曲子。」我胡謅著。

「是嗎？」

「是呀。」我點點頭，在心裡補了一句：「最適合失戀的人彈。」

活動每年一次，算是音樂科的盛事，所以幾乎是全體總動員。不過每個活動都需要小配角幫忙演出，這個當然也不例外。當我坐在小禮堂裡頭，看著前面很漂亮的學姊在介紹樂器組的工作內容時，心裡非常認同她的說法：這世界上沒有天生的超級巨星，就算有也輪不到我們來當，所以如何扮演好一根螺絲，是我們當前最大也最神聖的任務。

演出表大致已經擬定了，總共有八個節目，其中又以管絃樂團跟絲竹樂團的演出最為浩大，需要的人員也最多。樂器組的人要在最短時間內，完成樂器擺設跟撤離，而且得配合定位組的位置規畫，同時不能在搬動樂器時發出一點雜音，這就是我們的工作標準。

「其實我覺得學姊長得也不賴，而且講話很溫和，果然什麼學妹就有什麼學姊。」我偷偷地跟柚子說。小橘的學姊就像個媽媽似的，講話溫和，總是苦口婆心在指點工作，要她擔當樂器組長的繁重工作，可眞是辛苦她了。我們也因爲她的個性，都直接叫她「大媽」。

「可不是，你看那邊，桃子她學姊根本就是男扮女裝。」他點點頭，往旁邊一指，那邊角落的是後管組，由桃子的直屬學姊帶領，瞧她虎背熊腰的身材、非常豪邁的訓話模樣，我暗自慶幸自己沒報名參加後管。

結束了漫長的說明會，謹遵柚子的囑託，我特別約了小橘，說是放學後大家先到琴房練琴，傍晚再一起到新崛江吃麥當勞。我不禁苦笑，原本只是稀鬆平常的約吃飯聚會，這種事相信以前柚子不曉得早已做過幾百次了，那時他可從來不曾覺得尷尬，但朋友之間一旦有了情愫，所有的尋常也會變得不尋常，以致於現在他連這都不敢自己開口，居然叫我去講。

「但是桃子好像沒空，她學姊似乎還沒罵完人。」小橘臉上露出擔憂的表情，細細的眉毛微蹇，桃子的學姊擔任了後管組組長，自己的直屬學妹居然去參加樂器組，難怪她老大不高興，這當下還在「溝通」中。

「沒關係，我們可以在麥當勞等她。」我說。

「龍眼好像也不能去，他今天接了一個伴奏，可能要練習到很晚。」小橘告訴我，這學校幾乎每個人都會彈鋼琴，但可不是誰都有幫人伴奏的能力，必須得有一定的程度。而心高氣傲的龍眼平常也不幫這種忙，除非是有資格讓他伴奏的人，他才會答應。

「那我們就連他的份一起吃了吧？等一下可能要順便麻煩妳再解釋一下樂器組的工作，剛剛的說明會我聽到睡著了。」笑得很牽強，其實我自己也打定主意，等一下到了麥當勞，簡單吃個漢堡，我就假裝家裡有事而先走，給他們製造獨處的機會，至於樂器組的工作，老實說我根本不怎麼關心，反正不過就是當一根螺絲，就像跑龍套的不需要台詞一樣，人家叫我做什麼，我照做不就得了？

看著小橘微笑答應，我覺得非常不安，像是自己撒了個大謊似的。小橘會喜歡柚子嗎？柚子沒有告白的話，可能誰也不曉得這問題的答案。我有點想先探聽看看，但為了避免壞事，最好還是別輕舉妄動。

「小子！」只剩我們三個人，正要走出校門時，後面忽然傳來一個似曾相識的聲音，原本我不打算回頭的，但那人又叫了：「拉中提琴的那小子！」

「你該不會是眞的想叫我上台吧，學長？」皺眉頭，這眞的不是找理由，我只是覺得自己程度還不夠而已。

「又沒叫你獨奏，不過就是大家一起合奏，有什麼好怕的？」老鼠用輕蔑的口氣開口：「有多少一年級新生想上台都沒機會，你可是得天獨厚耶。」

「我寧可不要。」苦笑一下，我說既然這只是合奏，那他又何必躲？

「躲的人是你，我這叫作不想拉。」他下巴一抬，臉上有驕傲的神色。

「那我跟你一樣，我也是不想拉。」我下巴也一抬，臉上很豪邁，但心裡很空虛地說：「我今天已經報名加入樂器組，老子生是樂器組的人，死了也是樂器組的鬼。」

我知道這話說來唐突好笑，但沒想到老鼠卻眞的哈哈大笑了起來，笑了好半天之後，他陰惻惻地說了句：「你想當樂器組的鬼只怕還沒這麼容易，小子。」

我不曉得那句威脅的背後藏著什麼陰謀，到後來果然連麥當勞都食之無味，虧得小橘跟柚子還不斷安慰，說老鼠雖然看起來不是善類，但至少應該不會做什麼暗地裡傷人的壞事。本來我也這樣覺得，不過就是不肯替他上場而已，應該不會擺我一道才對。但隔天一早，才到教室，我就知道我太小看他了。

「學弟，你好。呵呵呵。」一個笑起來油膩膩的胖學姊站在教室門口等我，她遞給我一張紙條，上面有自己的名字跟電話。那電話我完全不想要，而看這身材樣貌，我打算以後直接稱呼她「技安妹」。

「找我什麼事？」

「你好，呵呵呵，我想趕快來看看你。」她笑起來的時候已經連眼睛都不見了。

「看我？」

「當然要趕快來看一下呀，你是我們便當組的第一個志願者耶，呵呵呵。」技安妹很開心地笑著，而我只剩下一個衝動，就是立刻轉身去學務組辦休學，回家算了。

※心得一、玩音樂的人也是會耍陰謀的。
心得二、這是報應。

「真有你的，這簡直是不勞而獲，可讓人羨慕了。」其實一點也沒有羨慕的語氣，龍眼用不可置信的口氣說：「實在不簡單，你一入學就到處結仇。」

他說便當組在展演的工作分配中，通常是大家夢寐以求的單位，這工作最輕鬆也簡單。不過我可不這樣認為，它要是那麼搶手的話，為什麼技安妹要這樣對我油膩膩地笑？

「笨蛋，誰會希望在便當組裡頭看到自己的名字？當然只能在心裡偷偷羨慕呀。」他說。

所以我想還是有覺得丟臉的必要的。

11

星期六的下午，原本是愉快的麥當勞時間，但才開學的第二個月，我們就已經跟週末時光說再見，老鼠發下號令，全體開始準備工作，於是音樂科就大亂了，有的組別根本還沒把人找齊，有的則是新生搞不清楚狀況，清潔組提早開工，把定位組剛貼在地上，用來標示位置的膠帶直接給撕了，讓找不到位置擺放器材的樂器組破口大罵……種種混亂，不只一端。

「那我們現在要幹嘛？」看著整個禮堂內的動亂，我問技安妹。

「等囉。」她笑得很慈祥。「等下午三點。」

「下午三點要幹嘛？」

「要幫大家訂便當囉。」像彌勒佛般，她簡直不動如山。

預定的表演場所在文化中心，當然不可能每次排練都去借場地，所以只好暫用學校的表演廳來練習。站在舞台邊，看著一大堆人手忙腳亂，那場面倒也挺壯觀的。

所以這果然是最輕鬆的工作，我們唯一要做的，就是每天統計出確切人數，提早打電話到簡餐店，然後等人家把便當送來，再在放飯時間把便當一袋袋放在固定地點即可；等到大家吃完後，就將空便當盒收好，直接交給清潔組。包括技安妹在內，便當組不過只有四個人，他們也都不用上台演出，所以閒得要命。看著樂器組兵荒馬亂，大媽在那裡諄諄教誨，一再耳提面命，我不禁想探聽看看，究竟這幾個跟我一樣爽的傢伙們都是基於什麼理由而來到便當組，難不成他們也有類似遭遇，都得罪了老鼠？

「上次跟他去撞球，我贏了他兩千塊。」第一個說，而我點頭，這很合理。

「之前我抽菸被教官抓到，謊報了他的名字。」第二個說，這就有點誇張了。

「我其實沒有得罪他。」第三個則搖頭，說：「我只是追他妹而已。」然後我心想，這大概是最該死的。

晚上八點多，終於結束了一整天的排練，從表演廳裡魚貫而出的每個人都是同一個表情，大家都累了，儘管大媽的帶領風格有別於他人，不像傳說中樂器組的組長都得殺氣騰騰，但她喋喋不休的碎碎唸也讓很多人吃不消。

「其實你可以先回家的，不用多幫這些忙呀。」跟大家一起坐在表演廳外的階梯上，柚子對我說。

「小事而已嘛，又沒什麼，只是現在我好餓。」我搖頭。音樂科的男生不多，表演換場時，要移動鋼琴或定音鼓這些沉重的樂器時得要動作迅速，光靠女生根本不行，所以晚上我也自告奮勇加入支援，還得到大媽讚許的眼光。不過代價就是晚餐的便當熱量全都消耗光了，現在我只覺得手腳無力，肚子裡很空虛。

而我這話一說，旁邊桃子立刻附和，她前幾天挨了學姐一頓嘮叨，最後只好轉到定位組去幫忙，坦白講，那裡確實也比較適合她，桃子這人做什麼都很嚴謹，臉上也不怎麼笑，還眞適合這種沒得商量、不容偏差的工作。

「定位組又不用搬樂器，餓那麼快是怎樣？」柚子回頭。

「關你屁事呀，老娘餓不餓難道還要你同意嗎？」回了一句，桃子虛踢一腳，柚子急忙閃開，大家都笑了起來。

一堆人在聊天的同時，我又回頭往表演廳看，剛剛離開前，小橘本來和我們走在一起，但大媽臨時叫住她，好半天了還沒出來。我小聲提醒柚子，正想叫他去瞧瞧可有需要幫忙之處，沒想到話剛說完，就看見大媽走在前面，然後是小橘跟另一個長得很斯文的學長跟在後面，一邊走還一邊笑，我們都聽見小橘對那個學長說：「眞不好意思，大家都休息了，還要麻煩你幫我搬東西。」然後則是那個學長極爲紳士的一番客套，還說他很樂意以後多幫忙。

「哎呀，被搶先了一步。」我愕然。

「媽的，沒事獻殷勤，非奸即盜。」然後是柚子扼腕。

跟大媽、學長揮手說了再見，小橘走過來，就坐在我旁邊，跟大家一起閒聊。本來我想站起來，跟柚子換位置，好讓他們坐在一起的，但這樣似乎又太著痕跡了，正在躊躇要不要借故上個廁所之類，柚子卻開口了，他剛剛還罵人家沒事獻殷勤，結果自己卻問小橘肚子餓不餓，還從包包裡掏出一個牛角麵包。

「現在不曉得是誰非奸即盜喔？剛剛蓮霧肚子餓，你怎麼不拿出來？」坐在他旁邊的桃子立刻冷言嘲諷。

「老子喜歡藏麵包，難道還要妳同意呀？」不甘示弱，柚子用一樣的話反擊，也虛踢一腳回去，沒想到桃子不但不閃避，反而用更快的速度在柚子的大腿上重重一拍，打得他負痛大叫。

「你吃吧？」小橘接過那個麵包，卻又塞給我。

「大家都一樣累，也都差不多餓，不過這麵包不是給我的。」笑著，我推了回去。

「沒關係，眞的。」小橘笑著，又把麵包拿給我，「我覺得以我現在的疲勞程度，應該有資格吃好一點的東西。」說著，她拿出手機，撥了個號碼，接通時，她居然對著電話那邊的人說：「麻煩一下，我要雞排、炸薯條，還有糯米腸跟兩串雞心。」

我差點沒傻眼，有人這樣買鹹酥雞的嗎？小橘沒有掛上電話，轉過頭就問大家要不要一起吃，那當下每個人立刻擬出菜單，零零總總點了一大堆。

「你不吃嗎？」見我沒開口，小橘問。

「嗯，我吃麵包就好。」用一點點微笑，我說。這點微笑很牽強，因為我不想明白地告訴大家，其實自己口袋裡沒有半毛錢。看著那個最後沒人要吃的牛角麵包，在柚子的包包裡都已經被壓扁了，塑膠袋也摺皺不堪，我心裡想到的卻是前幾天老媽坐在客廳裡，辛辛苦苦幫人修改衣服，一件只賺幾十元的模樣。最近偶爾拿著零用錢，跟大家一起去麥當勞，那已經是很大的開銷，現在別說完全沒錢了，就算有，我也不敢隨便買點心吃。

「你是不是要告訴我，說你現在完全沒錢？」一句話就戳破了我的難言之隱，柚子忽然插口，他一把將那個麵包搶過去，又塞回自己的包包。

「那個麵包……」我愣了一下。

「那個麵包是給小橘的，不是給你的。」柚子在包包上輕拍了一下，然後笑著對小橘說：「我兄弟肚子餓了，他要吃雞排，算我的，沒關係。」

那瞬間我不曉得該說什麼才好，正想跟他說不用，甚至還打算站起身來，我想此刻最好趕快回家，結果坐在最旁邊，一直安靜沒講話的龍眼也開口了，他對小橘說：「吃個雞排怎麼會飽？再多兩枝串燒，那算我的。」

「龍眼……」我正想要說點什麼，跟著則是桃子開口，她說光吃肉很不營養，於是我又多了四季豆跟青椒。

「那個……」我還來不及說其實我不吃青椒，就見小橘微笑著幫我點了那些東西，掛上電話。一臉無奈又羞赧，我只覺得無地自容，難道自己變成一個要靠別人救濟的窮鬼了嗎？

小橘忽然拍拍我的手背，像是察覺了我的想法，很輕很輕地，她對我說：「不用把這些事放在心上，懂嗎？」

「可是……」

「是朋友就沒有什麼好可是的了。」然後是柚子用手肘架了我一拐子，「你該不會眞的很想吃那個牛角麵包吧？都說了那不是給你的嘛。」

※我有一群很要好的朋友，這天晚上，我確定。

12

吃飽撐著一肚子回家，看著桌上的飯菜，我早已沒了胃口。晚上十點多，老爸已經睡了，我媽則剛洗完澡，她走出浴室時還不斷揉著眼睛。

「趕快換換燈管吧。」指著客廳的燈，我說。那日光燈管太老舊了，亮度不夠，而偏偏我媽又喜歡坐在客廳一邊「聽」電視，一邊縫衣服，久而久之，當然對視力有損。

「這話去跟你老爸說，他拖多久了。」

「妳買回來給我換，這樣比較快啦。」無奈地，我說。隨手拿起餐桌上的一塊炸排骨就往嘴裡塞。其實早飽了，但不吃又未免不好意思。老媽正想熱菜，我趕緊阻止她。

「又在外面亂吃了？別老吃些沒營養的東西，家裡又不是沒飯菜。」老媽皺著眉頭。

其實我很想告訴她，那點零用錢根本不夠我晚上吃，每天傍晚下課後，大家都會先買點東西墊肚子，口袋裡的幾十塊錢只夠我吃那一頓，更晚的話通常都只能挨餓。不過這話我說不出口，看著那些可能是昨天或今天中午吃剩，還又繼續加熱來當晚餐的食物，我想家裡沒有多給我閒錢的可能性，這種抱怨也只會讓老媽難過。

叼著排骨，正想進房間去，老媽又問我最近的學校生活，跟她說一切都好。放下書包，又看見老爸走出臥房。

「這麼晚回來，在學校練琴嗎？」

「在準備展演的排練。」本以爲他會點點頭就不再追問的，沒想到他居然跟進了我房間。

「什麼樣的展演？」他又問。於是我只好簡單地告訴他，這是音樂科一年一度的重要活動，跟三月間的校慶，以及下學期結束前的畢業展演並稱三大盛事。一到三年級都有上台機會，不過幕後工作則幾乎都是一、二年級包辦。老爸一聽，立刻問我是否會在舞台上演奏提琴或鋼琴。

「可能不會吧。」把排骨吃完，我說：「目前學校的樂團不缺中提琴手，而且我的程度也還不到可以上台獨奏的地步，想獨奏要先經過老師評審，徵選過的才可以排上節目表。」

「你去徵選也不會通過嗎？」

「當然呀，我才學多久哪。反正不急，以後還有很多機會嘛。」脫掉制服，也脫掉襪子，我回答。

「這樣呀。」他的失望之情溢於言表，然後又問：「那不然你排練什麼，居然排練到這麼晚。」

「幕後工作呀。」我說，坐在書桌前，點亮檯燈，我已經翻開了書本。

「你負責什麼幕後工作？」

「訂便當。」然後我很傻地忘記自己正在跟「父親」說話，就這麼坦白地說了出來。

全部的人都放聲狂笑，只有我哭喪著臉。雖然我也覺得非常荒唐可笑，但只要一回想起我老爸那難看到極點的表情，還有他說的那句話，又怎麼笑得出來？他像是晴天霹靂似的，用不可置信的表情看著我，良久良久後，才勉強吐出一句話來：「老子讓你學了多久的音樂，花了多少錢讓你去藝術學校，結果你去那裡負責幫大家訂便當？」

「算好的了，如果這是我兒子，他已經被我登報作廢了。」坐在旁邊，很難得大笑的龍眼說。

「別難過，那是因為你爸不知道，其實訂便當也是一門學問，至少你得知道每天要幾點訂便當，得知道哪一家的便當比較好吃，也得知道便當送來時要怎麼清點，還得知道該分配多少便當給各個部門，不能多也不能少。」小橘試圖安慰我，但不管怎麼聽，我光看她臉上的笑意，就覺得一點效果都沒有。

「看開點吧，畢竟他是你老爸，而且這也是人之常情，沒有一個父親會希望自己的兒子在這麼大型的音樂展演中，只能當個負責訂便當的角色的。」最後是柚子說的最有道理。

這工作說驕傲是很驕傲，沒有我，全音樂科的人可能都得餓肚子，因為技安妹跟那幾個便當組的組員老是丟三忘四，每天晚餐都是我去張羅；但說可笑也很可笑，因為當大家吃完飯，我收完便當盒後，等於就此下班，若非生性雞婆還去樂器組幫忙，我其實根本就可以直接回家了，偌大一個音樂展演，多少鉅細靡遺的舞台工作，居然跟我一點關係都沒有，仔細想了一下，我會踏上舞台的唯一機會，居然是送便當跟收便當盒。

「怎麼還老想這些呢？」當又一次排練完，中場休息二十分鐘，我們剛把樂器撤下來時，過來協助的大媽見我悶悶不樂，問了起來，她也安慰了幾句：「就像你自己說的，以後機會還很多，不是嗎？而且現在多虧了你，否則我們哪夠人手來移動鋼琴，對吧？」

我除了點頭外，別無他話可說。沉重的鋼琴確實不是人力能徒手移動的，就算用了千斤頂，也還需要幾個男生合力才有辦法。鋼琴挪下來後，讓龍眼跟大媽去搞定，我則走到表演廳外面來，本以為會在階梯上看到柚子他們的，結果那兒卻空無一人。正想打電話問問，我又看見老鼠踅了過來。

「小子，你考慮好沒有？」他一見到我，就是很賊的笑。

「我以為已經沒有考慮的空間了。」

「怎麼會呢？人是一種永遠都在不斷溝通著的動物嘛。」他兩手一攤，笑著說：「怎麼樣，這幾天有把枕頭墊高，好好想清楚了嗎？」

「當然，想好了。」也還了一個微笑，看他這副吃定別人的樣子，我心頭就有火氣，再加上昨天被老爸那句話一刺激，這當下我完全不假思索，開口就說：「我想得非常清楚，這幾天也體驗到了，原來負責幫大家訂便當是一件非常值得開心跟喜悅的事，而且充滿了偉大的服務精神，所以我決定當一個稱職的便當組組員，不再為了上台而分心，以免耽誤了如此重要的本分工作。你說這樣是不是很好呢，學長？」

如果我都已經惹毛了老爸，那現在多得罪一個學長又有什麼了不起的？眼見得老鼠悻悻然離去，我只覺得非常痛快，迫不及待想跟大家分享這份喜悅，電話又撥，柚子的手機沒人接聽，再打給小橘，很令人不解地，她接起來時非常小聲地說：「我在教官室。」

教官室？好端端地跑到教官室去做什麼？錯愕地掛了電話，我看還剩下一點時間，乾脆過去瞧瞧也好，結果這下不瞧還好，一過去可就傻眼了：晚上八點多，教官室還燈光明亮，裡頭幾位教官都沒下班，有看電視的，有整理文件的，而教官室門口則站了幾個人，瞧他們立正的姿勢，看來絕對不是在閒站聊天，我更靠近一點，看清楚那三個人影，自左而右分別是柚子、桃子，還有小橘。

「你們在這裡做什麼？」詫異萬分，如果是柚子也就算了，為什麼連小橘跟桃子都在罰站？我小心翼翼地躲在花圃邊，用很輕的音量問他們。

「因為他們做了太蠢的事呀。」結果回答的聲音卻從背後傳來，讓我嚇了一大跳，一回頭，赫然是莊老師，他一臉無可奈何的表情，說：「有個很蠢的男生趁著休息時間，偷跑到校外去買飲料，回來時遇到野狗吠他幾下，居然笨得跑去追狗，還在校門口跌倒，手上那幾杯飲料全都灑到了路邊的倒楣鬼身上。」

我點點頭，一句話都不敢接，因為站在面前的莊老師原本穿的是一件白襯衫，但現在上頭全都是飲料潑灑後的污漬，五顏六色，非常燦爛，還有兩顆珍珠黏在他衣領上。他無奈地搖頭嘆氣，然後看著低頭不語的小橘跟桃子，說：「然後，另外還有兩個傻丫頭，她們派了一個蠢蛋去買飲料，自己卻坐在國小班專用的溜鞦韆上面聊天。」說著，他看看我，又問：「你知道高中班的學生，如果跑去玩國小班的溜鞦韆會怎樣嗎？」

「會怎樣？」

「國中班的去玩會被記警告，高中班的去玩則會被記小過呀，笨蛋。」他搖頭。

那當下真不曉得該講什麼才好，莊老師說完後就轉身走進男廁，看來是去繼續清洗襯衫了，然後我又看看還在罰站的眼前這三人。

「我爸會宰了我。」柚子一臉倒楣地說，小橘點點頭，看來她爸也不會放過她，就連桃子也難得垂頭喪氣。

想了又想，我很想找點什麼話說，但想了好半天，最後我只想到這樣的話：「別難過嘛，人之常情囉，反正天下的老爸都差不多，總有千百種理由可以惹毛他們的，對吧？」

※天下的老爸都是一樣的。

13

「我應該沒有誤會吧？」當桃子問我時，那當下有種兩難的感覺。勉強點頭，算是就此出賣了柚子，不過這也不能怪我，小橘手上那幾本樂譜大概不到五百公克重，柚子還要大獻殷勤去幫忙拿，這種企圖，任誰都看得出來吧？

「怎麼會這樣呢？」一臉不解，桃子原本就不大的眼睛直盯著不斷往前走去的那兩個人，她搔頭說：「我覺得這一對不會成功。」

「不會成功？你是不相信柚子的本事嗎？」雖然我也懷疑柚子追女生的成功率，不過總不好一開始就唱衰人家，而且桃子是小橘的好朋友，難道她不希望自己的好朋友得到幸福？

點點頭，桃子說：「我相信自己挑朋友的眼光。」

如此一說，那我就沒意見了，畢竟這是兩個人的事，旁人誰也無從置喙。然而我也在想，這樣的付出雖然明顯，但效率究竟能有多高？小橘跟柚子是彼此會互相吸引的類型嗎？他們眞能夠有什麼結果嗎？然後我忽然又想，如果柚子失敗了，那我應該起而繼之嗎？而如果是我，就會有比較好的結果嗎？想得遠了，最後是桃子在我頭上一拍，才把我喚回現實。

「你是訂便當訂到傻了嗎？」桃子問我：「有沒有興趣打賭？」

「打賭？」

「對，打賭。」桃子說這似乎是個不錯的遊戲，就賭小橘的選擇。

似乎有點缺德，彷彿是存著看笑話的心態，不過那也是個挺好玩的遊戲，我立刻點頭，桃子下了重注，賭一百元在悲慘結局上，而我也跟了，當然我賭他們會在一起。

「先說好，我們只能賭，不能插手。」她提醒。

「當然。」

大家都在星期天的一早就到校，雖然彩排是十點才開始，不過每個人都提早了些，手上也都拎著外頭買的早餐，只有我手上拿著老媽幫我準備的一盒炒麵。不用另外分配工作，每個人都已經對自己的職司了然於胸，需要的只是反覆練習到絕對熟練爲止。我負責的事務很簡單，十點四十分之前統計好人數，打個電話去便當店，剩下的就是等著鋼琴要撤離時，去幫忙搞定千斤頂。

每個人都在吃早餐，只有柚子不見蹤影，等到我們都快開工了，才看見他姍姍來遲，而且已經滿頭大汗。

「忙什麼去了你？」把便當訂購表丟給他，其實沒什麼選擇性，就只有排骨跟雞腿。他在上頭勾選了排骨飯，然後告訴大家，其實他早上還沒九點就已經到校，原來是到舞蹈科去幫忙了。

「舞蹈科？舞蹈科要幹嘛是他家的事，你去湊什麼興？」桃子睨了他一眼。

「助人爲善嘛。」柚子擦擦臉上的汗，跟我們坐在一起，「也不是什麼大忙，就搬搬他們展演的道具而已。」

「那麼喜歡做好事，你當初怎麼不出來選班長？」

「一個班長只能服務一個班，但是一個柚子可以服務全校，對不對？」

「對，」桃子點個頭，然後說：「所以老娘現在口渴了，但是自動販賣機有點遠，可以請你服務一下嗎？」

雖說爲朋友服務一下不算什麼，但這擺明了就是在耍人，可是我沒想到柚子竟然會答應，只是他起身時還拉著我，而我剛站起來，就聽到桃子對我說了一句話：「別忘了我們說好的。」

那可眞是此地無銀三百兩，一路上柚子都在追問，最後我只好說了出來，當然還不忘鼓勵他一下，並且拍胸保證，如果有需要幫忙的地方，身為朋友的我肯定兩肋插刀，赴湯蹈火都義不容辭。

「不用插刀也不用跳火圈，」柚子嘿嘿一笑，說：「先借我二十元就好，我要順便幫小橘買瓶飲料。」

我不曉得這樣算不算作弊，也不知道自己是否眞的誠心祝福他們，不過無論怎樣，我還是掏出了二十元借給柚子。然而走回來時，柚子也說了，他認爲桃子肯定會作弊，想方設法地阻止小橘接受他。

「桃子有這麼陰險？」

「小眼睛的女人通常都很陰險。」他信誓旦旦地點頭。

這種理論沒有絕對的憑據，我也不曉得到底算不算對，不過中午剛休息，我在收拾大家吃完的便當盒時，小橘忽然自告奮勇過來幫我，她看四下無人，第一句話就問我怎麼會有信心，認爲這個賭能賭贏。

「幹，柚子是對的。」我哭笑不得，小眼睛的女人心機可能眞的有點深，她已經連賭局都跟小橘說了。不過我沒回答那問題，卻反問她：「妳認爲柚子不好嗎？」

「難道你認爲這樣好嗎？」而她回答得更直接。

兩個問題所問的是同一件事，卻是完全不一樣的主詞，我想知道的是小橘是否認爲柚子不適合，但小橘指的卻是兩個人在一起的這件事究竟好或不好。對於自己的問題，我自認爲還能客觀以對；但對於小橘的懷疑，我卻不敢肯定，因此也遲遲不能作答。

收拾完便當盒，拿到清潔組指定的回收地點，我們始終安靜無話，還在午休時間，表演廳裡有些人正在午睡，有的則在角落小聲聊天，我很想找些話說，可是卻有點遲疑，總覺得說什麼都不太好。

「我覺得你會輸。」就快要走回大家休憩的地方，小橘這才忽然開口，而一說話就讓我愣住，「我跟柚子不會在一起的。」

「爲什麼？」

「因爲我不想談戀愛，就算我想，他也不是我喜歡的類型。」她搖搖頭，儘管我還想知道她喜歡的是什麼類型，不過如果她對愛情沒興趣的話，那不管什麼類型都派不上用場，根本就沒救了。

「所以妳要拒絕他？」現在我應該關心的還是她跟柚子的事。

「如果他開口的話。」小橘很篤定地點頭，「我們是朋友，也只能是朋友。」

至此，我要先爲即將失去的一百元零用錢哀悼，再者，我要替柚子也悲哀一下，看樣子他這個戀是失定了。

「不睡一下嗎？下午還要練習耶。」柚子很親切地問，不過當然不是問我，但小橘搖頭，很禮貌地說還好，不累。

說還不渴。

「剛剛有買飲料，我留了一瓶給妳，要現在喝嗎？」他又問，但小橘還是客氣地搖頭，

「晚上市立交響樂團有表演，我爸給我好幾張公關票，龍眼跟桃子都會去，妳要一起嗎？」柚子還沒死心，可是小橘卻依舊搖頭，她說今晚已經有約，要跟家人一起吃飯。

當下的氣氛顯得有些尷尬，龍眼應該早就看出來了，他雖然眼睛看著其他地方，但臉上卻是一副無可救藥的表情；桃子嘴角有些冷笑，可能是正在得意於那即將到手的一百元；至於我，我除了五味雜陳，已經無可奈何。

「我覺得你應該好好調整一下進攻節奏了。」看著桃子將小橘拉到一邊去找其他女生聊天，我對一臉沮喪的柚子說。

「我覺得不用調整什麼了，」一向不愛說話的龍眼終於開口了，而他說的是：「你不如直接死了算了。」

※十賭九輸，老祖宗們早已教過了這個道理。

14

終有一天，我也會站在那樣的舞台上，可能是鋼琴，也可能是中提琴，那時我將用盡全身的力氣，將所有學過的技巧發揮出來，讓台下觀眾爲我陶醉，也爲我喝采。那一天一定會到來，而且最快就是明年的此刻。我跟自己說，就是明年此刻，屆時，我將不再像現在一樣，只是個幫大家訂便當的小角色。雖然，我覺得訂便當也不算什麼不好的工作。

整晚的活動是由絲竹樂團的演出拉開序幕，那些曲子有些我曾聽過，有些則很陌生，幾個學長組成的樂團，只使用了胡琴、古箏跟簡單的鑼鼓，卻編出很特別的風格來，一開場就吸引了觀眾的目光，我們也看得傻眼。

「眼睛盯緊點，別發呆呀。」大媽不斷提醒著，但那眞的很難，我們從排練起始至今，只有下午總彩排時約略聽到一點演奏者的練習，根本沒看過完整的演出，現在當然很難不分心。

第一組表演完，燈光暗下的瞬間，穿著工作人員衣服的樂器組人員立刻摸黑上台，用完全安靜無聲的動作把樂器撤了下來，另一組人員則將下一場演出所需的東西運了上去。

在需要我幫忙的鋼琴演出之前，趁著暇隙看了表演單，我特別留意一下，老鼠今晚有一場獨奏，曲目是我還沒練過的，另一場則是合奏，曲子是很久以前葉老師就指點過的莫札特

K136嬉遊曲，所以我倒是很想看看這位傳說中的天才提琴手會怎麼拉，在一整個樂團中，中提琴手不算特別突出的角色，但也不是可以濫竽充數就矇混過去的。

「你分心囉。」忽然，小橘靠到旁邊來，提醒我留意舞台上的動靜。不過我看她也沒有好到哪裡去，台上現在是另一組演出，兩個學姊以雙簧管跟鋼琴做合奏，這種組合顯然是刻意練習出來的，她們以互相配合而又互相競爭的方式演奏，雖然只是一般的流行樂曲改編，但可以看出用心之處，而且流轉圓暢、高低起伏都恰到好處的優異技巧也沒話說。

「雙簧管可以吹成這樣，真的很厲害。」小橘忽然說話，她叫我別分心，但自己也看得出神，喃喃自語地說著：「這才是真正的雙簧管吧？我這幾年來到底都在做什麼呢？」

「妳已經吹得很好了。」我在旁邊插嘴，但小橘完全沒注意到，她只盯著舞台上看。直到這一場表演又結束，她才像是經歷了好大一場震撼似的，長長地呼了一口氣。這一個間隔的樂器搬移都用不著我們，陪她站在一旁，我只能也默然，不過她眼睛依舊還盯著表演者已經離開的舞台，而我則看著她的側臉，看著，我很想告訴她，其實不用那麼欣羨別人的演出，很久以前的那天，在李老師家的廚房裡，她曾吹奏過一首很簡單的〈望春風〉，那已經是很棒的旋律跟感覺。

「有那樣的目標在前面，你說，我怎麼可能會想談戀愛？」良久後，她才終於稍微側過一點臉來，對我說：「在沒有達到那個目標前，我不會想談戀愛；而如果我能夠達到那樣的目標，那愛情還有什麼吸引力呢？」

愛情跟音樂不能一起存在，成爲同時追求的目標嗎？如果自己的另一半也有著相近似的目標，不是正好可以一起努力嗎？我沒機會多問這些，可能眼前也不是討論這些的時候。接下來又是好一陣忙碌，直到老鼠上台時，我這才稍微留意一下，他果然是天才型的樂手，舉手投足間都很瀟灑自在，看起來似乎不費吹灰之力，但幾個連弓卻都運得很漂亮，而且彷彿帶著一點示威的味道，在一連串的快節奏後，他居然還回過頭來，朝著舞台側邊，我們這個方向看了看，眼神相交的瞬間，我甚至感受到他嘲諷的笑意。

要笑就去笑吧，我就是自甘墮落，喜歡訂便當不行嗎？回瞪他一眼，我馬上看向舞台另一邊角落，那兒的地板上貼著小膠帶，等老鼠一表演完，我就要立刻幫忙將鋼琴運上去，下一組就是人數編制最多，規模最爲浩大的管絃樂團演出。

不過也就在我集中眼力去確定膠帶黏貼位置的同時，舞台上忽然又出現變化，老鼠拉到一半竟然停下動作，幫他伴奏的幾個人似乎也有點錯愕。老鼠把琴往旁邊一放，居然就脫下了身上那件表演用的小外套，往我這邊丟了過來，就在大家還沒會意過來，我本能地接住外套的瞬間，他已經拿起了琴，很快幾個連弓，讓音韻立即上揚，我詫異地看著他的脫軌演出，也震懾於他竟然能用中提琴表現出小提琴高亢激昂的旋律，而且沒有琴格的樂器還能將音階控制得如此精準。幾個小節剛過，老鼠的額頭上已經沁出汗珠，難怪他要脫掉外套，至於旁邊幫他伴奏鋼琴的人則顯得有點應接不暇，雖然顯現出不協調的窘境，卻更突顯出中提琴演奏者的超級實力。

我看得忘我，張大嘴巴，幾乎不敢相信眼前的表演居然只是出自高二學生的實力，他明明只大我一屆吧？難道是從娘胎裡就開始學琴了？演出很快結束，那樣費力的激情演出也不可能持續太久，老鼠在音調最高亢處讓曲子結束，然後是他向觀眾彎腰行禮，而台下則爆出最熱烈的掌聲。

我還沒從那陣巨大的衝擊中回神過來，燈光已開始慢慢暗下，正是大家要動手搬移樂器的時候，老鼠接受完觀眾的掌聲，沒有從舞台的另一側下去，卻忽然朝我們這邊走過來，那一刻我有種不好的預感。

「你還沒穿上外套嗎？」老鼠完全沒有平常的跋扈表情，有的只是氣空力盡後的無限疲憊，他擋住了我要搬鋼琴的去路，卻把琴跟弓塞到我手上。

「你……」還不及反應，我趕緊小心捧住那把看起來就很貴的琴。

「都說了你逃不掉的，等一下換你上台替我拉琴。」老鼠似乎已經懶得跟我抬槓了，他拍拍我的肩膀，只說了一句話：「別管什麼實力不實力了，我把舞台給你，你把你的靈魂獻給音符，這樣就對了。」

忽然間，我完全失去了語言能力，看著那把琴，我整個人傻住，而老鼠從我旁邊走過，才沒幾步，他又停下腳步，回過頭來對我說：「拿好它，我的琴很貴的。」

※妳把靈魂也獻給音樂了嗎？

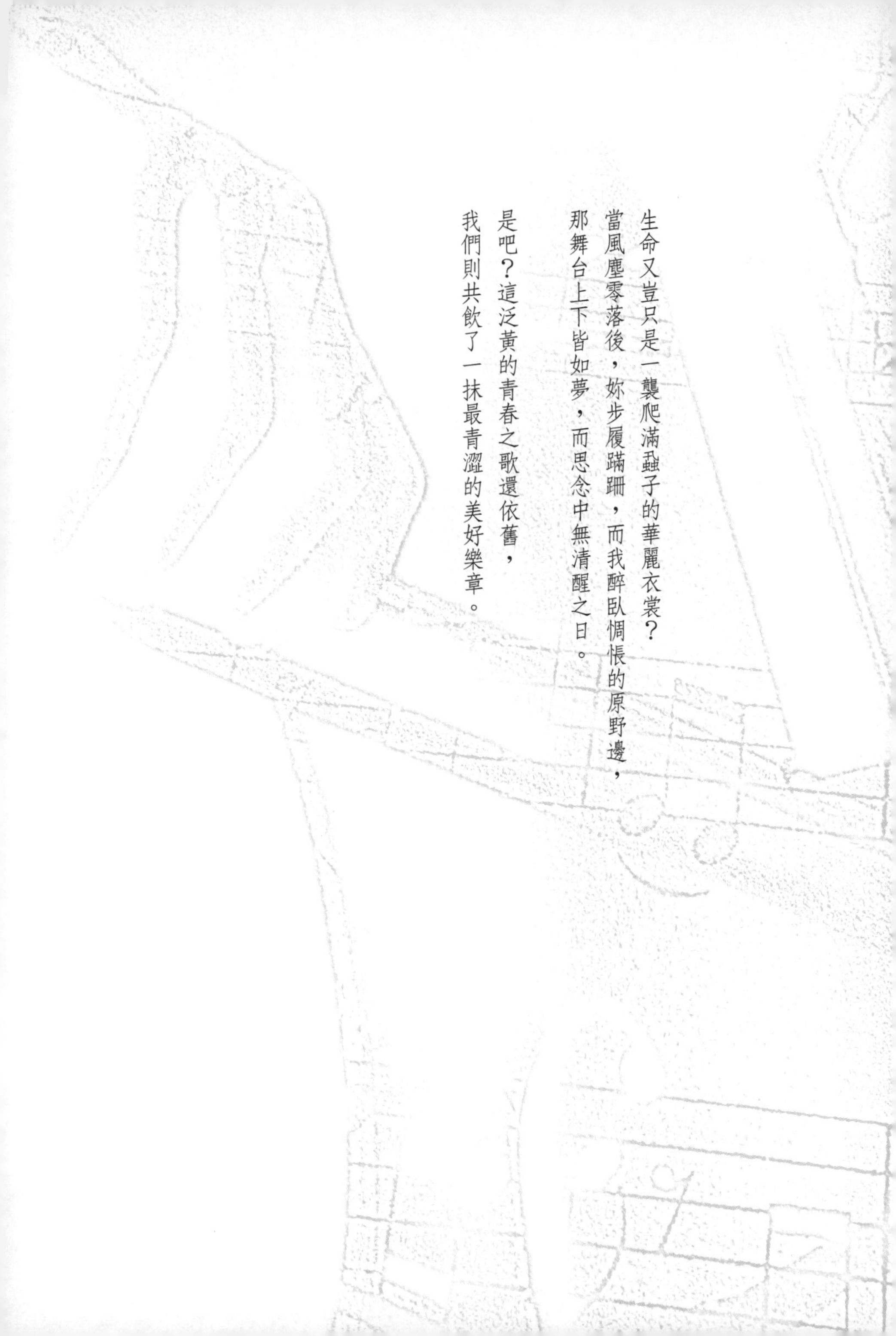

生命又豈只是一襲爬滿蝨子的華麗衣裳？
當風塵零落後，妳步履蹣跚，而我醉臥惆悵的原野邊，
那舞台上下皆如夢，而思念中無清醒之日。

是吧？這泛黃的青春之歌還依舊，
我們則共飲了一抹最青澀的美好樂章。

15

那後來的大半年裡，我一直沉醉在當天晚上老鼠的精湛演出裡，那場活動的錄影被我拷貝回家，就專看中提琴獨奏的片段。如果那就是我的目標，那這目標未免太艱難了點。雖然陪我一起看過幾次的葉老師說這樣的演奏雖然技巧很棒，但是情感張力卻有點不足。我不知道如何從中分辨情感的多寡與好壞，而老師的說法也很模糊，她並未直接解釋，卻跟我說：「當有一天你用幾弓就能讓人聽到流下眼淚時，就不再需要幾十個小節的連音了。」

這話我一直牢記在心，可是恐怕到死都無法理解跟通曉，不過另一件事則相對簡單許多，儘管還是花了好長一段時間，不過我老爸總算慢慢地，能夠淡忘我在一場大型展演中負責訂便當的事，況且，後來我也在老鼠的設計下，穿上他的表演外套，上去混在管絃樂團裡擔任中提琴手，而且很順利地拉完曲子。雖然不是主角，但至少我有上台了。

下學期的時間非常短，過完年就二月底，甫一開學，大家立刻忙碌於期中術科考試，而期中考才剛結束，期末測驗又接踵而來，然後竟然又暑假了。不過那個暑假我們誰也沒能閒著，我照樣每個星期都到老師家去，李老師給柚子的果然是父子規格，聽說他要從早上八點彈鋼琴彈到晚上十點；我則輕鬆一點，中午去找葉老師，傍晚就能回家睡覺了。

「上次展演的感想如何？」新學期剛開學，我們已經二年級，教室從三樓換到二樓，但座位根本沒變。第一堂是音樂賞析，又是莊老師的課，他依舊叼著香菸，剛進教室，第一句話就問我們：「看到那麼多學長姊的表演，有沒有很感動？參與其中，你們有沒有學到點什麼？」

見大家點點頭，莊老師笑了笑，又天南地北地聊了起來，他沒有注意到座位上的我其實沒有任何正面的反應，想起那次展演，除了老鼠跟小橘，其他的一切，對我來說其實都不是好的回憶，尤其是最後結束時。

原本那天我打算慫恿柚子去告白的，但他卻扭扭捏捏，抵死不從。而就算知道小橘對愛情並不存在多大嚮往，但是有告白就有機會，所以我還是不斷鼓勵柚子出手，最後在一片忙碌與糾纏中，我們又看見上次那個文質彬彬的學長過來，神情自若地接過小橘手上的譜架，兩個人還有說有笑，而柚子只能痛然扼腕，差點沒過去殺了那個學長。

「看吧！你就是這樣！每次都說別人沒事獻殷勤，結果最後只能自己在這裡捶心肝。」我瞪他一眼。

「因爲我是受過教育的讀書人，知道什麼叫作禮義廉恥！」柚子還氣呼呼的。

看著小橘跟學長一直往後台角落走，還在那邊整理譜架，我嘆了口氣，說：「不過話又說回來，窈窕淑女，本來就是君子好逑，像小橘這類型的女生，自然是大多數男生喜歡的對象。」

「所以你是不是打算也進來攪局，想要湊一腳？」換他横我一眼，那瞬間我確實有點心虛，不過不管從哪個角度跟立場來看，我想我都注定了只能是局外人。

「如果這種口味的你也喜歡，那沒關係，這裡有兩個這類型的女孩，一樣都沒男朋友，小的這個我繼續追，那邊那個大的給你。」說著，柚子往旁邊一指，我轉過頭去看，赫然一驚，原來是大媽正一邊走，一邊指揮大家收拾器具，而龍眼手捧一大堆看來就頗為沉重的東西，臉色卻一派輕鬆地跟她走在一起。

是呀，如果繼續這樣發展下去，小橘明年應該會是第二個大媽吧？瞧她們都有一樣的大波浪長髮、淡淡的眉毛、很瘦的腰身，我還兩邊轉頭各看了看，發現她們胸部好像也都不大。然後心裡一愣，趕緊拍拍自己的臉頰，眞是莫名其妙，到底看到哪裡去了。

「大媽人也很好，輕聲細語又溫柔親切，跟小橘很像。」我點頭。

「是呀，你上吧！」柚子推了我一把。

這種事眞可以說上就上嗎？我連大媽主修什麼樂器都還不知道呢！總不可能這個追不到，立刻就換下一個對象吧？那跟一隻發情的公狗還有什麼差別？眼見得柚子一轉眼就被叫去幫忙搬定音鼓了，而掛名在便當組的我無事可做，只好跟著大家一起動作，好不容易收拾得差不多時，正好看見大媽站在角落裡清點器材。

「還有需要幫忙的嗎？」走過去，我問她。

「都差不多囉，辛苦你了。」大媽笑起來時有甜甜的酒渦，讓人看得連心裡都甜了起來。本來眼見無事，我想乾脆就此跟她告別，收拾東西準備回家的，沒想到大媽忽然又叫住我，問我接下來有沒有節目。

有沒有節目？那是在暗示什麼嗎？以十多年來陪老母親看了不少連續劇的心得，我直覺認為她這句話背後可能還有其他涵義，才搖搖頭，結果她說的卻是：「待會我們要辦慶功，一起去吧？」

「慶功？」

「其實只是吃個消夜啦。」笑一下，她的靦腆模樣讓我覺得，搞不好自己眞的有點什麼機會，正想問她要去哪裡慶功時，結果她下一句話就讓人又掉進地獄裡：「你可以幫我問一下龍眼嗎？我覺得這個男生很不錯，但可惜就是話不多。可以的話，幫我約約他好嗎？我眞的還挺想多認識認識這個人的。」

※不幸的事不會只發生這兩次，眞的。

不信你看下一集就知道了。

16

那時，我眞的很想知道，再睡一覺醒來，這世界會不會就出現了什麼更荒謬的變化。但我想應該不會，因爲最詭異的畫面都在眼前了。很大一家茶店，就在文化中心附近，我們音樂科的人，一到三年級都來了不少，幾乎佔滿茶店三樓所有的座位區。老鼠坐的位置當然離我很遠，表演結束後我們就沒再講過話，把琴跟外套還給他時，要不是怕摔壞了賠不起，我還眞想直接用扔的。

座位上的每個人都在高聲談笑，只有我跟柚子愁眉苦臉，他雙眼直盯著始終聊得很開心的小橘跟那學長，套句八流小說台詞，叫作眼裡如要噴出火來，至於我則只覺得這世界很匪夷所思，尤其是當我看著靠牆那一桌的畫面時。在那牆邊的座位上，大媽並不過分熱情，舉止也很謹愼守禮，但隱然可見她是採取主動的，一直在跟龍眼有一搭沒一搭地說話，不過龍眼則顯得很不耐，甚至還有點痛苦的表情。

「你有沒有覺得，就算我們兩個現在站起身來，大搖大擺地走出去，在場也不會有人朝咱倆看上一眼？」我問柚子。

「不一定，也許他們會誤以爲我們是這裡的服務生，還叫我們趕快端茶水之類的。」

「媽的。」充滿無奈，我決定到外面去透口氣。剛剛看見桃子好像跟誰一起也晃到外頭去了，我跟柚子說，不如咱們也去外面，跟桃子聊聊天也好。

「你這麼快就換目標啦？」他還在那邊發情中：「桃子是不錯啦，可是她很跩耶，而且心機又重。」

已經不想多廢話了，我把他一拉，兩個人就往外頭走，全場果然沒人理會我們。一邊離開的同時，我又想，其實桃子這類型的女生也不錯，有個性，有主見，唯一的缺點就是講話太酸了。而一想到桃子，我直覺就聯想到舞蹈科的育舒。這個大我一屆的女孩雖然個性更怪，但其實她比桃子還漂亮，兩個都是短頭髮、看起來很男生樣的女孩。如果要選，我覺得搞不好選育舒還好一點，因爲桃子跟我畢竟太熟了。

從三樓走下來時，我看見二樓跟一樓也有不少熟面孔，但似乎都是其他科的學生，他們應該都是剛剛看完我們的展演，過來這邊休息聊天的吧？走到店外，我們探頭了一下，卻沒看見桃子的蹤影，正在納悶，結果無巧不巧，就看見一個清瘦的身影走了過來，不過她的臉上卻帶著殺氣。

「這麼巧。」我決定擠出一個笑容來打招呼，這個女孩我剛剛才想到，她是比桃子更有個性的育舒。

「巧個屁，媽的。」結果她完全不給我面子，一臉怒容，竟然也不管附近有多少認識她的人，居然就點了一根香菸。

「跟誰吵架了嗎？」還是柚子懂得察言觀色，他的笑容也比我更諂媚。育舒點點頭，狠狠吸了一口菸，然後用力吐了出來，站在旁邊的我差點沒被嗆到。

「男朋友？」我不想連當一隻哈巴狗都輸，於是也獻上更狗腿的笑容。

「什麼男朋友？」沒想到育舒的杏眼一瞪，銳利的眼神差點讓我尿褲子，她哼了一聲，還有點咬牙切齒地說：「我女朋友啦。」

這世界還有什麼希望呢？當柚子終於看到桃子，兩個人要到附近的便利商店買東西時，我不想跟他們一起去，卻選擇獨自一人蹲在茶店門口的人行道旁。深秋了，風有點涼，更有一股悲淒之感，我不禁感慨，自己眞的就在這熙來攘往的人群中徹徹底底地孤獨了嗎？還記得剛到藝術學校時，以前幾個國中時代的朋友曾打電話給我，言談中都露出欣羨的語氣，直說藝術學校裡女多男少，我一定會非常吃香。但現在呢？吃香個屁，我在這裡吃的是黃蓮，而且還是啞巴。

怎麼會這樣呢？怎麼會這樣呢？不斷反覆地想著，當大家都一對一對時，我該去哪裡？或者，我還能去哪裡？也不是眞的很不想跟柚子、桃子出去走走，只是今晚受到的衝擊很多，我還無法如此快速地調適好自己的心情。腦袋裡有很多紊亂的思緒，儘管還釐不清，然而我多想找個人說說話，當然這個人如果可以是個女人會更好。無奈，今晚我認識的每個女人都沒空理我。

蹲得久了，腳有點痠，正想站起身來，打算放棄掙扎，就這樣一個人悄悄地先回家時，沒想到電話居然響起，看那號碼，我有點遲疑，這個人是個女人，卻不是我想講話的對象。

「你怎麼不見了？」電話那頭傳來嬌滴滴的聲音。如果不聯想到她本人說話的樣子，這聲音其實還挺性感的。我也感到一絲絲欣慰，終於有人發現我不見了。

「下來走走，反正菜單上也沒什麼我喜歡吃的東西。」我說。

「那你想吃什麼？」那個嬌滴滴的聲音說：「我們組員好少，而且都跑光了，這邊的其他人我又不熟，這樣吧，看你想吃什麼都可以，我們自己去慶功好不好？」

「我們自己去慶功？」有點不敢相信，我重複了一次她的話。

「是呀，就我們兩個，順便當作明年展演之前，前、後任便當組組長的交接儀式嘛。」

技安妹的聲音更甜了，我也真的更想哭了。

※然後我就回家了。

17

「音樂是抒發感情的途徑，一如文學與繪畫，這是自古以來，中外皆然的。在上次展演後，聽到了那麼多的現場音樂，前陣子還有畢業展演，你們也聽了不少，應該更有感觸了吧？」莊老師看看大家，又說：「大家都升上二年級了，慢慢地就會開始接觸到更多演奏機會了，如何在音樂中抒發感情，這會是很重要的學習方向喔。」

二年級了又如何呢？會有什麼不一樣嗎？我覺得恐怕一切都差不多吧？回想起前半年，展演結束後，一切都歸於平靜，靜得就像什麼都沒發生過一樣，柚子還是不敢告白，但他的表現手法似乎高竿了些，開始學著不露痕跡地去接近小橘，就跟那個學長差不多，幫忙拿點東西，天氣變化時就嘘寒問暖一下，儘管我們都懷疑這樣的效果如何，桃子也一天到晚冷冷地將那句「沒事獻殷勤，非奸即盜」掛在嘴上酸人，但柚子還是非常積極，我在想，如果鐵杵都能磨成繡花針，那小橘也總有一天會被他打動吧？

下學期結束前的畢業展演，主角全都是三年級，他們一手包辦了籌備到演出的所有工作，我們這些一、二年級的全是座上嘉賓，完全不必勞心費力，但是看到他們的優秀演出，好像大家也沒多少砥礪，開學前的暑假都快結束時，我還搞不清楚音樂跟感情的關係，一切都沒進展，就像柚子追不到小橘、龍眼不想給大媽機會一樣令人無奈。

「你怎麼眼神這麼渙散？」最後，莊老師終於注意到我了，他從班長幫他準備的菸灰缸裡拿出一枚菸蒂，朝我丟了過來，還差點扔進我因爲發呆而張開的嘴裡。

「暑假幹什麼去了？是不是三魂七魄忘了帶回來？莊老師我除了精通西洋音樂史之外，對收驚也很有一套，你想不想試試看？收費便宜，而且保證有效喔。」他一說，立刻引起全班大笑，讓我差點沒丟臉死。他自己也笑了一下，看見我座位邊放著琴盒，當下叫我把琴拿出來。

「上來上來，來講台這邊，」他對我招招手，說：「你弄個有情境的音樂來讓大家聽聽。」

「我？」這次我嘴巴眞的張大了。

莊老師給我一個充滿鼓勵的微笑，還對大家說：「你們應該不曉得吧？其實我們很久以前就認識了，這孩子還在念國二時，我就曾經聽過他彈鋼琴，雖然技巧中等，不過情感很好，有那種可以引人入勝的魅力。」

那是瞎鬼扯的吧，我自己怎麼從來沒這種感覺過？猶豫一下，但莊老師又叫了一次，再加上全班同學的鼓譟，最後我只好硬著頭皮往前走。站到講台前時，我回首看看全班，其中柚子睜大好奇的雙眼想看熱鬧；小橘用熱切與關注的眼神期待我拿出好的表演；中間靠後一點，那邊是桃子哭笑不得，但似乎挺想看我出糗的表情；而教室最後面，龍眼則用他的神情告訴我：小子，你安息吧。

「要拉什麼？」左肩托琴，右手執弓，我腦袋裡一片空白，轉頭問莊老師。

「你想拉什麼就拉什麼。」他一派輕鬆地回答。

「可是我現在什麼感覺都沒有。」我搖頭。

「怎麼可能完全沒有？人是一種隨時都在感覺著的動物呀。」他想了想，又說：「這樣吧，自從你來到這個學校，已經過了整整一年時間，現在我給你三十秒，就用這三十秒來快速回想一下，這一年裡最讓你有感覺的事情是什麼？那是什麼樣的感覺？如果要將這感覺化作音符，你要怎麼用中提琴來將這些藏在音符裡的感覺呈現出來？」

「所以我要拉的是生活的感覺嗎？」

「毋寧說是生命的感覺。」他微笑，「張愛玲說的，生命是一襲華美的衣裳，可惜上面爬滿了蝨子。這話說得很抽象，但你可以朝這方面去感覺看看。」

聽他一邊說著，我腦袋裡完全不必思考，直覺就想到一年級上學期結束前的展演活動，那可眞是讓我太有感覺了。而那感覺一來，我的右手不知不覺已經開始移動，一個上弓讓絃音響起，就在寧靜的教室裡迴盪開來，我想起小橘凝視舞台上時那專注的模樣、那殷切的期盼，進而想到她提起柚子時的情景，我在這瞬間忽然明白，其實她不是不憧憬愛情，只是她在音樂上給了自己太大壓力，那壓力壓得她根本不能分心。然後我想起自己的無奈，說要追大媽或育舒，這都只是隨口講講，我喜歡的女孩就在這教室裡，她正用比任何人更專注的眼神看著我、在聆聽我的曲子，這曲子是那天展演時，老鼠在台上獨奏的曲子，只是我的速度整整比他慢了一倍以上。

「還不賴，繼續，別停，讓我們繼續感覺你的感覺。」莊老師在一旁出聲鼓勵。

我沒受到他聲音的影響，腦海裡翻轉的全是過去半年多來的畫面，這半年來我還是什麼都沒做成，琴沒學得特別好，也沒在柚子之後去向小橘告白，最後只好庸庸碌碌地過完半年，然後升上二年級。如果以那次展演作爲分隔點，那麼展演前跟展演後，最大差別是什麼？我閉著眼睛，努力想了一下，但卻打了寒顫，因爲最大的差別，是下學期有好幾次，技安妹居然跑來我們教室找我，還嚇得我躲到鋼琴後面，甚至鑽到桌子下避難。

「噢！有不一樣的感覺了！」莊老師輕聲驚呼。

我也察覺到了，當我一想起技安妹的長相，就跟著想起展演那天晚上的悲慘，她嬌滴滴又油膩膩的電話聲，以及每個讓我跌破眼鏡的畫面，還有我那注定了只能是配角，甚至龍套的心酸。一邊想，我的弓就一邊顫抖，原本悠揚的絃音開始突變，上下連弓拉得亂七八糟，歪歪斜斜的樂音簡直就像我破破爛爛的心情，最後終於不可收拾，像一團打爛的蛋糕，再也恢復不了原本的模樣。

音樂聲戛然而止的瞬間，我的動作也跟著停下，過了好一會兒，這才慢慢睜開眼睛，而看到的，是全班同學都傻眼的表情，大家像是看到鬼似地看著我。

「我該說什麼呢？」一向高談雄辯的莊老師似乎也失去了說話能力，他看著我，想了想，這才開口：「你確定你表現的內容真的是爬滿蝨子的華麗衣裳嗎？」

「不是，」把琴跟弓放下，在那短短的幾分鐘內，我已經好累好累，用疲軟無力的聲音，我說：「哪裡還有什麼華麗衣裳？我的生活根本是一塊破布了。」

「破布？」莊老師瞪眼。

「是呀，」我點點頭，「破布。」

✻從今天起，你們可以叫我「破布提琴手」了。

18

很老舊的建築聚落，狹窄的長巷，斑駁的紅磚牆，每戶人家都有小庭院，庭院圍牆邊總有幾棵冒出頭的樹，這就是我對葉老師家的第一印象。上課時，永遠只有龍眼的鋼琴聲連綿流暢，抑揚頓挫；最常挨罵的則永遠是柚子，偶爾還會看到他因爲講髒話而被罰站；下了課，龍眼依舊是桌球高手，其他人根本是陪練球的；庭院一角的小桌邊，小橘跟桃子正在抄譜，我很懷疑她們爲什麼有永遠抄不完的譜，而且這分明已經是有影印機的時代。

「不玩嗎？」寫完譜，桃子走到旁邊來，跟我一起靠牆腳坐下。

「誰跟龍眼打球有贏過？」我苦笑，看著小橘走進屋裡，大概是去找李老師討論樂譜的問題，我問桃子當初怎麼會想學音樂。

「我猜我的理由跟你一樣。」她微笑時，左邊臉頰也有個小梨渦，只是沒有小橘那麼顯眼。這是個很妙的回答，然後我點頭，因爲我的理由也跟每個從小學音樂的人如出一轍，幾乎都是父母主張下的結果。

「那現在呢？」我又問。

「現在？」想一想，桃子說：「大概眞的有點興趣了吧。」除了鋼琴，在學校裡主修低音大提琴的桃子說：「你不覺得低音大提琴有種難以言喻的魅力嗎？聲音不高不尖，沉沉穩穩的，不搶眼，可是每首曲子都需要這樣的低音。而且這種樂器造型又特別，跟大家都很不一樣。」

點頭，我知道她的意思，確實低音大提琴是一種不搶鋒頭，但又不可或缺的必要存在。

「所以妳現在是因爲喜歡音樂而學音樂囉？」

「算是吧。」聳肩，她回答。

「可是台灣又不只這間學校。」我說：「該不會是因爲李老師的緣故吧？」

「這個問題，每個人的理由大概就不盡相同了，有的人以前念的是一般國中，就像你，通常有音樂班的高中是不收這種半路出家的學生的，所以就算你想去也未必進得去，但我們學校就偏愛這種學生。」

「龍眼大概是最獨特的，」桃子說：「他是術科成績太好，國中時拿到太多獎，所以有名到學校要留下他，讓這種人才去其他學校的音樂班，等於是送個獎盃製造機給別人，他現在甚至還有學費減免的優惠。」

「眞的嗎？」我很驚訝，雖然知道龍眼的實力很不錯，但居然還有這故事。

「柚子的話就沒什麼好說的了，他就算想讀一般高中都不可能。」桃子笑著說，我也理解，他父母都在藝術學校當老師，自己怎麼可能躲得掉？「小橘跟你差不多，都算是半路出家，不過比你早一點，國中才開始來音樂班。不過她也比你認眞一百倍，你那什麼『破布拉法』？簡直是不倫不類。」

「我也很認眞呀。」這種批評實在叫人難以接受，我立刻抗議。

「認眞？你一天拉多久的琴？有沒有五個小時？放學回家後，讓你吃飯、洗澡、隨便念個一小時的書，然後開始練琴，你幾點躺下去睡？我告訴你，就我認識的小橘，她每天手摸琴鍵，或者嘴巴含著簧片的時間至少都超過五個小時，那還不包括在學校練習的部分。人家那才叫作認眞，才叫作勤能補拙。」桃子很嚴肅地說：「這樣的人缺乏的只是舞台，還記得上次展演吧？老鼠怎麼威脅利誘，你都不肯上去，那看在小橘眼裡不曉得有多羨慕。」

我聽得一愣，沒想到小橘可能會是這樣看待那件事的。

「所以要論認眞程度，我們誰都跟她沒得比。小橘只是家境時好時壞，不能讓她專心在個人造詣的培養而已。」

「家境時好時壞？」

「她老爸的問題。」稍微壓低一點音量，桃子說：「生意做不好又愛賭。不過細節我不清楚，她沒說，我們也不好問。」

「朋友間也不能問嗎？」

「每個人都會有些自己不想說的事情。」她嘆了口氣。

沉默了好一會兒，我想的都是跟小橘有關的畫面，或許就因爲這樣，所以她才更嚮往能在舞台上發光發熱吧？這機會一定有到來的一天，我相信以她的勤練，還有在這個環境裡的音樂活動之多，她應該可以不用擔心才對，唯一的問題，只是如果她父親哪天把家當全輸光了，那小橘會不會因此而沒辦法繼續念書而已。

「都說別人，那妳呢？妳怎麼會選擇這所學校？」

「我？」桃子哈哈一笑，又恢復了原本的表情，她說：「我的理由最簡單，因爲這學校離我家很近。」

拿了一堆樂譜回家，我開始有點明白小橘那麼認眞的背後原因了，當所處的環境存在著很多負面阻力時，有的人會加倍努力，想要殺出一條血路，有的人則會徹底放棄，改挑一條好走的路，而有些不上不下的，就卡在中間，想逃覺得無處可逃，想掙扎也欲振乏力，就像我一樣，而小橘則不然，她是很勇敢的第一種人。

老媽有點訝異於我的改變，任由一疊炸排骨由熱變冷，我居然完全無動於衷，就這樣拉了一整晚的琴，直到被吵得睡不著的老爸起來想揍人爲止。

「發什麼神經呀你？」他睡眼惺忪地問我哪根筋不對了，而我則告訴他，這是爲了校慶做準備。去年的校慶規模很小，完全沒有表演，但聽說今年要擴大舉行，所以搞不好又是一次演出機會。

「你該不會練了半天，卻又去負責訂便當吧？」他很懷疑地看著我。

「如果眞那麼倒楣的話，我一定會打電話給你。」我說：「你就來學校幫我扛便當吧。」

說完，我繼續拉琴，而他則帶著痛苦的表情回房間去。

沒有唬他，這確實是個可能的機會，已經卸下學生會長一職的老鼠似乎還對權力意猶未盡，臨卸任前，還跟學校談了這筆交易，他答應代表學校參加全國性的音樂比賽，但校方要讓我們音樂科在校慶裡也有表演機會。說是爲了學弟妹謀福利，不過等於也是累死大家。

非常無聊的理化課，我相信每個音樂科的學生都會有一樣的質疑，不知道學音樂的我們爲什麼還要上理化課。大概理化老師也有一樣的迷惑，所以他非常乾脆，什麼實驗全都沒了，在滿坑滿谷的儀器、燒杯跟實驗用具的理化教室裡，他讓大家煮火鍋。

「注意一下喔，好好觀察火鍋如何沸騰喔，然後記得做筆記，就寫……」沉吟了一下，理化老師說：「寫寫看，看小香腸要多久才會熟，看生的魚板跟熟的魚板的外觀有何差別吧。」

「我爸如果知道他付錢讓我來這裡是爲了煮火鍋，一定會口吐白沫。」桃子嘆口氣，但也吃了一塊肉片。

兩個小時的理化課就這樣變成火鍋大會，反正學校也很清楚，音樂科的一般學科不是那麼重要，要比較的話，也是文、史方面比較重視個人思維與觀念的科目有意義些，至於數理的東西就得過且過了。火鍋大會結束前，忽然有個自稱是三年級公關的學長跑來，要問問大家對於校慶活動的參加意願。

「那有什麼問題？我奉陪到底。」豪氣萬千，立志服務全世界的柚子二話不說就答應。

「如果有需要，我當然幫忙。」微笑著，小橘點頭。

「再說，看到時候怎樣再講。」桃子則這樣回答。每個人對於校慶活動的態度都不一樣，我的想法跟桃子差不多，總得知道要幫什麼忙，才能決定是否參與，倘若又是訂便當，那我覺得還不如關起門來自己練琴就好。最後那個學長把最具表演實力，但老早就伏案睡著，根本一口火鍋都沒吃到的龍眼給叫醒。

「學弟，你呢？校慶活動你要不要先想想看，看有沒有什麼點子，或者想表演什麼曲目？」

「校慶？」趴在桌上睡覺的龍眼因為被吵醒而一臉不悅，他根本看都不看對方一眼，就很簡單地說了一句話：「校慶不慶關我屁事。」

※這世界很荒謬，有人渴望一個舞台而不可得，有人則根本只想忽略舞台的存在。偏偏他們都是我的好朋友。

19

「就你們幾個？老鼠呢？他為什麼不自己來？你們拿鏡子照照看，到底有什麼資格來談？你們能做主嗎？如果不能，那這算不算是浪費我的時間？音樂科的誠意在哪裡？」一長串的問號打得我們毫無招架之力，育舒依舊盛氣凌人，她兩手一攤，又問：「如果談的東西最後都不成，那這黑鍋是不是由我來扛？還是你們自認為肩膀夠厚，可以扛得起？」

我覺得這根本是陷阱，老鼠明知道下一任的音樂科代表就是柚子，才叫他帶頭來找舞蹈科談合作，但人家怎麼會願意紆尊降貴，跟我們這些二年級生討論？

「學姊，別這樣嘛，音樂科絕對不會沒誠意，至少我不會，這妳是知道的，對吧？」很禮貌地一笑，柚子說：「雖然說是合作，但是我們這些學弟學妹都沒多少經驗，有什麼看法，還是請您盡量指點，我們也都唯您馬首是瞻，這樣好不好？」

這話聽來總讓人感到有點不對，但偏偏又說不上來，而且話都講出口了，也改變不了什麼。就看育舒得意地一笑，還老氣橫秋地說：「別說得這麼謙卑，外人不曉得，還以為我們舞蹈科的趾高氣昂，認為我打壓了你們。」

「怎麼會呢？」還是小心翼翼地陪笑，柚子可眞是好修養，而那當下我只慶幸龍眼不在，否則可能會造成什麼死傷也說不定。

結束了一場簡直是被踐踏的會晤，走出舞蹈科大樓，我立刻就問柚子，到底這麼卑微是為什麼？

「當然是爲了和解呀。」柚子說：「舞蹈科跟音樂科的恩恩怨怨究竟是怎麼開始的，我們誰也不知道，而且恐怕也無從查起，既然如此，那為什麼還要讓無聊的仇恨繼續下去呢？

如果我們有能力可以結束它，那不就應該試試看嗎？」

「我倒覺得這只會落得喪權辱國的下場。」抱持著質疑的態度，我說：「要讓舞蹈科對我們改觀，大概得先等育舒畢業吧？有她在的一天，我覺得仇恨永遠都不可能化消的。」

老鼠反應很冷淡，也不說明到底他的想法究竟如何，他聽完彙報後，只有輕描淡寫地點頭，然後就說了句：「繼續努力。」

努力？努力什麼？努力去讓人家糟蹋嗎？我覺得非常莫名其妙，倘若只是想要多一個機會，讓音樂科可以演出，我們大可在校慶時把表演廳預定下來辦活動就好，何必要搞什麼合作？按照剛剛離開前，育舒所提出來的方案，她認爲最好的合作方式莫過於結合音樂與舞蹈，在校慶時進行演出，但這計畫未免太籠統了，而且牽涉到影視科的配合，也得人家願意在燈光跟音響方面提供協助才行吧？關於這一點，柚子說不妨請龍眼去協調，之前影視科的成果展爲了營造舞台效果時，特地請了龍眼過去彈鋼琴，讓他們做節目。

在個別指導課後，我們幾個很悠哉地直接走出校園，當中還包括依舊擔任風紀股長之職的桃子，這就是學校沒圍牆的好處。

「如果有機會，應該來這裡辦一場夜間演奏會。」沒有任何人質疑蹺課的對或錯，龍眼招了一部計程車，我們五個硬擠上去，就在西子灣旁邊的英國領事館瞎耗掉一下午，當夕陽逐漸西下，在整治得很有氣氛，七彩燈光璀璨的西子灣碼頭邊，柚子有感而發地說：「這應該是很多音樂人的心願吧？」

「張大你的眼睛看看，這裡辦演奏會，觀眾要在哪裡聽？在海裡嗎？」龍眼冷冷地說了一句，讓大家都笑了出來。在他們笑鬧追逐時，我買了兩杯咖啡，給了桃子一杯，另一杯則等著要給去上廁所的小橘。

「這樣算是掩人耳目嗎？」桃子調侃我一句：「這杯咖啡很重呢，我怕我端不起來。」那話讓我一呆，其實沒有想那麼多，只是因爲在領事館發呆時，小橘說了一句愛睏想睡，我才臨時起意而已。「柚子還沒告白呢。」很牽強地一笑，我說。

「所以你在等柚子告白失敗嗎？」她不放過，又是涵義甚深的一問。

「事情不是妳想的那樣啦！那跟柚子告白與否無關呀。」我趕緊辯白，不過感覺上只是愈描愈黑，桃子嘿嘿地笑，居然又問我，如果柚子告白了，那我將如何。

「當然是祝福呀。」我回答得很理所當然。

「那要是失敗了呢？」

結果我就不知道該怎麼說了。桃子喝了一口咖啡，又開口：「還記得我們去年賭了一百元吧？」

「所以呢？」

「我覺得這賭盤根本就不必繼續了，你還是付錢吧。」她嘿嘿一笑。

「但現在問題不是這個吧？」我比較想知道的，是她剛剛為什麼要說那些話，難道這一年來我始終連自己都弄不清楚的想法，桃子卻已經看出來了？否則為什麼她要這樣調侃我？

「剩下的就不是問題了呀，沒有討論的必要。」她露出一副高深莫測的表情，還說：「至少現在這問題還不是問題。」

「等它變成問題的時候就來不及了。」我嘆口氣，也坐下。自己跟小橘以後會變成什麼關係，這我可想都不敢想。

「人只要還活著，就不會有什麼擺不平的問題的。」她說。

這樣說或許也是，誰也不知道以後會變成什麼樣子。眼前原本是柚子追著龍眼跑，不知何時卻反而變成龍眼在追打柚子，兩個人繞著堤防邊跑了一圈，柚子一邊跑一邊大笑，幾個轉彎，他忽然脫下鞋子，就朝龍眼扔過去，而那一扔可不妙，就看到龍眼一個側身，那只鞋子不但沒有打中目標，反而直接飛進了海裡。

「幹！」柚子大叫一聲，但這下已經來不及了。

※人只要還活著，就不會有擺不平的問題。

20

雖然老鼠汲汲營營在準備校慶活動，但那畢竟是下學期的事，二年級上學期有更重要的活動，也就是去年讓我百感交集的音樂展演。然而或許是已經經歷過一次，所以大家很平常心，認為一個班有幾十個人，總有人能夠主持大局，既不需要也輪不到我們操心。

打散了原本一到三年級的編制，按照每個學生的程度再進行分班，這種特別的上課方式在音樂科的一些專業科目裡是家常便飯，我們在聽寫課裡就分了三個班，也不知道是幸或不幸，我在前段班，這裡雖然有龍眼跟桃子，但是也有老鼠。那原本是個很平靜的午後，聽著一段段高低起伏的聲音，我們在紙上把它們一一寫下來，就在快要開始精神渙散時，是老天保佑吧，下課鐘聲總算響起。我本來想找龍眼他們去買杯咖啡的，沒想到老鼠走了過來，但他卻是對著桃子開口，還約她到教室外面去談。

「老鼠跟桃子？」我愕然。

「一定是爛事。」龍眼則說。

事情就從這裡開始，當我轉述給小橘聽時，她也一副不可置信的表情。老鼠的意思很簡單，年底的音樂展演需要幾個帶領各小組的組長，幾個組長上頭則有總監跟副總監，還有另一個管錢的總務，這些按照慣例由二年級擔任。已經卸下職務的三年級只負責監督跟看戲。

去年擔任過總監的老鼠，今年也得找個接班人，而他挑選的對象是之前在定位組以認眞嚴謹、負責敬業而頗受好評的桃子。

「我一直以爲他會找柚子。」我說。柚子的熱心是大家有目共睹的，他同時也是大家心裡的不二人選。

「是嗎？但你是他直屬學弟，我還以爲他會找你。」小橘則有不同的看法。

「哈，沒錯，是有人找我了，不過可惜不是老鼠。」我哭笑不得地說：「技安妹叫我繼續負責訂便當，媽的。」

塞翁失馬，雖然行政工作上，我擔任的依舊是挺沒出息的便當組，卻反而多了不少練習樂器的時間。莊老師手上的香菸離我的臉很近，幾乎就快要燒到眉毛了，他很激動地警告我，今年要嘛來個中提琴獨奏，不然也應該上去彈彈鋼琴，倘若這兩件我不給他辦到其中一樣，他就讓我成爲音樂科有史以來第一個音樂賞析被當掉的學生。

「以獨奏而言，你的實力雖然比不上去年的老鼠，不過也有他望塵莫及的地方，這我說過了，就是感情的部分。」葉老師說著，忽然笑了一下，「當然，不是那個什麼『破布拉法』，我可不記得這幾年來有教過你這種東西。」

無可奈何，非得上台不可了。拿了新樂譜，依照葉老師的建議，我不妨找人合作，反正音樂的搭配有千百種方式，也不見得非得一個人上去獨奏不可，這一來可以避免獨奏的吃力，二來也可以創造出新的玩法。

「我？」有點不敢置信，小橘臉上是驚喜的表情，她大概沒想到我會找她。

「可以嗎？」但其實我也不知道她的想法。

「如果你不嫌棄，當然可以！」她笑得很燦爛，同時我也感覺到桃子有一點點異樣的眼光看過來，臉上又是似笑非笑的表情。那眼神看得我很心虛，她彷彿在說：看吧，你果然別有企圖。

幾次放學後，沒什麼要事的傍晚，我們偶爾會在公車站牌邊遇到，小橘會問我要不要一起走一段路。這是再單純不過的意思，龍眼早就開始偷騎機車上下學了，桃子家離學校很近，走路就可以回家，至於柚子則得在學校等李老師一起，所以只有我們兩個搭公車。而偏偏這站牌邊永遠擠滿了人，所以我們才會往上一站的方向走，提早一點上車，往往比較容易有座位可坐。

陪她散步一下並無妨，我也承認這有一點私心，畢竟自己能做的非常有限，而且又要顧及柚子的觀感，當然我不奢求能夠多得到一點小橘的青睞，只希望能讓她更快樂些。

這段日子以來，我特別觀察一下，小橘上課時真的比誰都認真，每次登記琴房的預約練習，登記簿上出現次數最多的都是她的名字。這樣的人缺少的只是舞台，我想起桃子說過的，既然如此，那短短兩三個小時的音樂展演，就多點讓小橘表現的空間吧。

「你這根本是存心想把她累死吧？」對此，龍眼有不同的看法：「又報名獨奏，又要在管絃樂團裡吹雙簧管，還負責樂器組，現在你又叫她跟你一起上台。」

「可是你自己也一堆工作呀。」我說。在音樂上非常堅持自己理念的龍眼已經發下豪語，絕不隨便幫人伴奏，所以一堆想上台而需要鋼琴輔佐的平凡人都不敢輕易對他開口，但相對地，敢來找他的也都是高手，比如老鼠就是。這些高手開出來的曲目都頗有難度，而龍眼也都接了。

本來我也想像上次一樣，有空就去支援其他人，但礙於這次擔任的是組長身分，我不好再到處亂跑，而且更慘的是，這次的組員當中，除了一個跟我同班的還有點默契之外，另外兩個學妹根本愛來不來，我問她們爲什麼如此不積極，其中一個學妹懶得理我，另一個則不屑地說：「訂便當的工作有什麼好積極的？」

在幹部會議中，每個組長都要輪流報告準備進度，聽我說完，大家都笑了出來。桃子點點頭，對我說：「沒關係，你就辛苦點，反正這工作你不是沒做過，都那麼熟了。」我苦笑。便當組長只比組員多一個工作，就是要把便當錢管好，這對我來說也不難。

各組別一一報告，說的大多是活動籌備的瑣事，桃子也都很仔細聆聽，看著她，我心裡在想，老鼠其實是個很有眼光的人，比較起來，柚子雖然具備服務熱忱，但個性上有點散漫，經常丟三忘四，而且也不夠理性跟果斷；龍眼這個人脾氣大，要他巨細靡遺去管理一堆瑣碎根本就不可能；小橘則又太好講話，也缺乏領導者的強勢；至於我就更不用說了，每個人所具備的長處我都沒有，根本算不上是個角色，充其量只能擔任便當組組長。桃子聽著每個組長的報告，時而提醒，時而勉勵，表現得都恰到好處，眞的是擔任總監的最佳人選。

開完會，本來想去找葉老師，請她聽聽我的中提琴，再給一點意見的，結果卻下起大雨，整個天空灰濛濛，我們哪裡也去不了，最後只好在學校琴房繼續練。

「不知道表演那天會不會出錯，眞令人擔心。」稍微吹奏了一小段後，小橘忽然停了下來，自言自語般地看著窗外的大雨，「這是我第一次在舞台上吹雙簧管耶。」

「要聽完全沒有瑕疵的音樂，那聽眾根本不必到現場來，他們買唱片就好了。現場嘛，就是要有人放槍才有意思呀。」我知道這一點都不中聽，不過卻也是眞心話。本來表演就沒有十全十美的。

「話是這樣說沒錯，但總不能就因此而把失誤合理化呀。」小橘笑著說：「你這樣講，好像是我們就算練得再熟，但爲了讓觀眾有臨場感，所以非得製造一點瑕疵不可。」

「是呀。」然後我也笑了，「不然這樣好了，如果妳覺得演奏不能失誤，那妳可以考慮一下，製造一點不一樣的驚喜給觀眾，比如演奏結束後，下台時故意跌一跤之類的。」

小橘的笑容很甜，這樣好看的女生如果拿著雙簧管，穿著小禮服在舞台上摔得四腳朝天，觀眾應該會全部傻眼才對。不過她當然不可能乖乖聽我的話演這一幕。

「不管怎麼說，我還是覺得很感謝你，至少讓我有一個上台機會。」笑了一陣，她忽然換上很認眞的表情。

「又來了。」我只能還以一個簡單的微笑，通常人家對我表達謝意時，我經常會找不到適當的回應方式。現在也是，只好低頭擦擦琴、收收樂譜。

「桃子有沒有跟你說，我可能會休學。」

「休學？」我愣了一下。

「我家的經濟狀況一直時好時壞，這種情形下要繼續念音樂科，壓力實在很大。我爸最近欠了不少錢，如果再沒改善，我可能會先休學一年，或者乾脆轉學去念一般高中。」小橘說：「雖然我爸媽沒說，但每天在家裡，多少也感覺得出來，我不想增加他們的負擔。」

我默然，小橘的家境我隱約聽桃子說過一點點，但沒想到最近似乎變得更糟了。

「所以我才說很感謝你邀請我一起上台，不然學了那麼久的雙簧管，到頭來要是完全沒有表演機會，豈不是很可笑嗎？」她的笑變得好苦，我又是一愣，記得龍眼跟小橘在這次展演中都有報名個人獨奏的徵選，怎麼會沒機會呢？我問她徵選如何，而她只是無奈地一笑。

那天氣氛一直有些低迷，一首曲子練來練去始終不順，好不容易等雨停，在隔壁琴房跟龍眼一起編鋼琴四手聯彈的柚子立刻跑來敲門，直嚷著要吃飯。我點點頭，不想勉強練下去，乾脆休息算了。不過那當下我沒跟大家一起走，推說還有點事，讓他們先去餐廳。

看著幾個人一起走出廊檐，明明雨都已經停了，柚子還拿出傘來幫小橘撐傘的諂媚模樣，不禁覺得好笑。見他們稍稍走遠了些，我轉身就往音樂科辦公室跑去，聽說今天下午已經公佈了展演徵選的名單。

通常老師們並不會干預音樂展演的內容形式，一切都讓學生自由發揮，但除了大型樂團之外，如果有人想要獨奏，基本上還是得先讓老師評審通過，然後才能上台，這一方面是維持演出的品質，二來也是盡量避免讓舞台上出現太多次重複的樂器。

展演的徵選名單不長，按照樂器種類排列下來，上頭有一堆我認識的人：中提琴獨奏是老鼠，所以我跟小橘的搭檔並不重複，葉老師讓我們通過；龍眼不想做個人獨奏，但他跟柚子的雙鋼琴更有看頭；桃子雖然沒有個人秀，可是低音大提琴是管絃樂團的必備樂器之一；然後我更仔細看了一下，發現上頭只有一個雙簧管獨奏，但演奏者卻是去年在舞台上有精湛演出的那個學姊，而沒有小橘的名字。

「為什麼……」那當下我腦海裡一片空白，只能望著名單，久久不能回神。不是為了揚名立萬，也沒想要出鋒頭或招搖，練了那麼多年，她付出的心血比任何人都多，求的就只是一次在舞台上實現自己、證明自己的機會，這麼簡單而微薄的心願，眞有那麼難以實現嗎？

※她只想要一個機會，真有那麼難嗎？

21

「所以我爸就說了，其實也沒什大不了的，反正就是考試嘛，不要看得太重比較好，人生路很長，沒有必要太早決勝負。」柚子說的雖然是李老師對小孩的教育方針，但我聽得出弦外之音，他是拐了彎在安慰小橘。徵選名單出爐的事情應該是全音樂科關注的焦點，全世界大概也只有我這種人才會後知後覺，最後一個才去看。

「你爸是唬你的。」龍眼根本不吃這一套，他冷冷地說了句：「他知道你沒救了，才這樣說的。」

「沒錯，你爸說的很有道理，但那道理不適合你。」桃子也說。

大家又笑了起來，不過我也看到小橘臉上的笑容很苦，她當然知道每個人都想給她一點安慰，但這些安慰卻改變不了任何事實。

在餐廳裡吃完飯，眾人將作鳥獸散，我本來要去搭公車了，揹著書包跟琴盒要走出餐廳時，桃子卻忽然丟了一個紙盒給我，我認得那是我裝松香的盒子。

「咦？」她拋得很輕，但我接得小心翼翼，這東西一摔壞可就不妙。松香是保養弓毛的工具，價格有高有低，我這塊可不便宜。

「你可以再糊塗點，就把東西丟在餐桌上。」她說。

我有點迷惑，剛剛桃子的座位距離我有點遠，怎麼不是旁邊的柚子發現，卻是桃子看到了？正想開口問，她卻先搖頭嘆氣：「活該注定當你們的老媽子就對了。」說完，也沒再跟我打招呼，就這樣很瀟灑地轉身往校門口那邊走了。

把松香收好，我在皮夾裡掏公車月卡時，小橘卻問我趕不趕著回家，她今天想走走。

「還好嗎？」我有點擔心她。

「還好。」她回答得很淡然。

白天下過雨後，晚上有點涼，雙手插在口袋裡，琴盒就揹在背上，陪她一起慢慢走。不是平常往公車上一站的方向，我們沿著大馬路邊的人行道，放眼都是霓虹閃爍、車水馬龍、好不熱鬧的港都，而我們是熱鬧的港都裡各懷心事的兩個人。她此刻滿溢在心裡的應該都是表演的事，而我想的卻是如果她眞的休學或轉學了，那自己還能不能偷偷地喜歡她？而失去獨奏機會的這件事，是否又會對她在離開藝術學校的這件事情上有所影響？

「其實大家都很關心妳。」我說。

點點頭，小橘走得很慢，她沒有特別多的表情，只是說了一句：「我知道。」

然後我該說什麼好呢？從學校出來後，走過一條又一條街，又過了好一會兒，小橘忽然說：「謝謝你。」

「謝我什麼？」

「其實你對我很好。」她說：「看過《挪威的森林》嗎？我老覺得你很有那個男主角的影子。」

「是嗎？」老實說我根本沒讀過，到底那故事在寫什麼？看來有空得去找來讀讀。

「我有時候會想，爲什麼人活著這麼辛苦？是因爲年紀嗎？這年紀的我們什麼都不由自主，只能任由命運安排吧？如果再過十年，這種處境會不會改變？」

「只怕到時候我們還是一樣會有各式各樣數不完的困擾。」很想說點正面鼓勵的話，但我一想到老爸跟老媽現在的樣子，就覺得人生眞是黑暗。

「這樣的話，那人活著還有什麼意思？」她很無奈地笑了笑，又說：「我自己很明白，如果無論怎麼練習，都不能有點成就的話，那麼終究有一天，我還是會不得不離開這個環境。只是不免又想，倘若最後眞的會那樣，那現在的付出還有什麼意義？」

「音樂是用來讓自己開心的，不是嗎？」

「可問題是現在我一點都不開心。」她說著，又趕快補了句：「跟你合作的時候例外。」

我笑了，她也笑了。那是我們走了好半天以來，她頭一次眞正地笑。

「我可以想出一百個理由，來解釋獨奏徵選沒通過的結果，可是這些解釋卻沒半個可以讓我自己眞正釋懷。」最後，她下了這個結論。於是我決定就不勉強自己去想什麼安慰的說法了，或許這樣安靜陪她走一段路就是最好的，雖然，隱約中我認爲走在她旁邊的應該是柚子，但如果是柚子，恐怕他又要想一堆話來寬解小橘的情緒，那只怕會讓結果更糟。已經晚了，再走下去可能我們誰都搭不到公車時，小橘終於停下腳步，又跟我說了一次謝謝。

「不用跟我說謝謝，眞的。」我說：「不過如果妳眞的很想感謝我，希望妳可以幫我幾個忙。」

「什麼忙？」

「第一，今晚回家之後，好好洗個澡，睡一覺，讓自己明天有精神應付樂器組那一群無知的學弟妹；第二，用平常心跟我練習就好，不然這樣我壓力會好大好大，」笑著說完前兩個，我用認眞的語氣說：「第三，無論如何，在不到萬不得已的情況下，別離開這個學校，別離開我們大家。」

「好。」她微笑，也很認眞地點頭。

「要打勾勾嗎？」舉起手來，我伸出拇指跟小指，而她也伸出手來，小指相勾，拇指一印，完成了一個承諾。

「最後一次，我還是要說：謝謝你。」

「不客氣。」我說。

※那年咱們有個承諾，這承諾我要用一輩子去記得。

22

曲子不難，有趣的是中提琴與雙簧管的相互搭配，我們沒選擇很古典的樂曲，用的只是一首老到不能再老的歌，許茹芸唱過的〈美夢成眞〉，差別是原曲中的音色變成我的中提琴，小橘則用她的雙簧管吹主旋律，而我們改變了本來的歌曲流程，盡量讓彼此的音色多一點表現，曲子比原本流行歌的長度要多一些，變化性也增加不少，小橘吹奏的風格偏向華麗，聲音高低起落很大，修飾的聲音也多，而我則盡量多用連弓的拉法來呼應她。

沒有適合表演的衣服，身上穿的是柚子借給我的襯衫，但偏偏他比我矮，袖子也短了點，所以乾脆捲起來，臨上台前，大家對著我的造型左看右看，老覺得哪裡不對勁，最後桃子看出了端倪，她問我這半年來是不是都沒剪過頭髮。

「反正又沒髮禁。」我說。

「難怪，你這一頭草上台能看嗎？」說著，她以活動總監的高姿態往旁邊一招呼，立刻有人張羅來一把看來就很鋒銳的剪刀。

「不會吧？」我嚇了一跳，馬上就要上台了，難道我要現在挨一刀嗎？可是桃子根本不給我掙扎的機會，勒令我乖乖坐下，她也毫不猶豫，先用一條不曉得從誰身上拿下來的金色橡膠髮束，把我後腦杓那撮可以集結成小尾巴的頭髮束起來，然後一刀就剪了它，跟著幾下，我本來已經有點長的頭髮就這樣被她非常暴力地清除乾淨，而且照照鏡子，感覺上其實還挺有型的。

對比於我的狼狽，小橘則穿得很漂亮，一襲點綴了很多蕾絲的白色連身裙，正好襯托出她的氣質。跟她站在一起，我不由得要自慚形穢起來。

不過這些好看的樣子都只侷限於舞台上，後台則跟去年差不多，大家都亂七八糟地忙碌著，多的是女孩子粗魯地跑來跑去，東忙西忙，還有妝化一半的人在幫忙搬東西，或者收拾上一場表演後的設備。

我們練了大概兩個月，卻只爲了短短不到十分鐘的演出，說起來投資報酬率似乎不高，然而這就是表演，所有的辛苦準備，都只爲了這燦爛的一瞬間。原本上台前還有一點緊張的，但是當前奏一下，第一個弓拉下時，其實也就忘了台下還有多少目光，我只想沉浸在跟小橘合作的樂趣中。如果沒人知道明天會是什麼樣子，至少我們可以享受這當下吧？如果有那麼一天，小橘將會離開這學校，那最起碼我們也曾留下美好的回憶。

「所以我已經可以下班了。」當演奏結束，下台後我把琴收好，脫下襯衫，換上後台人員的工作服時，柚子遞過來一杯飲料，我這麼跟他說。

「哪這麼容易！應該還有得忙吧？」笑著，跟我一起看著後台。今年樂器組的辦事效率委實不高，小橘才上台幾分鐘，後面這邊已經亂了陣腳，結果她根本沒時間換衣服，還穿著白色小洋裝，但高跟鞋已經脫掉了，就這樣打著赤腳在指揮工作人員。

「你們兩個，」還沒喝完那杯飲料，身爲總監的桃子已經發現我們的悠閒，立刻過來指派工作：「蓮霧你去幫忙弄千斤頂，那個你去年弄過，趕快去接手，不然光靠那幾個學妹是不行的；柚子你去幫忙擺譜架，東倒西歪成什麼樣子！」

就在那一片混亂中，當我回過神時，已經錯過了好幾場精采演出，處理完手邊的事，正想問小橘是否還需要幫忙時，卻看見她站在舞台邊的角落，呆呆地看著台上，又是去年那個雙簧管獨奏的學姊，就是因爲今年她也報名，所以才讓小橘的期待落空。

我很想過去跟小橘講幾句話，但想想又覺得最好不要，旁邊柚子也注意到了，在他踏出第一步前，我拉住了他。

「讓她靜一下吧。」我說。

柚子嘆了口氣：「她其實是個很不快樂的人。」

「是呀。」我點點頭。

當最後的管絃樂團演出結束，全體人員在台上手牽手，謝幕已畢，我們終於順利完成這一年的展演時，已經是晚上九點半，看著黑色布幕慢慢落下，觀眾席那邊的燈光亮起，站在台上，我忽然感慨良多，可是卻又不曉得從何說起，只覺得有股巨大的落寞油然而生。

「你那首曲子拉得不錯。」當工作人員也開始撤場收拾，老鼠忽然走到旁邊來，問我要不要加入學校樂團，今年三年級的他已經申請退出，過陣子的校慶表演跟下學期的畢業展演後，他就要準備出國了，所以學校樂團方面，他希望我能接著加入，遞補空缺。

「有得選擇嗎？」心情很複雜的當下，我實在不想去考慮這個。

「說是有，但其實也沒有。」老鼠說：「除非明年有新生會拉中提琴，否則你注定是跑不掉的。」

苦笑一下，我說這件事讓我回去再想，而老鼠也點頭，不若以往我們的互不搭理，他拍拍我肩膀，然後轉身離開。

還記得剛入學時，有一次在學校琴房練琴，葉老師跟我說，音樂科的學生畢業後會有千百種可能，每個人都可能走出與眾不同的一片天，但在校的階段裡，卻是不分年級、不分所學，全都是生命共同體，要共榮共辱，每一次的展演都一樣，沒有任何一個活動是一個人可以獨力完成的，所以要跟大家培養出好的默契，建立好的關係。而表演有好有壞，我們要習慣掌聲，但也要習慣噓聲。

我想自己應該做得還不差吧？在這個學校裡，除了與老鼠跟育舒比較處不來之外，基本上人緣算不錯；而我對表演始終以平常心看待，不像其他人那麼重視，能不能上台一點都不重要。活動結束，所有人都幫著清潔組整理場地，因爲結束時間晚了，桃子決定慶功宴擇日再辦，今天先讓大家回去休息。

我一個人慢慢地往公車站走去，雖然不若去年的荒謬，但今年卻反而更沉重了些。這是因爲謝幕後，一切光華都褪去了的緣故嗎？還是什麼原因呢？我老想著小橘穿著那襲白色洋裝，赤著腳，站在舞台邊，那看著舞台癡癡出神的模樣。

「想去哪裡？」正在發呆等公車，旁邊忽然有燈光，龍眼騎了機車，上面載著柚子。他的車輪幾乎快要碰到我腳邊，停下時，龍眼叫我上車。

「上車？」

「三貼一下吧，沒關係的。」柚子說：「咱們慶功去。」

「不是說要改天？」我還沒回過神來。

「音樂科的慶功宴是改天沒錯，但是李老師音樂班的慶功則是今天。」柚子笑著說他已經預定好了包廂，大家今晚一起去唱歌，而且桃子跟小橘已經搭計程車先過去了，因爲看不到我，他才跟龍眼一起騎車出來找。

有點猶豫，我其實很想靜一下，同時也在想，小橘的心情應該也不會很好，五個人去唱歌，如果有兩個人臭著臉，豈不是很掃興？還在躊躇時，龍眼開口了：「這世界不會因爲你一個人而有所改變，但我們五個人就像一支籃球隊，你看過什麼籃球賽會有一隊只派四個人上場的嗎？」

※我們沒有誰是不重要的。

黑夜後終有黎明，但曇花已謝，好夢已覺，
而我依舊思念妳指尖輕顫時的溫度，如沐浴春光之暖。
那年，我承諾過永不遺忘。

生與死並非無可化解的界線，
那些似愛非愛都是旋律裡蕩漾的音符，妳知道的。

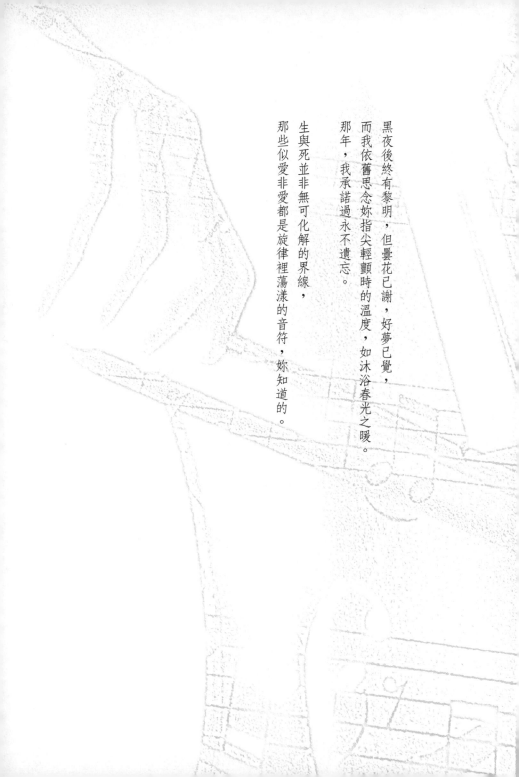

23

「我有一種自己非常蠢的感覺。」當柚子在彈琴時，偷偷地，我跟小橘說。爲了表現誠意，舞蹈科的期初成果發表會上，一改他們平常播放音樂的慣例，特地邀請我們音樂科派出一個小組來做現場演出，總共要十五首歌，柚子、小橘跟我一起平均分配。但那種感覺很彆扭，以往的演出，我們都是主角，而現在則是窩在角落演奏，大家的目光焦點都是舞者，根本沒人注意到這邊，曲子毫無挑戰性，彈對彈錯好像也沒人在乎，也難怪早有先見之明的桃子跟龍眼根本不想來。

「別想那麼多，我們現在之所以在這裡，只是看在柚子的面子上。」小橘壓低音量：「否則這種曲子本來就不需要現場演奏。」

我們很懷疑這樣的誠意能收到多少效果，但老鼠一再強調要大家壓低姿態，千萬別多生事端，然而究竟是誰在多生事端呢？我看他才是最會找麻煩的人吧？

「你們的實力還不錯嘛，看樣子合作空間不小，可以讓音樂跟舞蹈相結合。」當我們三個很無奈地吃著他們招待的便當時，育舒剛好送走最後一批前來與會的師長，同時也交代她的學妹們收拾場地，然後才走過來打招呼。其實我很想告訴她，如果所謂的合作只是這樣的模式，那我看不要也罷，因爲鋒頭都被這群跳舞的給搶走了。

「是呀，所以這是不是可以當作一個發展的雛型呢？我是說，校慶時就用這樣的模式去做。」沒想到柚子居然點頭附和。

「可以呀，而且這樣大家也方便點，可以各練各的，只要表演前稍微再套一下，應該是沒問題的。」育舒點頭，她想得可真簡單，但我覺得問題才不小。她說完話後也沒離開，拉把椅子就坐了下來，「小子，你有沒有意見要表達？」

「目前沒有。」吃著雞腿，我搖頭。

「意思是之後會有囉？」

「也說不定。」

「我老覺得你的眼神裡有點不滿，是不是對這樣的合作模式有質疑？如果是，你可以說出來沒關係。」她手肘靠上桌子，托著下巴，近距離地看著我啃雞腿。

「如果我說把舞台位置調換一下，跳舞的到角落去跳，把鋼琴擺到舞台中間來，妳會答應嗎？」嚥下嘴裡的食物，我問。

「你有種再說一次看看？」然後她的殺氣就萌發出來了，我正想重複一次剛剛的話，以證明自己是個有種的男人時，小橘趕緊從桌底下拉拉我的衣袖。

「你眞的是很不要命，而且魯莽、愚蠢、沒大腦，說話都不會看對象，知不知道對方是誰？人家可是舞蹈界的明日之星耶，你以爲自己有多少份量呀？」老鼠搖搖頭，笑了一下，然後說：「不過我喜歡。對梁育舒那種人就是要這樣，挫挫她的銳氣，否則她還以爲我們音樂科的都是傻子。」

「我已經很給面子了，是你說要以和爲貴的。」我說。

「是呀，但也不能讓人家牽著鼻子走吧？」老鼠又說了那句廢話：「加油，好好幹。」

我實在搞不懂老鼠究竟在想什麼，按照擬定的計畫，幾乎所有的節目都是舞蹈與音樂相配合，在這種配套下，我們根本沒有揚眉吐氣的機會，因爲老鼠自己不出面，只讓柚子去談判，結果就是我們一定只能當配角。

校慶的園遊會就辦在學校操場，不分國小、國中或高中，每個班級都可以擺設攤位，我們班賣的東西非常簡單，就是霜淇淋而已，那還是其中一個家裡在夜市擺攤位的同學所提供的，因此也讓她去顧攤位就好，按照柚子的意見，我們要調撥絕大多數的人手去張羅表演的事，而且因爲那是戶外場地，燈光跟音響也要自己來，這方面已經靠龍眼去影視科取得支援。

「你確定這樣的合作方式不會引人詬病嗎？」最後我終於受不了了，就在表演內容定案的前一天，當理化老師在教室裡放了影片，全班一堆人都睡著時，我問柚子：「連我都覺得喪權辱國了，你覺得其他人會怎麼想？老鼠這種人絕對不會想吃虧的。」

「沒辦法呀，不這樣，合作根本談不成。」柚子也很無奈。其實我們也明白他的心情，莫可奈何下接了這個職位，非得硬著頭皮辦活動，合作對象又是最難搞的世仇科班，怎麼做都是得罪人。

「但願不要出事。」嘆口氣，看著那張節目表，我說。

「但願不要出事。」也嘆氣，柚子說。

「應該不會出事。」小橘搖頭。

「不會出事才怪。」然後，跟我們一起看著節目表的桃子哼了一聲。

「沒事我也會讓它有事。」最後則是龍眼，他根本連看都不看，就這樣趴在桌上繼續睡。

雙簧管輕盈靈動的旋律剛結束時，舞者的動作也恰到好處地停下，按照我們的計畫，這時候應該有乾冰或誰在旁邊吹泡泡，好烘托出浪漫的氣氛。我在節目表的項目前打了一個勾，表示這個沒問題。不是每個人都有空來彩排，對這種非正式性的演出，音樂科裡一堆高手根本不屑一顧，比如龍眼就是，他寧可在琴房裡吹冷氣，也不願來彩排。

一連幾個項目都很順利，影視科的同學也拿著節目表在旁不斷註記，他們的工作也不輕鬆，所有的舞台效果全都要仰仗他們。小橘的練習結束後，我跟她交接記錄工作，走到鋼琴旁邊，與我搭檔的是六、七個穿得像小丑一樣的女孩子，她們要跳的舞似乎頗有看頭，但我卻沒辦法多看，因爲要配合這一支舞的，是我已經有些陌生的曲子——拉威爾的小奏鳴曲第三樂章，那可是我當年考鋼琴檢定時的曲子，以前爲了考試而練得很熟，但現在老早都忘了，要不是這次合作會用到，我壓根就不會想彈它。

「小子，你可別讓我失望。」站在一旁，雙手交叉在胸前的育舒特別看了我一眼。

「先去看看妳的學妹會不會跳錯舞步吧。」我也不想給面子。去年還覺得自己是一年級新生，對學姊應該客氣點，但是一年過後，我已經很懶得跟不值得客套的人客套。

曲子連音很多，忽快又忽慢，而且整首歌的氣氛很詭異，果然那群舞者動起來也活像起乩，根本不知道那些搖頭晃腦的肢體動作究竟象徵什麼。原本的音樂很短，爲了配合表演，我必須連續反覆彈上四次，因此也只好多花點時間去改編它，務求每一次的連接都能流暢俐落。

演奏過程中我彈錯了幾個音，不過現場沒有一個舞蹈科的人聽得出來，我看他們可能連原曲都沒聽過吧？彩排結束後，我走到小橘身邊，順便也看看一旁影視科的筆記，他們在上頭註記了一行字：「有鬼要出現的音樂、有鬼要出現的動作、有鬼要出現的燈光。」

「寫得好。」看著那行字，我再同意不過。

原本計畫中的彩排就到這裡爲止，因爲後面都是稍微有點難度的舞蹈，同樣搭配有點程度的音樂，而負責那些音樂的高手們則無一到場，他們都只肯在表演當天才出手。我從小橘手上接過節目表，正想請柚子去宣佈彩排結束，沒想到卻看見龍眼晃了過來。

「我只是睡醒了想尿尿耶。」被柚子推到鋼琴前面時，他還睡眼惺忪。

「老大，幫幫忙，拜託一下啦。」苦口婆心，柚子非常爲難地說：「算是給我個面子嘛。」

那是非常好笑的畫面，就看見龍眼穿著短褲，踩著拖鞋，他摸了摸鋼琴的琴鍵，然後張望了一下，說：「我彈，誰跳？」

「我。」一個剛換上正式舞蹈服裝的男生，看起來其貌不揚，瘦巴巴的不說，身高幾乎比我矮了一個頭的傢伙站了出來。我在節目表上看了一下，他是三年級的學生，而且是去年的國標亞軍，果然實力不容小覷。

那當下，我們原本以爲龍眼會就這樣坐下來，開始演奏鋼琴的，結果沒想到他居然看看育舒，又看看柚子跟小橘，最後則把頭轉向我，說了一句讓大家都傻眼的話：「爲什麼你們都幫人伴奏，而我卻要彈鋼琴給一隻猴子跳舞？」

※「音樂科跟舞蹈科會結仇，就是因為有這種人啦。」我說。

24

「如果沒有誠意就早點說，把話講白了，就算不辦也沒關係，別在這裡故意扯後腿，礙手礙腳的是什麼意思？」很生氣地，育舒指著我們音樂科的人馬破口大罵：「明明就是那麼簡單的兩個小節，這都吹不好？有沒有搞錯？到底你們是幹什麼吃的？你們這些人究竟回去有沒有在練習呀？明天就要上台了，難道這種水準你們也好意思拿出去給人家看？真想丟人現眼的話，你們音樂科的自己上去就好，別把我們拖下水！」

「說話客氣點，什麼叫作很簡單的兩個小節？有本事妳來吹看看。」我的心情也不太好，當場就嗆了回去，挨罵的是跟育舒同年級的技安妹，老實說，雖然我對油膩膩的女生不感興趣，但至少這兩年來她是非常照顧我的，雖然她的樂器造詣並不頂尖，但做人真的沒話說。舞蹈科這首曲子指定要洞簫伴奏，但放眼現在全音樂科就沒一個人學這種東西，只剩下一個曾經摸過半年的技安妹多少還能吹上一點。看著她滿臉委屈，幾乎要流下眼淚的樣子，我覺得很不平衡。

「現在是三年級的人在說話，關你什麼事？」聽我插嘴，育舒立刻將矛頭轉向我。

「如果是三年級的人在講話，那請妳用對等的態度跟我學姊討論，不要大小聲的，否則就別把年紀拿出來掛嘴上，早生幾個月而已，也不見得哪裡了不起。」我猜自己大概吃了熊心豹子膽，居然敢頂嘴。回個頭，本來想看看柚子他們會不會過來一起壯膽的，沒想到他雖然還陪在我身邊，但臉上也是一陣青一陣白的。

「小子，我記得第一次見到你的時候，你就說過，也許以後會有來跟我搗蛋的一天，是不是？」壓下已經爆發的情緒，育舒的聲音反而沉了下來，我猜那是下一波更劇烈爆炸之前的醞釀。

「是呀，搞不好我現在就已經準備好了。」冷冷地，我說。至於準備好了之後怎麼樣，這個還不知道。

恨恨地，育舒走回舞台邊，然後洞簫又吹起，那個舞者又跳了起來，在那片其實很難聽的音樂聲中，小橘把我拉到旁邊。

「你吃了炸藥啦？」

「那是尊嚴問題呀，士可殺，不可辱，憑什麼她就在這裡頤指氣使的？」我哼了一聲，「叫聲學姊是給她面子，她還眞以爲自己是什麼東西了？」

嘆口氣，小橘也莫可奈何。好不容易等到早上的排練結束，中午休息時，坐在琴房裡吹冷氣，她忽然問我：「如果今天你遇到一個無法克服的難題，你會怎麼做？」

「想辦法找到問題的癥結，然後解決它。」我以爲她說的是早上的衝突，所以又多加了解釋：「所以最快的方式，就是幹掉梁育舒。」

小橘笑了一下，搖頭說：「除了這個呢？如果你不能殺掉任何人，但是又逃不出這個問題，那怎麼辦？」

「那……」想了一下，我說：「如果不能幹掉別人，我就把自己掛掉算了。」見她一愣，我笑著說：「不過我不相信這世上有解決不了的問題，所以除非萬不得已，不然我想自己這條命應該還算値錢。遇到眞的不能擺平的問題，大不了逃走而已。」

「就說了沒得逃呀，所以才問你怎麼辦。」小橘笑了，又問。

「那我就把問題丟給你們。」我想到了一個自以爲很棒的答案：「也許一個人解決不了，但五個人一起上的話，那就未必沒救了。」

我不曉得小橘是否遇到了什麼難題，或許那跟她之前提到的繼續走音樂這條路有關，然而午休時間很短，而且大家都還卡在校慶公演的衝突裡，誰也沒時間想太多。我連紙板都不鋪，直接就睡在琴房的地板上。才剛要睡著，午休結束的鐘聲又響起。

「我有個不好的預感。」到了集合場，看著正跟其他人談笑寒暄的育舒，桃子忽然皺起眉頭來對我說。

很想把這句話拋諸腦後。如果可以，我也很想就這麼愉快地跑完下午的流程，然後明天上台，大家輕輕鬆鬆地演出，就這樣將一次失敗的「和解」行動結束掉，世仇就去世仇吧，如果這種無聊的仇恨可以累積幾十屆，那也不可能因爲我們辦這次校慶合作就化消的。

不過這種微薄的期待終究還是落空了，育舒之所以在那邊談笑風生，其實是根本就已經想好了整我們的方式。柚子彈奏的曲子並不簡單，陰陽怪氣的曲風，配上宛如鬼在飄一般的舞步，不過最大特色是那個舞者在表演進行中，還要加上個什麼內心戲的部分，所以當她沉寂不動時，鋼琴就要不斷在激昂處反覆，藉此烘托出舞者的心理世界，然後才能進入下一波的肢體高潮。

那段「沉思」在原本的編曲裡只有十六個小節，然後舞者從原本的蹲姿一起身，柚子就要立刻進入下一個段落，叵料對方居然在這時候使詐，段落一過，柚子抬頭看了一下，舞者竟沒有半點動作，於是他只好又進入一次循環。

「他是抽筋還是睡著了？蹲在那裡發呆嗎？」我臉色一沉，盯著台上問。

「那是因爲鋼琴的情感不夠。」育舒冷冷地說：「所以還要再醞釀一點。」

「她是蹲在舞台上，不是蹲在馬桶上，醞釀個屁！」我一聽就冒火了，正想吵架，小橘趕緊拉住我。就在氣氛僵滯的當下，柚子已經很快又結束十六個小節，然後他又抬頭，而可惡的是舞者居然依舊紋風不動。

「還是不夠。」不等我們誰說話，育舒自己開口了：「這鋼琴一點感情都沒有，舞者根本沒辦法進入狀況。」

「我看她是便秘吧。」冷笑著，我說，但心裡其實有點擔心，因爲那曲子並不好彈，即使柚子的鋼琴造詣比很多人都高，但也絕非輕易能夠勝任。而既然對方不動，當然他只好繼續下去，又是接連十六個小節，那個舞者還是跟雕像一樣杵在原地，擺明就是裝死想要折磨人。我特別留意了一下，那個男舞者臉上似乎還有著奸險的笑。

「媽的！」我眞的按耐不住了，站起身來，很想衝過去再找育舒理論。這次小橘也看不下去了，她跟我一起站起來。不過我們都沒有機會開口，屁股才剛剛離開椅子，就看見桃子二話不說，已經丟出手上的飲料罐子，但可惜她彈道有點偏，「凶器」在距離那個男舞者大約還有兩公尺遠的地方落地，「噹」的一響，大家都嚇了一跳。

「你們……」育舒也吃了一驚，她立刻瞪了過來，不過即使是她也無法說什麼，因爲就在她轉頭的瞬間，我看到龍眼更誇張，他丟出去的東西比桃子更有力道，而且精準到可以參加棒球投準比賽，非常有勁道地直接命中那個男舞者的臉，當場打得他一屁股坐倒在地，我還兀自詫異萬分，更仔細一看，才發現龍眼扔出去的原來是他腳上的拖鞋。

※這就是我所謂的五個人就沒有擺不平的事。

25

一臉的哭笑不得，老鼠沒有責怪什麼，他只是露出無奈至極的表情。那只拖鞋現在就穿在龍眼的腳下，我偷偷地低頭瞄了一下，龍眼還在晃動他的腳趾頭。

「雖然我覺得你們是一片好意，但出手未免太重了吧？果然音樂科的高手都不輕易出招，而一出招就是大絕。」柚子搔搔頭，他永遠是爛好人，明明自己的右手都快斷了，但還在替對方說話：「那個學長都流鼻血了耶。」

「你該慶幸的是我沒丟中，否則他可能不只是流流鼻血就算了。」桃子冷冷地說著。有道理，拖鞋跟鐵罐比起來誰嚴重，這不言而喻。不過我倒認爲，他們如果把東西朝著育舒丟過去，效果可能更好一點。

「要出手就不要怕重，不然難道我們要在那裡看你把十六小節的無聊東西彈個上百次嗎？」龍眼說。

「其實就算彈一百次，我的手也應該撐得住的。」

「但是我們的耳朵可不行，難聽死了。」龍眼嘆口氣，點了一根香菸。

也不是眞的想抽菸，只是好奇就跟著點了一根，我們都說老鼠一定是頭腦有問題，才會認爲這種和解計畫行得通，而且他雖然看來猥瑣，但其實個性非常高傲，簡直就跟龍眼有得比，這種人怎麼會拉得下臉來吃虧，實在讓人匪夷所思。

「所以明天一定會有好戲看。」龍眼點點頭：「如果是我，明天一定會想辦法報仇。」看大家都露出緊張的表情，龍眼又說：「不信的話，我們打賭。」

不用賭，我們也都覺得，這件事鬧到最後肯定無法化解兩家的仇恨不說，甚至只會讓事態更嚴重。抽完菸，大家解散各自離開，小橘上了公車後，才問我想不想走走，結果我們坐了一趟公車到火車站後，又慢慢地一路走到愛河邊。傍晚時分，夕陽被附近的大樓遮住，只剩下滿天彩霞。

「如果眞像龍眼說的那樣，你認爲明天老鼠會怎麼報復？」維持在幾乎並肩的走路速度，小橘問我。

「他應該會在跟育舒搭檔時出手吧。」我說。這次校慶的壓軸演出就是老鼠跟育舒的搭配，而這個組合是從沒練習過的。育舒雖然每次排演都到場，但她從不練習那一支舞；老鼠偶爾會來看看，卻也總是來去匆匆，還說這種曲子沒有練習的必要，就跟龍眼一樣囂張。

「會不會趕著回家？」微笑一下，小橘問我。

「會的話就不會在這裡了。」我說：「倒是妳最近很喜歡散步？」

「散步本身並不具有什麼意義，不過好像可以讓自己心情好一點。」小橘問我可曾感受過自己內心裡的眞正感覺。「我覺得人的心裡應該都會有一個自己平常不太會察覺，但是始終存在的世界，那裡面只有一個顏色，代表的是一種念頭或感覺。有時候在不知不覺間，這樣的世界就會跑出來，覆蓋在原本的生活上，就像攝影機鏡頭上罩著一層濾鏡，讓原本的色彩都失眞了。」

「那層濾鏡會讓妳心情不好嗎？」

小橘點了個頭，說：「從以前就偶爾會這樣覺得，只是最近似乎明顯了一點。我覺得自己的顏色是一片藍，很透明很透明的藍色，在那層藍色底下，所有的溫度都不見了，只剩下好冷好冷的感覺。」

沉默著，我在思索應該說什麼才好，如果她總是感覺到冷，那我該怎麼做？而倘若每個人都有一個顏色，那我的又是什麼顏色？

「很蠢吧？這種說法？」忽然笑了起來，小橘說。

「一點都不會。只是我不曉得自己的濾鏡是怎樣的，似乎每天光看這個原本的世界都來不及了，完全沒時間去想自己心裡到底是什麼感覺。」我說。

「所以你的濾鏡是透明的。我這樣認爲。這就是你這個人的特色呀。」

「是嗎？聽起來妳像是在說我很無知。」

「能無知是好事。」她笑得很可愛，一點都不藍，反而應該是粉紅色。

愛河邊有很多散步的人，走在堤岸邊，偶爾聽得到幾聲鳥叫，大概是歸巢的倦鳥吧，聲音有氣無力的。走得累了，她在椅子上坐下，我則跑去附近買飲料。路邊飲料攤子的大叔很親切，見我一個人卻要買兩杯，問我是不是帶了女朋友在約會。

「是的話可就天下太平了。」我說得很無奈。如果可以，我還希望現在來買飲料的人是柚子，而我則應該已經回到家，陪著老媽聊天。不過可惜的是，小橘眞的對柚子沒太大興趣，完全沒有想跟他一起散步的興趣，而我一路上千方百計想把話題引到柚子那邊去，卻始終不得其門而入。

這可怎麼辦才好呢？再這樣下去，柚子是一定沒機會了，而我也不可能就此順便告白呀，那感覺太奇怪了。買了飲料，腦海裡胡思亂想著，等我走回到堤岸邊時，卻看見小橘原本坐著的椅子上空無一人。愣了一下，將飲料放在花圃邊，我拿出手機，正想撥打電話給她時，卻看見上面有個新訊息的通知。

不曉得自己會不會後悔，但你是唯一知道我的那個世界的人。請幫忙保守祕密。我先回家了。再說一次，謝謝你。

看著那封訊息，我不知如何是好。過了一晚，既沒回訊，也沒再打電話，我只是因爲喝飽了飲料，回家吃不下飯而挨罵。

隔天的表演，一切都在差強人意中勉強度過，技安妹的洞簫吹得讓人提心吊膽，我在場邊負責每個演出的調度，看得都很膽顫，好不容易進行到後半段，圍觀的群眾愈來愈多，整個園遊會的群眾似乎都被這邊的聲音所吸引而紛紛聚來，偶爾影視科的同學把燈光轉過去時，我看到一整片的都是人。

匆忙中，一直沒機會過去找小橘說話，她又一如往常地忙著自己的工作，笑起來很好看的她非常適合接待工作，這時候也不例外。不過我沒時間多看，舞台上柚子已經開始演奏，那個昨天被打爆鼻子的男舞者也拉長了手腳開始跳舞。剛剛上台前，龍眼特別警告過一次，如果今天他敢多做手腳，保證回家時會在垃圾桶裡找到自己的鼻子。我忍著笑，對影視科的同學打了手勢，他們很配合地變換燈光，演出立刻展開，整個氣勢全都出來，柚子彈得非常好，那個男舞者也乖乖地跳，就這樣順利進行到最後一個節目。

「還不賴。」不知何時，老鼠忽然鑽到我的背後，他看著舞台上正在彎腰致謝的表演者，說：「你們一定吃了很多苦頭吧，最近？」

「你說呢？」看到他就沒好心情，我回答。

「沒關係，接下來就交給我了。」老鼠自信滿滿地說著，好像他是什麼救世主似的。

最後一個節目開始前，我眼珠子差點沒掉出來，育舒不若以往的中性穿著，雖然依舊是褲裝，卻另有一番華麗的味道，她一襲連身的金色服裝，配上粉紅色滾邊，顯得貴氣逼人。天色已經逐漸暗下，燈光再度亮起時，育舒的動作很有力道，瞧她舉手投足間，全都是大將之風，而老鼠也不簡單，他竟然是先拿著中提琴上場的，而且不若以往伴奏者都待在角落，他直接就走到場中央。我想這絕非預先排練，可是育舒卻完全不受這舉動的干擾，每一次都巧妙地避了開去。小調的旋律，不知道是什麼曲子，也可能是老鼠的自創曲，他們都是自己領域裡的高手，儘管從未搭檔過，但舞者從演奏者的旋律中，可以找到自己能表現的肢體語言，演奏者則在舞者的動作中去獲得靈感，瞬間就將它轉化成音符。我看得目瞪口呆，這才明白，原來他們之所以從不預先排演，就是爲了在這場演出裡一較高下，比的是臨場反應，以及當他們都站在舞台中央時，誰才能成爲眞正的主角。

「這就是他們的實力嗎？」一樣是讚嘆的口氣，柚子咋舌。

「那是王者的實力。」而龍眼也說。

不過可惜的是這曲子並不長，在中提琴慢速的演出後，老鼠一面拉著尾奏幾弓，一邊走向旁邊的鋼琴，原本我們都以爲他會受到鋼琴擺設位置的影響，就把主角地位給讓出去的，但沒想到才甫一坐下，老鼠的手指靈快顫動，跟剛才的舒緩沉鬱大異逕庭，非常輕快的旋律立刻響起，全場的視線都看向了他，就連影視科的人也很本能地將燈光轉了過去。

那當下育舒也不示弱，她原地轉了幾個圈後，舞步隨之一變，變成輕快活潑的動作，就這樣，在全場觀眾的鼓譟聲中又跳起舞來。而就在此刻，我忽然想起老鼠上台前說過的話。

「糟糕，不妙。」我失聲脫口而出。

「怎麼了？」小橘不解地看著我。

「老鼠……」這不知從何解釋起，我只能手指向舞台方向，就在那個人人目不轉睛的場上，老鼠也有著好大的肢體動作，他的雙手也像在跳舞一般，旋律轉呀轉地，幾個轉折後忽然讓人覺得好耳熟，赫然就是剛剛柚子彈過的段落，可是速度快了很多，而演奏與舞蹈的人換成他跟育舒，原本這一段鋼琴落下時，舞者是停下來做沉思動作的，現在卻是極爲激烈的轉圈。

「這是……」我愣住。

「這中間一定有什麼緣故。」桃子瞇起眼睛盯著台上，說：「什麼音樂與舞蹈的和解，根本就是狗屁，我們都被利用了。」說這話時，大家的目光不約而同都轉過來，一齊直盯著她。

「利用？」小橘疑惑著。

不過桃子沒有繼續說下去，她一邊看，一邊搖頭：「現在是老鼠在跟她拚個高下了。」

相信那是我們這一生都不會遺忘的畫面，在中提琴方面已經有很高造詣的老鼠，此刻發揮出他在鋼琴上也擁有的優異天分，演奏速度快得讓人幾乎聽不出小節；育舒似乎也沒時間回頭瞪他了，只能讓身體的動作發揮到極限，不斷地跟老鼠一樣，重複著相同的段落動作。

就在我們看得幾乎連口水都流出來時，老鼠手下的琴鍵似乎有了變化，他接連幾個轉折後，已經滿頭大汗，然而最後那些音符依舊下得力道十足，逼得育舒的幾個跳躍動作也拚命地加重，就在老鼠結束的瞬間，我們看見育舒終於筋疲力盡，整個人重重地跪倒在地，雖然落下的姿勢很美，獲得全場一致的激烈掌聲，但大家也都瞧見了她完全虛脫的無力模樣。

「老鼠贏了。」看得目眩神馳後，龍眼呼了口長氣，說。

「那表示這樑子不但沒解，」我也搖頭：「反而結得更深了。」

※結仇沒關係，至少今天我們贏了。

26

老鼠說他心中已經了無憾恨，能有這次回憶就很足夠，即使畢業公演不上台都無所謂。他當然可以無所謂，因爲拿到畢業證書後，拍拍屁股他就走人了，繼續結仇的可是我們。至於育舒可就麻煩了，那場激烈的戰役讓她的兩隻腳踝足足纏了快一個月的繃帶，雖然柚子去探聽回來後說她並無大礙，但一段時間的休息是絕對必要的。只可惜我們終於沒能得知這兩個天才究竟有何過節，爲什麼老鼠要在畢業前整人家這一次，這個無頭公案恐怕永遠沒有解答的一天了。

暑假時，搭著李老師家的箱型車，一路到南投來。柚子家每年都固定有這行程，他會跟著父母回到南投廬山附近的老家去住幾天，這已經是我們最後一個相聚的暑假了，所以特地找大家一起來，我們五個小鬼在後座或睡或吃，就這樣一路往北走。

「明年的這時候，我們大家會在哪裡呢？」很小的部落，有個很好聽的名字，叫作「春陽」。有趣的是這部落雖小，但村子裡卻有三個教堂，分屬不同的基督教派。吃過午飯，坐在其中一個小教堂前的台階上，柚子抬頭看著湛藍的天空，感慨地說：「我們大家都認識好久了耶。」

「怎麼，你很捨不得嗎？」龍眼瞄他一眼。

「當然呀，以後不管去了哪裡，大家的路可能都不一樣了，一定會很捨不得的吧？」柚子說。

「你怎麼沒想過，其實我們是很開心不用再看到你？」桃子冷冷地哼了一聲，說：「而且你捨不得的到底是誰呢？」

我們都笑了起來，柚子喜歡小橘已經太久了，久到讓大家都快沒有新鮮感了。這麼長久以來，他始終沒有告白的勇氣，我們也認為不告白會好一點，反正一來毫無希望，二來也怕告白失敗後會影響友情。而以前我們是怎麼也不會在小橘面前開這玩笑的，但現在她也都無所謂了。

在教堂邊等太陽的威力稍微小了點，柚子帶我們到村子附近的小溪邊。盛夏，冰涼的溪水是大家的最愛，不過小橘卻沒下水去玩，反而坐在岸邊的石頭上讀起書來。我好奇地湊近一看，就是她曾說過的那本《挪威的森林》。

「有沒有想過明年此刻，你會在哪裡？」見我走近，她闔上書本，看著在小溪裡玩水的龍眼跟柚子，再看看蹲在岸際玩河沙的桃子，小橘問我。

「天曉得，要嘛當兵，要嘛讀書，就這樣而已。我老爸雖然事業沒啥成就，不過人脈不少，如果想提早入伍，他倒是可以請公所裡的朋友幫幫忙。」我聳肩。

「不出國嗎？以你的程度，出國應該不成問題。」

「出國不是平常出門那麼簡單呀，口袋裡也不是隨便抓一把零錢就可以的，我爸媽讓我讀這三年已經夠辛苦了。」我搖頭。小橘的意思我很清楚，念完這三年的藝術學校，所學畢竟有限，真的想要更進步，就非得出國不可，而且最好是往歐美國家去，但那對我們家而言根本是遙不可及的夢想。所以我跟小橘說，如果幸運，也許過幾年我能夠像葉老師一樣，當個中提琴老師就算了不起了。

「就這樣？你不想要有更大的成就嗎？」

「還能有什麼成就？」笑得很豁達，我說：「要比中提琴，老鼠的程度大概是我的十倍；要比鋼琴，我連妳的程度都不到，妳說我能有多少成就？每個人都要有自知之明，所以我很清楚，不管是哪一種樂器，自己都不會達到眞正的頂尖水準，而且也要考量現實面，我就算把父母都賣了，賺來的錢只怕也不夠坐計程車到機場，還出什麼國？所以，要嘛當兵，不然就讀一般大學吧，這是我目前唯一想得到的。」

「那不可惜嗎？」

「老實說，我不覺得。」這是眞心話，所以我回答得很簡單。音樂本來就不是我特別想要走的路，就算改個方向也無所謂。「只是如果要去讀一般大學，那我還眞不曉得自己該選什麼科系好。」

點點頭，想了想，小橘說：「這是我跟你最大的不同點，除了音樂，我既沒有其他路好選，就算有，我也不會選。」

「爲什麼？」

「以前我們家境很好，我媽什麼都讓我學，甚至還練過芭蕾舞。不過那是國小的事了。當初不覺得哪個東西好玩，反正父母全都替我報名了。可是小學畢業時，我忽然覺得鋼琴很有趣，但學了一陣子後，卻又覺得眞正吸引我的不是鋼琴，而是用鋼琴所表現出來的音符。好像只有透過音符，我才有眞正說話的能力，也好像只有在跟音符遊戲時，我才能眞的忘記所有不開心的事情或心情。從那時候起，我就認定了音樂是我唯一想要的。在自己沒有眞正滿意的那一天到來前，我完全不想考慮其他的方向。」

「萬一那天一直不來呢？」

「它不來，我就慢慢等它來呀。」笑得很甜，但那甜味只維持了很短暫的時間，小橘的臉忽然閃過一絲黯淡之色，「直到有一天我等不到或等不及爲止。」

「等不到或等不及的時候怎麼辦？」

「不知道，也不敢想。」嘆口氣，她搖頭說：「我完全不敢想像，如果有一天，現實逼得我非得放棄音樂，那將會是怎樣。」

回想起學期末，老鼠他們那一屆的畢業展演，這次他在台上非常中規中矩，幫他搭檔伴奏的龍眼也很正經八百，跟校慶公演的時候完全不同。表演結束後，老鼠在校門口喝得爛醉，我們一群人送他上計程車前，他忽然清醒過來，掙脫了攙扶著他的幾雙手，卻抓住我的領子，對我說：「小子，你記得要打電話來，我會在維也納等你。」

至今我還認爲老鼠是在說醉話，因爲同樣也學中提琴的他，比任何人都清楚我的程度，維也納？去觀光也許還有可能，去學音樂的話，大概要等下輩子。

每個人都有自己的方向，卻未必每個人都能堅持到底，而堅持到底也不見得就會成功，人生就是這麼現實且殘酷。小橘說我很隨性，然而我卻知道，這只是因爲膽怯，因爲我根本沒有任何把握，不管是對愛情或對音樂。

桃子剛剛跟我說了一個八卦，一年級那次展演後，大媽學姊就對龍眼頗有好感，而前陣子畢業時，她還留了自己的聯絡方式，希望龍眼能夠給點回應。不過就在大媽轉身後，龍眼就將那張紙條扔進了垃圾桶。

「這麼不近人情？」我錯愕地說。很久沒跟大媽講話了，雖然幾次跟學長姊的合作機會裡都曾遇到她，卻沒什麼交談。沒想到她還惦記著曾讓她留下深刻印象的龍眼，而且還有這種類似告白的動作。

「那你呢？」

「我？我要跟誰呀？」

「裝死呀。」從我後腦拍了下去，桃子說：「當然是小橘呀。」

這件事好久以前我就想問桃子，很久前她也曾提過一次，那時我就非常疑惑，究竟她是從哪裡看出我對小橘有意思的。本來大家都窩在庭院裡乘涼的，偏偏柚子吵著要喝思樂冰，於是只好讓有駕照的桃子騎上李老師丟在山上的破機車，但她空有駕照卻不太會騎，於是就讓我載著，一路往山下來。最近的便利商店在霧社，只是我想，等冰買回來也都融了吧？

「談不上是喜歡啦，她只是愛散步，而我覺得走走路很健康，剛好她又喜歡胡思亂想，而我認爲聽聽也無傷大雅，這樣而已呀。」交代了幾次跟小橘出去散步的事，我說這算不上是喜歡，充其量只能說是被吸引。「而且就算是喜歡好了，我又能怎麼樣？柚子都已經開口了，難道我們要去搶同一個女人？」

「柚子只是先說喜歡，又沒去追。難道他十年不告白，你也就跟著十年不告白？」

「不告白又不會死。」我說。爲了跟她抬槓，結果路上的風景全都錯過了，這大違我自願陪她騎車下山的本意，到了便利商店，買了冰，就在店門口，桃子點了香菸。她已經不是第一次在我面前抽菸，反正我也不介意。

「男生跟女生不一樣，喜歡一個人不要扭扭捏捏的，柚子已經很糟糕了，你比他更糟，居然還可以眼睜睜看著自己喜歡的女人被追走。」

「如果追她的人可以給她幸福，那就讓她被追走也無所謂呀，我是這樣認爲的。」我說：「比如現在。」

嘆口氣，桃子不再多說，只是眼裡像是有著很複雜的思緒，良久後，她把菸蒂熄滅，在便利商店旁的洗手間上了廁所，出來後，問我假使有一天，柚子跟小橘告白失敗了，我會不會就敢表達自己的感情。

「不一定，怎麼了？」

「沒事，問問而已。」點點頭，桃子輕描淡寫地帶過。

「畢竟我們五個人都認識太久了，不像跟班上的其他同學。」我想說得更清楚一點：

「妳明白我意思嗎？如果今天我跟柚子喜歡的不是小橘，而是比較不熟的另一個女生，也許他失敗後，我還可以繼續追，但事實卻不是這樣。以前可能還會有點猶豫，但現在都快高三了，我想我已經可以確定地知道自己大概會有的反應跟想法了。」

「所以你認為友情反而會阻礙愛情囉？」

很認真地點頭，我說：「至少我會介意。」看我這麼堅決，她嘆口氣。

那天晚上，李老師難得大發慈悲讓我們喝酒，他不知打哪兒弄來好幾瓶小米酒，自己也彈起吉他，酒酣耳熱之際，歌也唱得特別大聲，一群人圍著營火，但或許是我的心情不怎麼好，只能看著火光發呆，不過看著看著，我又發現，其實自己的視線對焦並不在火燄上，而是營火對面那邊，靜靜地坐著的小橘的側臉，她很美，但那美麗中，卻有一層近乎透明的藍。

※我是透明的，所以蓋不過妳的藍色，對吧？

27

以前並不怎麼看重畢業展演，老認為那是準畢業生才需要去想的事，但自己升上三年級後，卻忽然開始在意了起來。不過我認爲那只是旁人所帶來的影響，看著柚子又開始汲汲營營在規畫，旁觀的我也有點想要動起來的感覺，相形之下，每年固定的展演好像就不怎麼重要了。

只是這場演出雖然都以三年級爲主，但又不是每個音樂科的畢業生都會朝著音樂的方向繼續發展，所以這次表演的結果如何，似乎也不是每個人都如此看重，對我來說就是這樣，本來還因爲柚子的緣故，我跟著起了一點興致的，然而過沒幾天，卻又感到意興闌珊。沒有報名獨奏，也不想多費工夫上台，儘管老鼠硬是將管絃樂團的中提琴位缺塞過來，然而除了畫卯式的出席之外，我幾乎沒用心思在那上頭，而且一年級新生已經有人在學中提琴，當然我也很快就把這個缺又讓出去了。

「怎麼老是愛拉不拉的？」那天從學校出來，龍眼問我。

「你看我像是還有很多時間拉琴的人嗎？」有點沉重，雖然才剛開學，但我深知自己的實力，所以一月初的推甄是根本連想都甭想了，我必須非常努力於七月的大考，要是連那都考不上，眞的就完蛋了。

「所以你眞的會放棄繼續學音樂？」

「我放棄，表示那是我自願性的選擇，因此修正後的問法應該是：我眞的非得放棄不可？」我兩手一攤，說：「非常不幸，答案是肯定的。」

龍眼沉默著，他一句話也不說，陪我走到公車站牌邊。最近他很囂張，經常直接把機車騎到校門口附近，身上也頂多只套一件外套遮蓋校服而已。

「我知道這樣很窩囊，如果跟家裡反應，他們一定也會繼續支持下去，但老實說，我根本沒有開口的勇氣。甚至，我在想的是，即使他們願意，我也不想再勉強他們。」我跟龍眼說：「所以我已經決定了，從現在起，好好準備考試，以後朝著其他方向去吧。」

「沒有其他轉圜餘地嗎？就學貸款呢？或者打工？」

「貸款不用還嗎？那擔子只是早跟晚揹上而已，萬一屆時還不出來，辛苦的又是我爸媽。而且你看我們這三年有多忙，誰有多餘的時間可以打工？」我搖頭。

「能不能讓我幫忙？」公車還沒來，龍眼脫下校服後，裡面是一件黑色的上衣，他四處看了一下，確定沒有教官或老師，然後點菸。

「你幫忙？」

他點點頭，用一種我幾乎從沒見過的認真口氣說：「如果你真的有心要繼續走這條路，至少第一年的學費我借你都沒關係。」

這話讓我一愣，也跟著心動起來，但念頭一旋即逝，我還是微笑著搖頭：「沒關係，我決定了就決定了，也沒什麼好後悔或可惜的，畢竟這條路對我來說，也不是真的非走不可。」看著他認真嚴肅的表情，我拍拍他肩膀，「咱們一天是哥兒們，也就一輩子是哥兒們，跟學不學音樂沒關係，對不對？」

那天晚上，夜很深的時候，我在想，如果龍眼的家境這麼好，自己的存款積蓄多到可以借我一年的學費，那麼他是否可以在小橘有需要時也伸出援手呢？想著，本來很衝動就要打電話給小橘，然而我又想，以小橘的個性，雖然平常的她非常和善親切，但那也未必表示她會願意在這方面接受幫助，這種事或許還是當面問才好。

可惜的是，隔天我完全沒機會跟她私下講話，就算我自己不在乎那些三年級的演出活動，但是對小橘而言卻不一樣，她一整天都請了公假，今年儘管已經不用過問幕後的工作事務了，然而她卻花費了更多時間在練習上。展演在即，她雖然沒有報名雙簧管的獨奏徵選，但是卻參加了好幾個合奏演出，其中也包括大型管絃樂團。沒有可以幫得上忙的地方，我只能希望她的表演順利。

「眞是吃了秤砣鐵了心呀你。」上完國文課，有的人如柚子，還在看自己的小說，有的人如龍眼則根本還在睡，我正認眞繼續抄寫筆記時，桃子走過來看我。

「妳知道我現在最希望的是什麼嗎？」沒有回頭看她，我說：「我只希望時光倒流，讓我再回到高一，然後我會乖乖地上每一節課。」

「可是時光不會倒流。」桃子說：「所以你就認了吧。」

她那句話剛說完，我也恰巧抄完筆記，把筆往桌上一丟，我累得癱在椅背上，這陣子大概是將近三年來寫字寫最多的時候。

「想像一下，如果時間眞的可以重來，不用多，就回到高一的時候，妳最想做什麼？」

看著桌上那些筆記，我詢問站在旁邊的桃子。

「我最想去吃飯，因爲現在老娘肚子很餓。」她瞪我一眼，然後說：「不過我不會找你去。」

「爲什麼？」

「因爲你不會有時間了。」說著，她把手上一疊捲握著的紙張輕丟在桌上，我看得傻眼，那赫然是一整疊歷史講義。「我跟鄰居借來的，這些你應該用得著吧？拿去印一印再還我。」

「確實是好東西，謝了。」看著講義，我只能說感謝。這些課程有的根本沒上過，光靠自修實在很難。有了講義，就可以針對重點研讀，會有很多幫助。

「小事情。」拍拍我肩膀，她語帶威脅地說：「認眞點，考不上你就試試看。不過現在你還是先陪我去買午餐吧，我眞的好餓。」

如果時間眞有倒流的機會，我會做兩件事，首先，當然是認眞地聽聽那些我們永遠不放在心上的國文或歷史課，努力做筆記，用心寫考卷；再者，我會在柚子之前搶先告白，讓小橘知道我喜歡她。

「現在你又不否認了？」逛完餐廳，買了食物，在琴房吃便當時，桃子問我。這裡原本是禁止飲食的，但我們老早就沒人在守這規矩了。

「我以前也沒有否認呀。」糾正她的說法，我搖頭，「只是不承認而已，那意思不同的。」

「屁。」她睨我一眼，嘴裡還在咀嚼，手已經開始動作，低音大提琴厚重的聲音揚起。

我知道人生不會重來，所以這些問題其實沒有多想的必要。小橘累得滿頭大汗，細捲的長髮貼在臉頰上時自有她無可取代的嫵媚。不過再稍微靠近一點，坦白說，女人的汗臭味也可以是很臭的。

「過去一點，妳現在很臭。」捏著鼻子，我嘲笑她。

「拜託，你這什麼態度呀，想想看前兩年，你練完琴後未必就比較香。」她也笑了。好不容易才等到她有空，又散步到愛河邊來，小橘今天的精神狀況很不好，聽說練習時狀況連連。不過這對我來說是好事，因爲這樣，她才能提早結束練習。答應了要去看展演，我說這根本不能不去，他們四個都要上台，那我又豈能放大家鴿子？

剩下不到一個星期的時間，學弟妹們如火如荼在排演，積極忙碌的樣子就跟我們以前差不多，那時還覺得三年級生眞是冷血，寧可袖手旁觀，也不願多幫點忙，但現在我才知道，將要畢業的人有多少煩心的事情還擺在眼前，誰有閒工夫去管那些？

「書念得怎麼樣？」

「都差不多，明年還出現在考場的機會很大。」我聳肩。說這話時才驚覺，我們似乎很久沒有好好聊天了。一邊走，經過上次她不告而別的小椅子邊時，我忽然想到一直以來都沒問的問題，只是現在正聊著我的功課，暫時還沒機會開口。

「你倒好，可以專心只做這件事，就這樣一路做到畢業。」小橘甩甩自己的脖子，聲音聽起來相當疲倦：「我們就不同了，就算校慶不上台，這次展演之後，還有一次畢業展。」

「可是妳這次不獨奏雙簧管，為什麼？」

「因為我想把機會留給學妹，這次有幾個學妹報名雙簧管的獨奏徵選，我不想讓她們失去表演的舞台。」說著，像是想起之前的經驗，她說：「如果只是問我，那我當然很想，而且想得不能再想。」

「真那麼想？」我很認真地問，因為這種對舞台的渴望是我從來都不曾有過的。

「簡直就像森林裡的小熊愛吃蜂蜜那麼想。」忽然給我一個很奇怪的比喻，說著說著，小橘自己就笑了，然後才解釋說，這是她從村上春樹的書裡看來的，她還不忘叮嚀我，有機會一定要好好讀讀這位日本作家的文字。

「先讓我把黃河跟長江各自流經的省份背起來再說吧。」我嘆氣。

小橘說她已經想好了，既然自己是目前三年級裡唯一一個會吹雙簧管的，那麼畢業公演就肯定沒人搶位置了，她只需要維持現有的水準，就一定可以順利上台；至於其他的機會，不如留給後面的學妹。

「妳還是在替別人想。」我是心疼她的。

「你不也還在心疼我？」而她卻還給我一個這樣的微笑，那句話跟那個微笑讓我心中一顫。

走到天也黑了，都要準備回家了，我才說起龍眼之前的提議，然後問小橘是否需要有人幫這個忙。

「爲什麼是我？」

「因爲妳比我需要。」沒有太多的委婉，我說。

站在公車站牌邊，想了很久，小橘忽然苦笑著說：「其實我現在還能站在這裡就算不錯了。」

「爲什麼？」

不告訴我，她只是淡淡地搖頭，就在公車到來，她上車前，才對我比了一個講電話的手勢，然後我在公車離開後，收到這樣一封手機簡訊：

我媽最近經常看精神科，家裡的事說不完也不好說出口，但你一定明白我的苦衷。謝謝你也謝謝龍眼，你們都是好人，但我不能接受，因爲我知道這些我還不起，這學年已經開始貸款了，家裡負擔很大。

看著那封簡訊，我只覺得難過，這些話是不好說出口，但也沒到只能用簡訊傳達的地步，這個動作只是告訴我，她心裡那塊藍色的空間似乎又更大了些，罩住了她的天空，逼得她得用各種方式來拉遠與每個人的距離，然後再用那張令人神往的燦爛笑容，欺騙自己也欺騙世界，讓大家以爲她還是開心的。

※但我還在這裡。

28

一切都在預定的步驟中前進，我到了文化中心，坐在很前排的位置，看著龍眼以不下去年老鼠的高水準，非常精湛地彈奏鋼琴，俐落流暢的聲音迴盪在整個會場裡，讓大家爲之陶醉；然後是柚子幫幾個學弟伴奏，他們異想天開地搞了個中西合併的樂團，而且還有一群舞技有夠爛的舞者在前面伴舞，跳得不倫不類，演奏也東倒西歪，可是卻贏得了全場的掌聲，我猜那大概是同情成分居多；至於桃子跟小橘則很簡單，除了一些創意性的搭配之外，她們都在大型管絃樂團裡擔任首席，有自己的一段演出機會。

「臭小子，你居然就這樣放棄了。」坐在我旁邊的是莊老師，他最近每見面一次就要嘮叨一次。

「一文錢可以壓死一名英雄好漢，更何況現在擺在眼前的是五斗米的重量。」我很無奈地回答他。

對於這樣的升學計畫，老爸當然非常不贊同，但都已經這年紀了，再勉強也勉強不來了。前幾天晚上在家裡，我們一家三口開了個小會，討論起這件事。說到後來，老媽已經淚眼婆娑，而老爸則很想抓起椅子砸在我頭上，只是這些或怒或泣，都改變不了我的決定。

「沒興趣就是眞的沒興趣，再找個音樂學院念四年，我也只是去幫人家訂便當訂四年而已。」說得很絕，我不想讓這件事還有轉圜空間。儘管回到房間後，看著琴盒裡的中提琴，我其實難過得幾乎要掉下眼淚。如果我們家也能像柚子或龍眼他們家，也許一切就會有所不同，但很可惜，沒有人能夠選擇自己的出身，就像小橘一樣，她也只能在現實與夢想之間努力掙扎求生，而我們的不同之處，則是我選擇徹底放棄，走往別的方向，但她現在則還在舞台上努力實現自己的心願。

妳就是這樣勇敢，是吧？看著舞台上的她，我心裡這樣問。比任何人都還要溫柔，從來也沒有在大家面前發過脾氣的小橘，是我見過最勇敢也最能堅持的女生。在那天之後，我偶爾會收到她傳來的訊息，當她在舞台上賣力演出時，我打開手機，那些簡訊都還留著。

睡了沒？我媽又進醫院了，心臟痛、呼吸困難。但其實她沒病，我很清楚，這些問題都來自心理，而她心理的問題則來自我爸。

那是展演前傳來的，隔天她請了一早上的假，下午也沒進教室，直接去了琴房練習。

又輸錢了，是應該慶幸吧？因為家裡沒錢，於是他少輸一點。我的簧片不見了，好心疼。晚上沒得練習，卻很想念愛河邊的夕陽。

這也是表演前，她在很深的夜裡傳來的，我想像她那時應該蹇起眉頭，既無奈於自己父親的嗜賭，又懊惱於簧片的遺失，那一整晚肯定沒睡好，因爲隔天她黑眼圈很重，甚至還在英文課時睡著。

居然完全沒有緊張的心情，我現在只想快點結束這場演出，再期待下學期的畢業展演，那是我這三年來最最最想要的一次機會。眞希望你也報名。今天會來看嗎？晚上還有慶功宴，你別自己先走了。

這是今天下午她百忙中傳來的，看著簡訊，我有著微笑，他們並不因爲我決定提早放棄音樂的路而排擠我，反而還隨時不忘我的存在。中午我還在睡，龍眼已經打電話來，不過我沒接到；中午正在吃飯，桃子也發了幾次簡訊，我又懶得回；本來下午還想睡一覺的，沒想到柚子居然搭計程車直接跑來我家，劈頭就問我躲起來做什麼。

「全世界都在找你，也不曉得你鬧什麼脾氣，今天晚上大家都要上台，你敢不來就死定了。」說完，他根本不聽任何解釋，匆匆忙忙居然上車又走了。

所以我還能說什麼呢？聽完全場的演出，陪著一起去慶功宴，跟一群或熟或不熟的人照了幾張照片，然後筋疲力盡地回家。沒心情的心情，我猜這是自己現在唯一能有的心情。吃完消夜回家，一個人獨坐在客廳裡發著呆時，老媽居然還沒睡，又從房間裡晃出來，問我是不是發生了什麼事。

「沒事，只是忽然很想坐在這裡。」我說。

「那是我的位置，坐十分鐘要給一百元喔。」她說著。這一家三口其實都很不正常吧？忽然這樣覺得，上了高中之後，彼此說話總是誰也沒大沒小的。

「妳不如去搶吧！」看著她走進廁所的背影，我說。

大概是年紀大了，老媽這廁所上得有點久，半晌後她走出來，見我還窩在舊沙發上，於是又問了我一次，是不是發生了什麼事。

「都說了沒事呀。妳要是吃飽撐著沒事很無聊，倒是可以幫我泡杯茶來。」我說。

「一杯一百。」

「眞是比搶還好賺了。」嘆口氣，我說。

老媽端茶來時，問我是不是在想馬子。我很訝異她居然會說出「馬子」這樣的詞彙來，不過她說這是電視上那些偶像劇教的。

「看點有營養的吧。」眞無奈。看著她又進了房間，我本來很想說說關於學音樂的事的，可是話到嘴邊，終究還是沒出口。他們當然希望我繼續學，繼續留在充滿音符的環境裡，畢竟一旦放棄了，除非我之後還能自己努力，否則這三年等於也就白費了。而我問自己，就像今天晚上看的展演，當台上幾乎都是認識的人時，我坐在台下會不會很羡慕？要說完全無動於衷，那絕對是騙人的，我當然也很希望自己是他們的一分子，多希望跟前兩年一樣，就算只是訂便當跟跑腿，但也在後台跑來跑去和大家一起忙碌，然後輪到自己上台前再趕緊著裝，用完全不同的斯文面貌走上台去，在燈光與掌聲包圍的世界裡，演奏自己選定的曲子。我想要，非常想要，可是那舞台終究不是屬於我的舞台，這條路上，我有自己不得不提早謝幕的理由，而且毫無怨言。

然後我又想到小橘。晚上吃消夜時，她顯得非常疲憊，經常不小心就放空起來，整個人很呆滯，兩眼無神地盯著前方。問她是不是身體不舒服，因爲這場演出他們不用負責後台工作，理當不會消耗太多體力才對。小橘淡淡地搖頭，就在我放下心來，看著柚子跟大家在痛快地聊著晚上演出的花絮時，旁邊的桃子卻忽然推推我的手肘，示意我往旁邊看過去，另一側的小橘有很細微的動作，她剛剛擦去了臉頰上的一顆眼淚。

是不是每歷經一場演出，人生裡的表演總次數就少了一場？當終於全都結束的那天到來，是否生命也就隨之終結了？

這是我回家後，收到她傳給我的一封簡訊。坐在沙發上，喝著老媽泡的茶，我又長嘆，然後回給她：

如果是這樣，那我現在不就跟已經死了沒差別？心安樂處就是身安樂處，有心，哪裡都可以是舞台的。

※有心，就哪裡都可以是舞台。

「乾冰，乾冰啦！怎麼可以沒有乾冰呢？連乾冰都沒有，難道我要自己在旁邊燒狼煙嗎？」對著電話大叫，柚子很激動地說：「不管你用什麼辦法，總之就是要把東西給我生出來！生不出來你就小心點，路上別被我遇到！」說完，掛上電話後，居然又一臉和顏悅色地指著企畫書跟我們繼續討論。

「你怎麼可以情緒轉換得這麼快？」我很納悶。

「那要看對誰呀，你知道那些廠商就是這樣，做什麼都半調子，連個乾冰都要計較半天。」柚子搖頭，又問大家對節目表有沒有意見，若沒有可就要定案了。

仔細想想，音樂科的表演還眞多，這三年來，除了我最後一年比較專注於課業外，其他人窩在琴房的時間好像都多過於教室，而這似乎也是一個常態，沒有人覺得哪裡有問題。節目表不算太長，畢竟有膽子上台獨奏的人不多，而且就算膽子有了，資格也不見得夠。畢業展演的獨奏一樣需要報名徵選，我們五個人當中，也只有龍眼跟小橘報名且通過評審。柚子已經太習慣當配角，這三年來，他經常在每次期中跟期末的術科測驗爲人伴奏。桃子則對個人演出沒興趣，她就是喜歡當個很重要卻不顯眼的角色，所以才玩低音大提琴的。至於我，當人在軍中的老鼠不知怎的，得知我居然不獨奏時，竟然打聽到我的手機號碼，還打電話來質問一番。

「是呀，你眞的不上去？」桃子也問我。

「上去表演『破布拉法』嗎？」我則反問，一起開會的每個人都笑了。這些人跟我同班三年，也都看過當年莊老師教我示範情境演奏時，我自創的大絕招。

一切都非常緊湊，時間已經趕得不能再趕，也難怪擔任總監的柚子如此急迫，非得不斷催促提供乾冰的廠商，因爲再沒幾天，三年級的課程就要結束，然後是好長一段的停課時間，雖然我們一樣可以到校自習，但看看去年跟前年畢業的那些人，其實眞正會來學校的人屈指可數，我們要是不趕快把事情聯絡好，只怕到時候想找人幫忙都沒得找。

「那天小橘哭什麼？」本來要去琴房探視柚子，看看有沒有什麼好幫忙的，結果臨時接到桃子的電話，又叫我當司機，載她去買樂譜。路上，她問了起來，而我則直接把那些簡訊全都給她看了。

「這女人眞的很愛鑽牛角尖哪。」嘆口氣，她把手機還給我。

「我以爲這些心情她應該也會跟妳說，妳們都是女生，比較能感同身受。」把手機收起來，眼睛剛好瞄到桃子削得很短的頭髮，跟她實在很不可觀的胸部，我又補了一句：「雖然外觀看起來不太像……」

「活得不耐煩啦？」瞪我一眼，她說：「把事情想得周全是好的，可是想太多不必要的事情就不妙了。我本來還以爲她只是那次展演後心情不好，沒想到她會胡思亂想了這麼多。怎麼會這樣呢？她平常看來都還好呀。」

「是呀，浮在水面上的冰山永遠都只有一小角，蒼蠅眼睛的複雜程度也永遠超乎我們想像。」

「冰山還可以，後面那是什麼爛比喻！」這次不是用瞪的，桃子直接踹了一腳過來。叫我多留點心，桃子說她和其他人一樣，其實很少跟小橘有私底下的互動，而恐怕小橘自己也只願意對我敞開心房，所以如果有空的話，我應該多留點心思在她身上。

皺著眉頭，回到學校，柚子根本沒在練琴，他又在琴房裡對著電話大呼小叫，不過這次挨他罵的則是花店，爲的是二十朵紅玫瑰的價位太高。

「如果我在展演那天告白，你認爲怎麼樣？」我在旁邊靜靜等他講完電話，柚子罵完後，第一句話居然是這個。

「我覺得就算你拖到世界末日才告白，下場也不會好一點。」

「當然也不算是什麼告白啦，根本大家都知道了。」帶點懊惱，他坐在地板上。柚子從小到大都沒變，不管有什麼祕密，旁人一看他的言行舉止，就能一眼猜到，尤其他暗戀小橘這件事，那根本是司馬昭之心，別說我們音樂科了，搞不好連舞蹈科的人都知道。這些日子以來，我偶爾會跟小橘去散步，回來後，通常我也會跟柚子略提一下，他從來沒有任何不悅，對他來說，那只是朋友之間的事，而我也認同，就像小橘對我並沒有什麼特別的情愫一樣。

「我只是覺得，雖然全世界都知道這件事了，但是我卻從來沒自己親口說過，那種感覺像是心裡始終有件未完成的事，而它已經到了不能再拖延的時候了。」柚子說。

「確實，我也做好要輸那一百元的心理準備了。」點點頭，我老實招認自己曾經跟桃子有過賭盤，就賭他告白的成敗，當年我還信誓旦旦地賭柚子會成功。

「你總是很挺我。」嘆口氣，他苦笑。

「不是我挺你，而是她已經先賭你失敗，所以我只好把賭注押在對面。」然而我搖頭，這讓柚子覺得更失敗，哭喪的臉就跟以前一樣，像是又要掉下淚來。

結束了好忙亂的一天，窩在學校附近的便利商店外，柚子居然買了啤酒。拉開拉環時，他跟我要了一根香菸，我搖頭說沒有，自己平常不會買菸，於是柚子轉身又跑進去，再出來時，他連打火機都買好了。

「這是誰發明的爛東西？臭死了。」吸了一口後，他的臉揪成一團，立刻把菸遞給我。

「知道臭你還抽。」但我卻自己吸了起來。

「就跟愛情一樣，明明就不好玩，但是大家都想玩。」

「這世界上總還有一點眞愛的。」

「我知道呀，那不曉得誰說的嘛：眞愛就跟鬼一樣，」柚子笑了一下，說：「每個人都說有，可是誰也沒眞的見過嘛。」

蹲在店外笑了一陣子，柚子的表情忽然變得很認眞，問我之後的打算。

「之後？不早說過了嗎，考得上就念，考不上就先請我爸去找找關係，早點去當兵了。」

「我是說你跟小橘。」而他說：「不要跟我說沒這回事，咱們也可以算是一起長大的，我雖然不是很聰明，但是眼睛可沒跟龍眼一樣小。」

※所以藏不住祕密的除了柚子，原來還有我。

30

「我……」愣了一下，不知道該說什麼才好。

「這樣說吧，雖然那是我自己的感覺，沒有具體的證據，可是我就是感覺得出來。」柚子說：「如果你喜歡一個人，那你的眼神跟語言都會有一點點不一樣，而如果這時候你身邊有人跟你一樣，喜歡同一個對象，你也會特別敏感。」

「所以你就覺得我也喜歡小橘？」

「你可以承認呀，沒關係。」

「我也沒打算否認呀。」我笑了，柚子也笑了，他給我一個肘擊，然後問我有何打算，而我說：「坦白講，一點打算都沒有，馬上就要畢業了，誰也不曉得自己之後會在哪裡，會是什麼樣子，所以想打算也無從打算起。而且你不是正要告白？」

點點頭，過了好一下子，像是下定一個決心似的，柚子說：「如果你不希望對她的感覺就在畢業後跟著結束，那我就放棄，不告白了。」

「為什麼？」

「第一，包括我自己在內，都認為根本不會成功；第二，就算告白，那也不過是我自己想結束掉心裡的束縛，把那個包袱卸下來而已，並不具有其他的意義，可是這樣做，也許只會讓彼此心裡不舒服，甚至影響你之後的決定。」柚子說。

「等等，」我打斷他的話：「這都是你自己想的嗎？」直覺反應，我不相信柚子會想得這麼深入，以他的個性，這不可能。

「當然不是，我跟龍眼討論過了。」

「幹，我就知道。」啐了一口，果然連龍眼都知道了，我們五個人之間還真是沒有祕密。

「總之呢，我是說真的，咱們比較起來，你的成功率應該會高一點，所以……」

「所以你就告白吧，」笑一下，我的酒瓶與他的輕碰，然後熄掉香菸，我說：「雖然喜歡就是喜歡，沒有先來後到的問題，但在你沒有放棄之前，我什麼都不會做，也什麼都不會說。」

柚子沉默著，而我站了起來，把最後一口酒喝乾，其實心裡早已有了答案，我只想多陪陪小橘，至於是否能在一起，那根本不重要。我暗地裡跟自己又強調一次，然後繼續說：「我喜歡她，也許比你早，也許比你晚，而你比我早說出口，不過那不重要，重點是，不管誰追了，或者誰追到了，我跟你都還是跟現在一樣。」

「謝了，你很支持我。」嘆氣，他說。

「所以，輸給桃子的那一百元就算你的了。」而我說。

那天晚上，停課前的最後一天，我還窩在琴房裡，連畢業展演都不上台的人，卻拚了命地彈起鋼琴，像是要把這三年來都沒認眞練習的部分給補回來似的，曲子亂七八糟，什麼風格都有，我想到什麼就彈什麼。自己都不曉得爲何要這樣做，我只是很想挖個洞躲起來，可惜手邊沒有鏟子，於是只好用音樂把一切給掩蓋。

結果是什麼，我們早都猜得到了，儘管跟柚子說好，無論如何都不會影響交情，而且我也告訴自己，就算他眞的失敗了，我也不會再對小橘告白，但那感覺總還是怪怪的。想想也是，一場官司都還沒打，我就先判自己死刑，可是偏偏還甘之如飴，也不曉得這是什麼心態。所以我只好用力彈琴，像在發洩一樣地敲擊琴鍵。

「欸，」漫長的琴聲還沒結束，琴房的門先被推開，有個學弟一臉不悅地對我說：「你他媽的亂彈什麼？還彈得那麼大聲，別人在隔壁怎麼練習呀？」

沒有理會，我只瞄了他一眼而已，雙手立刻接著又繼續彈。那個學弟更不高興了，走過來，伸手就要拉住我的手腕，而我也不曉得吃錯什麼藥，居然一拳就揮過去，當場打得他鼻血長流，一屁股坐倒在地。

「媽的！」他氣得爬起來，立刻朝我撲上，閃避不及，我也被一撞倒地，兩個人扭打起來。那個學弟的身材不算瘦弱，力氣也不小，幾個推扭，我正掙脫不開，才想乾脆張開嘴咬人，結果忽然一個影子閃了過來，一把就將那學弟給扯開，我定睛一看，原來是龍眼。他的手腳很快，把人拉開後，一拳就朝著對方肚子重擊過去，打得他差點沒昏倒。

「算了，別打了。」我掙扎著坐起來，制止了他。

「眼睛放亮點，下次別讓我遇到。」把那學弟幾乎是用扔的給扔出去，龍眼拉我起來，問我是怎麼回事，在這麼重視學長學弟制的地方，居然讓一個小鬼壓著打。

「什麼壓著打，我只是還沒站起來而已。」笑一下，擦擦臉，我說。

「外面暗潮洶湧，裡面腥風血雨，這學校還有沒有我能去的地方呀？」走過去推開窗戶，他現在更囂張了，居然就在琴房裡抽菸了。

「外面暗潮洶湧？」我疑惑，正想再問，龍眼卻看著窗外，把手一指，叫我自己看。窗戶外面一片黑暗，非得瞪大眼睛不可，遠遠處，正好可以看見司令台，就在台邊，隱約有兩個人影。

「算算時間差不多，應該談完了。」

「談什麼？」我還問。遠方那兩人的身影都很暗，看不清楚是男是女，當然也聽不見對話。

龍眼沒有回答，過了片刻，司令台邊的兩人分了開來，一個朝我們慢慢靠近，另一個則走往校門口的方向。走過來的那一個在燈光下慢慢清晰，原來是柚子。

「看來是沒救了。」龍眼「唉」地一聲，嘆口氣說：「早說是多此一舉的。」

「他去告白了？」我有點驚訝，沒想到他還選在今天。

後來我也沒再彈琴了，柚子走回來後，臉上沒有太大的情緒反應，只是落寞地坐下，然後龍眼從他的包包裡拿出幾瓶啤酒，拉開拉環，遞給我們，說：「成了要喝，不成也要喝，就喝吧。」

我們默默地喝著酒，誰也不多說話，此時此刻大概說什麼都是多餘的，男人跟男人就是這樣，我一邊喝，一邊在想，小橘現在還好嗎？她是否也跟眼前的柚子一樣，有著難言的心情？會不會希望有人陪著她？柚子至少還有我跟龍眼，那小橘呢？她又不常找桃子說心事，那豈不是很孤單？我拿出手機，傳了一封簡訊給桃子，約略跟她提了一下，請她去關心關心。傳完後，柚子問我要不要去找小橘。

「我？」愣著，我問。

「你現在想的應該跟我一樣吧？可是我覺得桃子不太會安慰別人，也許你去會好一點。」柚子點點頭，說：「也許我們都不是她最好的選擇，可至少你是她現在最好的陪伴者。」

那當下我不曉得該說什麼才好，就算告白失敗了，自己累積將近三年的感情被拒絕了，但柚子還是眞心地關心小橘，而且是沒有任何芥蒂跟計較的。

「換作是你，也會跟我說一樣的話的。」柚子又說：「可是我現在不方便去，所以還是你去吧。這裡有龍眼就夠了，沒關係。」

沉默了一下，我不知該如何取捨，柚子嘆了口氣，他跟龍眼說：「不知道爲什麼，我忽然想起以前那件事。你那時候跟我說，花錢買來的朋友絕對不會是眞正的朋友，現在我才眞正明白。」

聽到這話，我看了他們兩個一眼，然後站起身來。出門前，又看了看柚子。

「現在的朋友才是眞的朋友，對不對？你快去吧，她沒有外表看起來那麼堅強，你知道的。」柚子說，而我點頭。

※妳沒有外表看起來那麼堅強，我早該知道的。

司令台邊已經空無一人，往校門口走過去，一路都是亮黃色的燈光照耀，但燈影下也不見人跡。我仔細地四處張望，還差點被突起於地面的樹根絆倒。走了兩圈都沒發現小橘，再打她手機時也直接進入語音信箱。

「她沒回家，打過電話了，我現在在學校附近晃晃看，有消息再跟你說。」改撥給桃子，她語氣裡也透著擔心。

人呢？有種莫名的擔憂，我從校門口出來，沿著圍牆邊走。學校不在市中心，周遭都是寬大的馬路，但這時間車輛也少。一邊走，我不斷到處看，路邊偶爾還有散步的人，但就是沒有小橘的蹤影。

她會去哪裡了呢？走完學校一圈，一無所獲，我打電話給柚子，請他也幫我看看，說不定小橘又回學校，然而柚子跑去查了琴房的練習登記，上頭沒有她的名字，況且現在都晚上九點多了，琴房也要關燈了，根本不會接受登記練習。

「你打打其他同學的電話，順便打給大媽問問，看有沒有消息吧。」病急也只好亂投醫了，雖然明知道小橘除了我們，基本上沒什麼朋友，但我還是叫柚子打電話。說著，我伸手攔輛計程車，請他往愛河過去。

那是我們散步的地方，如果不在學校，或許她會想要一個人在這裡走走。在車上時，我的心裡很焦急，時而看看車窗外有沒有熟悉的身影，時而看看手機，說不定小橘會想打給我，只是每次撥打她的號碼，卻總是無人回應。

在五福路下車，我沿著堤防，幾乎是小跑步前進，然而縱使跑得一身汗，也一樣沒有發現，我又想，會不會反而是我來得快了？如果小橘搭的是公車，那現在搞不好還在車上？而她未必是不想跟誰聯繫，只是剛好手機沒電了，所以現在無法取得聯絡？我試圖這樣告訴自己，可是卻完全無法說服自己。在堤岸邊走了又走，我的腿開始有點痠痛感，可是卻怎麼也放不下心，一直走到很晚了，老媽打電話來，我說現在還在忙展演的準備，可能今晚不回去了。

「可是有人來找你呀，」老媽放低了聲音，說：「我覺得你最好還是快點回家，因為這女孩子怪怪的。」

「怪怪的？」我一愣。

「沒錯，」老媽小聲地說：「她看起來精神狀況很不好，而且身上在流血。」說著，她停了一下，然後把話筒交給旁邊的人，我喂了好幾聲後，聽到的是我現在最想聽到的聲音。

「是我。」小橘有氣無力地說。

「妳跑到哪裡去了？」這話根本是白問，她用我家的電話在跟我說話，現在當然是在我家。可是著急之下，我覺得不對時也已經問出口了。

「你可以回來一下嗎？」

「好，我馬上回去。」一邊說，我顧不得雙腿的痠痛，一路又跑到大馬路邊，伸手再攔計程車。上了車，我問小橘是不是發生什麼事了。

「剛剛跌倒了。」她的聲音出奇地平靜，只是完全沒有生氣，而這才是讓我最擔心的。

「跌倒？有沒有怎麼樣？哪裡受了傷？要不要去醫院？我媽呢？叫她先幫妳包紮一下吧？」急忙忙地說話，我還拍拍司機的椅背，請他盡量開快點。

「沒事，流一點點血而已，」她還是一樣的語調，停了停後，才說：「可是手指好像不能動了……」

大半夜，老爸跟老媽都先回去了，就剩下我們坐在醫院急診室的長廊邊，質地堅硬的塑膠椅子上，小橘依舊面無表情，只是呆愣愣地看著已經包紮好的右手。她從司令台邊離開後，一個人從校門口出來，那當下整個人漫不經心的，竟然連紅綠燈都沒仔細看，走到一半時，差點被對面的車撞上，對方雖然緊急煞車，沒有造成嚴重事故，但照後鏡打到了小橘的右手肘跟腰部，她跌倒時身體右側朝下，整隻右手連支撐都來不及，就這樣折了下去。

「妳爲什麼不打電話給我？」

「因爲你心情好像也不好，而且柚子應該也會去找你。」小橘的聲音始終很平淡，到頭來，每個人原來都在替別人想，結果想著想著就變成了這樣子。

「手機呢？妳的電話完全不通。」

「壞掉了。」細細幽幽的聲音，她說。

「那怎麼會走到我家去？我還跑到愛河邊找妳。」

「身上沒錢，只好用走的。」她像是失神似的，頭往左右擺擺晃晃，但眼睛看的始終都是手上的紗布跟繃帶。「我想你晚一點應該會回家，所以乾脆來等你。」

「眞虧得妳居然知道我家地址。」我嘆氣，而小橘依舊面無表情，只說了句她包包裡有音樂科學生的通訊錄。

現在該怎麼辦才好呢？我覺得很睏，都凌晨三四點了，雖然停課後不用早起，但總不能一整晚耗在醫院，我問小橘想不想回家，她搖頭。

「妳爸媽不會擔心嗎？」

「爸爸去賭錢，媽媽不在。」

「媽媽不在？」

點點頭，她沒有再說明。我又喟然，看看牆上的鐘，正不知道如何是好，小橘忽然問我，這樣子是不是不能吹雙簧管了？那當下我又陷入無話可說的狀況中，急診室的醫生幫她做了初步的檢查，判斷肘骨關節有挫傷，而手腕跟手指的骨頭也都有傷，雖然包紮後她稍微恢復了一點知覺，但還要再觀察看看。讓小橘去拿藥時，我問了一下醫生，想知道這是否會影響吹奏樂器，醫生皺著眉說：「以長遠來看，如果復健得好應該是沒問題的，影響雖然可能會有，但總是可以克服。不過就現階段而言，能避免最好是避免，關節之間的傷最需要的就是固定跟休息。」

我回想醫生說過的話，他沒明確地說能或不能，但任誰都聽得出來意思。可是現在受傷的人是小橘，上學期的展演時，她已經把雙簧管的獨奏機會讓給了學妹，並把所有的心思全都放在畢業展，要是學校那邊知道了她的情況，恐怕會取消她的獨奏資格。而我又想，如果小橘的家境繼續這樣惡化下去，恐怕她會跟我一樣，得放棄大學念音樂的志向，如此一來，她豈不是完了？

「這樣是不是不能吹雙簧管了？」打斷我的思緒，小橘又愣愣地問了一次。

「醫生說能避免就避免，因爲會影響復健。」最後我只能照著醫生的話說，轉過身來，看著小橘一直低頭而垂盪的前額劉海，我說：「如果妳不介意，我明天去問柚子，請他幫忙改一下，畢業展演我陪妳上台，四手可以聯彈，我們三手也一樣可以，好不好？」

「可是我想吹雙簧管……」她自言自語般地說著，好像完全沒在聽我說話。

「現在手受傷了呀，我們就先不要吹雙簧管，改彈鋼琴好不好？」像在哄一個失去玩具的小孩，我輕聲細語地說，但說出口時，心裡其實沉痛萬分。

「我想吹雙簧管……」

「我知道，我知道妳想吹雙簧管，但是現在不方便嘛，鋼琴也可以呀，好不好？」

「我只是想吹雙簧管……」說著，一整晚下來，小橘的情緒終於有了波動，她哽咽著，已經有眼淚流下來。

「這個以後再吹好不好？以後還有機會嘛。」我說著，輕輕擦去她滑落臉頰的淚，但自己卻一陣鼻酸。

「可是已經沒有以後了呀！」眼淚忽然潰決，小橘哭喊著，她的左手掌緊緊握住因爲受傷而不能用力的右手，指甲幾乎都刺進了肉裡，用很不清楚的聲音，滿臉是淚地看著我，激動地哭喊著：「已經沒有以後了呀，你知道嗎？這就已經是最後了呀！爲什麼到了最後還不讓我吹雙簧管！沒有以後了，沒有機會了，沒有下次了！已經都沒有了呀……」

※如果已經沒有未來，那現在我們還有什麼？

我們只剩下彼此而已。

32

主持人在台上用歡愉的語氣做了開場白，也介紹了幾位來賓，我看見科主任站起來跟大家揮手招呼，也看到李老師跟葉老師，還有老是叼著香菸的莊老師。都到齊了吧？這些年看著我們一路走來的老師們都在。他們在剛認識我們這些學生時，可曾想像大家即將踏出校門時會是什麼模樣呢？每一個人都有各式各樣的可能，因此也無從猜測起吧？至少如果是我就絕對不會想像得到，我們五個人現在的樣子。

大概是為了造型吧，龍眼居然留起一撮下巴的鬍子，掛著冷酷的表情，走到台前一鞠躬。我知道那是他的個人風格，這個人太強大了，他有足以傲視全世界的能量，迫不及待要發揮出來。走到鋼琴旁邊坐下，手指一顫，很輕的音樂響起，我微微閉上眼睛，有些不久前的回憶就要竄上心頭。

那天晚上，陪著小橘從醫院離開後，我們沒有回家，精神狀況很不穩定的她時哭時笑，我一度還想將她帶回醫院，也許應該讓醫生檢查一下，搞不好跌倒時有碰到腦袋。扶著小橘走出醫院，原本已經攔到了計程車，但她卻不肯上去，嘴裡只是不斷說著些夾纏不清的話。後來我們沿著馬路慢慢走，那時我已經完全不想再提到柚子告白的這件事了，眼前最要緊的，還是她的傷勢。

「妳現在想去哪裡？真的不要回家嗎？」小心翼翼地，我問她。

小橘搖搖頭，就在只剩路燈孤單單照明著的路邊人行道上，她忽然抱住我的脖子，吻了我的臉頰。

「別這樣。」若這是她平常時候，我當然會非常高興，但現在卻一點開心的感覺都沒有，稍微將她拉開點，我看著舉止失態的小橘，而她卻又哭了起來。走著走著，走到她幾乎都快睡著時，我們才又上了計程車。司機問我要去哪裡，想了想，我問他能否載我們到汽車旅館。從後照鏡裡可以看見那個司機臉上有猥褻的笑，但我根本懶得解釋。

到了汽車旅館，司機似乎跟這裡的人員很熟，還直接替我們辦好入住手續。之後我付了錢，扶著小橘下車，關好車庫鐵門，慢慢地循台階而上。很漂亮的房間，充滿歐式古典的風格，我點亮了造型很復古的主燈，但將亮度調到最弱，先讓小橘躺下，這才先去洗把臉。一整晚下來，已經灰頭土臉。

她睡得很沉，表情非常平靜，但臉上猶有淚痕。拿著濡得溫熱的濕毛巾，輕輕地擦擦她的臉，然後摘下她一直繫在頭髮上的髮簪。那支木製髮簪有點舊了，上頭的紅色流蘇已經快要斷光，髮簪本身有著很細膩的雕刻花紋，小心放到旁邊，再轉過頭來看著她，我只覺得好難過，從來不曾看過她的睡相，但第一次看見時，卻是在她傷成這樣的時候。

眼見得小橘已經熟睡，拉著棉被將她蓋好，我走到浴室去洗澡，然後又穿回原本的衣服，這才回到床邊。反正床很大，而我自己心裡很坦蕩，於是也跟著鑽進被窩裡。累了一天後，小橘的頭髮上還有輕淡的香味，總不時地鑽進我的鼻子裡。很想抱著她，覺得即使是在夢裡，她也會需要一點溫暖。然而我不想惹來任何誤會，所以只僅僅靠著床緣，手上還抱著一顆大抱枕睡覺。

大概是天快亮時吧，一直都感到很不自在的我終於慢慢睡著，在一片朦朧中，旁邊忽然有了動靜，我稍微睜開眼睛，卻看見小橘輕細捲曲的髮絲掠過眼前，她的臉頰靠著我的肩膀，安靜無聲地躺下。原本我想撥撥她落在我臉上的頭髮，但手滑過時，卻摸到她的背，那觸感，該是光滑的肌膚，她身上還有濃郁的沐浴乳香味。

「我們什麼都不要做，好不好？可是我好想要你抱著我。」很細微的聲音，小橘在我耳邊呢喃：「就抱著我，好嗎？」

我嚇了一大跳，但連眼睛都不敢張開，深怕看到不該看的，用力閉眼，慢慢把手伸出，讓她枕著。小橘安靜地伸手過來，脫下了我原本穿好的上衣。那種感覺真的太奇怪了，脫下衣服後，跟她的上半身之間毫無阻礙，我清楚地感受到她光滑的身體所傳來的溫度，我們就這樣擁抱著彼此。

「我很想知道，在完全沒有阻隔時，從你那裡傳來的溫度，能不能一直傳達到心裡。」很小的聲音，小橘說著。

「所以，傳達到了嗎？」稍微轉過頭，我只敢看著她的臉，沒膽子往下再看下去。

「嗯。」點點頭，她臉上有很淡的微笑。

「那我們要起來穿衣服了嗎？」我說這不是帶她來汽車旅館的本意。我只是希望找個有床的地方，好好休息而不被打擾。

「再一下下，再一下下。」閉著眼睛，小橘問我：「好嗎？」

能拒絕嗎？我的身體幾乎都是僵硬的，似乎一點點小動作都很不雅，只能盡量維持不動。小橘的手指從我的眉心往下劃，經過鼻子跟下巴，然後停在胸口。像在記憶我身體的輪廓似的，她的手指移動得很慢，而每到一處都會稍作停留。

「我不升學了。」她忽然說話：「本來今天想跟你說這件事的，沒想到柚子卻找我。最近我家很混亂，每天都有人來要錢，我爸好幾天沒回來，不曉得人在哪裡，昨天晚上才看到他，結果他拿了我媽準備好要還給人家的賭債，可能又去哪裡賭博了；我媽也是，今天早上我出門時，家裡好安靜，靜得像一潭平靜的死水，彷彿會把人吞噬似的。我很害怕，趕快拿了書包就出門。來學校的時候就決定了，這樣的環境，根本不可能給我讀書的機會，而我也不想再勉強任何人了。」

「那之後……」

「不曉得，我已經沒辦法想到之後的問題。」她還是閉著眼睛，語氣很平靜，對我說：「所以畢業展演對我來說很重要，這次如果不上台，以後就沒機會了。」

輕輕地點一下頭，我這才恍然大悟，知道她在醫院爲什麼哭著這樣說。

「我覺得好冷，心裡的冷。」她說：「我累了，好累好累了。」

「要睡覺嗎？」我想跟她說，如果眞的要睡，最好先起來穿上衣服，這房間的冷氣並不弱，眞光著身體睡到天亮，也許還會感冒。

「不睡。」但她卻搖頭，又說：「你看過曇花嗎？很小很小的時候，我媽曾經在家裡種曇花，每天一大早，她都會去摘幾朵曇花煮湯，曇花湯很好喝，甜甜的。後來每次我聽到

『曇花一現』這個成語時，總會想到她種在廚房陽台上那幾盆。曇花要摘下來煮湯的話，必須在它開得最美時，可是那時間非常短，很短，很短，就跟我們手邊所能把握住的光陰一樣短，要是錯過了，就沒有了。可是曇花明天可能還會再開，但是青春卻不會重來。所以今天如果沒喝到曇花湯也沒關係，明天或後天都還有，但如果錯過了今天，那生命就又少了一天，距離死亡就又近了一步。」

我安靜地聽著，感受這個我從沒感受過的小橘，她總是想得很長，想得很遠，也想得很多。那是跟她外表完全不相同的內心世界。我感覺在她那最深的心裡，似乎有著一座湖泊，漾著湛藍的水，如鏡面般波紋不起，非常平靜。可是再一觸碰，就會發現那水的溫度冷到不能再冷，是一種比死亡還要深層的冷，我在想，如果這座湖泊有名字，那應該叫作「絕望」吧？

「如果哪天我不在了，請你也這樣記得我，好嗎？」安靜了一會兒，本以為小橘已經睡著了，她卻又開口說話。

「別說傻話。」我說。

「我一直欠你一個道歉，先跟你說對不起。」不作聲，我知道她指的是曾有過一次，在愛河邊她不告而別的往事。「那天我忽然覺得好害怕，但是又不知道自己在怕什麼。搞不好我跟我媽一樣，她快被我爸逼瘋了，經常覺得有人來我家敲門要錢，每天都神經兮兮的，最後只能看醫生吃藥。我猜自己說不定也快瘋了。」

「不會有事的。」我只能這麼說。

輕輕拉著我的手，朝著她自己的身體伸過去。我原本還有點猶豫，但後來也放棄了，她牽著我的手腕，從自己的眉心到耳邊，然後是鼻子的線條、下巴、脖子，我的手輕撫過她肩膀的鎖骨，也滑過她胸前，順著側躺時腰際的曲線就停在腰間。

「這是我身體的樣子。」小橘問我記得了嗎。

「記得了。」

「千萬不可以忘記喔。」她忽然微笑，「不管過了再久，你都不可以忘記喔。因爲這世界上就只有你一個人知道而已。如果連你都忘了，那就永遠不會再有人知道了。」

「像螞蟻永遠記得住回家的路那樣記得了。」我忽然也笑了。

✻沒有人可以忘記妳的。

33

龍眼的鋼琴演奏從輕觸人心到波瀾起伏，雖然舞台上明明只有一架鋼琴，但聽起來卻有著千軍萬馬的氣勢，跟我內心那充滿寧靜的回憶完全不相符。他的演出結束後，則是幾個同學的搭配組合，我看了一下節目表，待會就是小橘的獨奏了。

那天在汽車旅館睡到中午，我醒來時她已經離開了，可是卻把我的上衣很整齊地摺好，就放在床頭，一旁的邊桌上還有她沒動過的早餐。那表示她是在早餐送來後才離開的，看來她也睡著，休息了一下了。

穿好衣服，吃過東西，我慢慢地走下床，手機有她傳來的簡訊，很簡單的兩句話：到家了。知道你不喜歡聽，但我還是想說，謝謝你。

之後我有幾天沒去學校，反正既然是自習，在哪裡都差不多。但在家裡也不怎麼念得下書，我腦海中總不斷想起小橘身體的溫度，還有她說的那些話。可是撥了幾次她的電話，卻都直接進了語音信箱。

到學校，座位上是空的，她根本沒來自習。展演在即，就剩不到兩天時，我又擔心起來，後來在琴房找到桃子，她一臉錯愕地說小橘才剛走。

「剛走？」我愕然。

點點頭，桃子說小橘來學校拿樂譜，這幾天她都在家自己練習，反正是獨奏，也不是非得到琴房來不可。

「所以她要上台？」

「你在家睡暈了嗎？節目表不是早就出來了？上面有她的獨奏呀。」像要確定似的，桃子從包包裡取出表單，還指給我看，然後問我有什麼疑問。我傻眼，看著桃子一臉茫然，我猜想小橘一定是把紗布跟繃帶都拆掉了，否則如此顯眼，大家一看就知道，怎麼還會讓她上台？這應該也就是小橘選擇自己在家練習的原因，唯有如此，才不會被人發現她的手傷。

如果這是她的最後一次機會……但已經沒有「如果」二字了，這就眞的已經是最後的機會了。坐在台下看演出時，我心知肚明，她只剩下這最後一次機會，而我是連機會都完全沒有，自己很甘願地放棄掉了；但小橘不同，她不可以放棄，多少年來所等待的，不過也就是這一刻，她怎麼可能放棄？幾天來我都在想，她都傷成那樣了，要怎麼繼續練習？雙簧管也不是多簡單的樂器，這種傷勢別說吹奏樂器了，恐怕連平常的活動都有問題，而且傷在關節處，根本沒辦法忍耐，她難道都不怕痛嗎？

燈光又亮起時，兩組搭檔演出已經結束，站在聚光燈下的女孩有著細捲而長的頭髮，她今晚有漂亮的妝，臉頰紅潤，而身上穿的依舊是那一襲白色的連身洋裝，前兩年我曾看她在演出時穿過。

小橘走到台前，向觀眾一揖，在一片安靜無聲中，雙簧管的樂音輕揚，我聽不出來那是什麼曲子，再看看節目表，上頭的曲目也沒見過，曲名叫作〈弱水三千〉，那應該是一首她自己編寫的曲吧？旋律起伏有點迷幻，而且一開始就把音拉高，速度也不慢，但是幾個小節後忽然慢下，有很突兀卻不難聽的轉折，那應該是運用了不協調和絃的關係，很巧妙地就轉了一次的調，一個段落過去後，她又慢慢將音階拉高，手指的動作也跟著變快。

這樣眞的沒關係嗎？小橘果然沒有任何包紮，而且皮膚上應該擦了粉底之類的化妝品，所以看不出傷痕，但我知道外傷容易痊癒，關節的傷卻需要較長時間才能恢復，再加上為了今天上台，她在家也不斷練習，所以根本不可能好好休養。如果她現在把自己的手給毀了，那以後怎麼辦？我皺著眉頭，隨著舞台上小橘每一個段落起伏，我就跟著多擔心一點。就算以後不念音樂系，但至少還可以把音樂當成興趣吧？那麼多音樂工作者，他們也未必都是音樂系出身的，不是嗎？為什麼非得要把賭注都押在這上頭呢？

小橘很專心地吹奏，但我卻隱約察覺到她眉頭有點緊，是否開始感到手傷的痛了呢？我的身體稍微往前傾了些，只為了能夠更近一點，再近一點地看著她。小橘似乎不受手傷影響，一個過門之後，聲音漸弱，她幾乎用盡了肺裡的空氣，一個尾音拉得好長，就在我揣想是否已經結束演奏時，小橘忽然又開始下一個段落，很簡單的和絃，但卻反覆循環，而且音又愈爬愈高，雖然說雙簧管本來就是比較輕快的聲音，但那種氣氛也太詭異了。我再仔細一聽，她似乎又慢慢地開始轉調，手指的速度也愈來愈快。我聽到坐在旁邊的聽眾發出驚嘆的聲音，也有人在竊竊私語，說這個學姊的風格好特別，怎麼以前都不太有人發現，沒想到她第一次獻藝獨奏的場合就是畢業展演，實在可惜。

那當下有種想哭的感覺，我很想衝到台前，阻止小橘繼續演奏。這樣已經夠了，妳已經讓全世界都知道妳的存在了，剩下的就留給以後吧？這樣不好嗎？為什麼要拚了命地只為了今晚呢？

曲子很好聽，但我卻有點聽不下去。舞台上，小橘幾乎從頭到尾都閉著眼睛，似乎她只是為了自己一個人而吹奏，外面的世界再怎麼樣都無所謂了。或許那就是她這麼執著於音樂的關係吧，就像她以前說過的，當現實的環境已經天崩地裂、面目全非時，她還可以被滿滿的音符所包圍，就這樣沉浸在自己的樂音中。那是誰都不能奪走的保護，也是誰也不能侵入的堡壘，就像小橘自己心裡那面鏡般的湖泊一樣深邃。只有在她自己願意走出來時，旁人才有接近的機會，就像我們一起去散步的過去那樣，否則，她永遠是看來笑臉相迎，卻從不透露自己內心的人。

我終於還是流下了一滴眼淚，從國中到現在，認識三年多了，我卻直到今晚才眞正明白她。可是偏偏這已經是我們的畢業展演，今晚一過，我們再見面時也許就是畢業典禮了，那是何其可悲的感覺？

走出會場時，我始終低著頭，避免跟任何人照面，此時此刻，不想跟誰打招呼或說話，我腦海裡有著始終揮之不去的想像：小橘一個人在那個安靜得可怕的家，把自己鎖在房間裡，拆掉了手上的包紮，強忍著一般人不能忍受的劇痛，一個音、一個音地吹奏出自己編寫的曲目。她會不會也痛得流淚？或者那眼淚不是來自手上的疼痛，而是因爲內心裡的絕望？而我多麼希望自己那時能夠在她身邊，至少可以陪她多說幾句話，也許可以稍減她心裡的壓力？

當小橘的演奏結束，她向台下行禮時，觀眾給予了最熱烈的掌聲，這掌聲許久不散，而我看見小橘站直身子時，臉上有淡淡的微笑，還有淡淡的淚光。那就是她這十幾年來努力的成果，今天她終於完成了自己最偉大的心願跟夢想，那掌聲是她應得的報償。

於是後面的節目我就不看了，一個人走出學校，慢慢地沿著大馬路踱步，這是我跟小橘一開始散步的路線。走了好久好久後，我媽終於打電話來，她不是問我幾點回家，卻是問我回不回家。

扯了個謊，我說今晚大家要聚會，搞不好會鬧到天亮。掛上電話後，孤單單的一個人，就這樣一路慢慢往前走，穿過幾個路口，最後還是走回了愛河邊，就在那張椅子上坐下，爲了跟這張椅子有關的回憶，小橘還我一個道歉，但其實我從沒生氣過，卻還想跟她一起喝掉那兩杯飲料。

口袋裡沒有菸，摸到手機時看了一下，柚子有傳訊息來，他知道我今晚的心情不太好，卻不曉得我不是因爲自己沒上台而鬱悶，反倒是因爲小橘。訊息很簡單，只說今晚全班要一起去夜唱，還眞的是打算鬧到天亮，叫我如果沒事就過去，哪怕就只是畢業前跟大家聊聊也好。

有什麼好聊的呢？其實我跟同學們一點都不熟，全班幾十個人，跟我要好的就他們四個，如果我想聊天，那還不簡單，只需要挑個星期天到柚子家就好了，說不定還能跟龍眼打打桌球，或者又看到柚子因爲罵了髒話而被罰站的糗樣。

想著，我自己都笑了起來。那原來都已經是好久好久以前的事了。坐在椅子上，也不曉得過了多久，我腦海裡全都是過往的畫面，有苦也有笑。不知不覺間，夜就很深了，附近的招牌燈大多已經熄滅，只剩下市政府不知道基於什麼理由，要把到處都裝滿的各色霓虹還閃爍著。我正在猶豫是否該回家時，電話響起。

「你在哪裡？」龍眼的聲音有點怪怪的，聽不見酒酣耳熱的喧嘩聲，他的背景是一片沉寂。

「愛河附近，怎麼了嗎？」我心頭忽然閃過一個不祥的預感。

「到醫院來一趟，小橘出事了。」龍眼的聲音也失去了以往的鎮定，告訴我醫院地址後，微微發顫地，他說：「展演結束前她就先走了，剛剛去唱歌，桃子又打電話去她家，結果是她媽媽接的。」

站起身來，已經衝到了路邊，我跑到對向車道，把一輛行駛中的計程車攔下，請他往醫院開去。手機裡龍眼的聲音繼續傳來：「她媽媽根本不知道小橘在不在家，後來她去開了房門，看到小橘已經……」說到這裡，龍眼也哽咽了。

「已經什麼？說清楚點！」很大聲地，我吼著。

「小橘把她媽媽那些抗憂鬱的安眠藥全都混著酒一起吞了，救護車到的時候，她已經沒有呼吸了。」龍眼的聲音很模糊，但我卻字字句句都聽得一清二楚，多麼希望他只是開開玩笑，但我知道，龍眼從來不會拿這種事來開玩笑。

❇妳是晨雨後醒來的玫瑰，在我們的心裡從不枯萎。

北國早春時，融雪清寒似記憶中妳純真的笑靨。
我在隅田川邊踽踽獨行，
夢一場未曾醒覺的夢。

妳在夕陽下有背影倩倩，
而我隱約聽見那年心中最美的旋律。

34

「原來你是台灣人。」看完我的履歷，居酒屋的老闆娘用中文笑著說，這家居酒屋是渡邊離開前最後一個幫我介紹的工作，就在淺草附近。這附近有好幾家居酒屋，不過我們很少來，這一家的老闆也不是日本人，他們說的是中文，來自天津。

「有沒有餐飲業的打工經驗？」

「炒烏龍麵算吧？」

「算。」肥肥胖胖的老闆娘站起身，很豪爽地對我說：「歡迎加入『小山屋』。」

那是這兒的店名，老闆雖然來自天津，但已經歸化日本，小山是他現在的姓。店面不大，小小的，很不起眼，而且位在巷子裡。起初我還擔心這家店的生意，但上班兩天都高朋滿座後，才知道是自己多心。

這兒多的是住宅區，又在地鐵站附近，許多上班族晚上回來都會經過。進來喝一杯，調整心情後才回家的大有人在。大概是民族性不同吧，以前我老爸經常帶著工作回家繼續忙，老媽則根本就把客廳當成她替人修改衣服的工作現場，但日本人很少回家還繼續作業，他們寧可在辦公室裡過勞死，回家前則先找個地方放鬆心情，再以居家的心態回家。

「不錯嘛，動作挺快的。」還沒資格進廚房，我只負責外場工作，偶爾幫忙洗洗碗。做了幾天，對工作內容開始習慣，當然速度也就加快許多。晚上十點多，已經沒有客人，老闆娘才剛結完帳，我也搞定清潔的部分，她走過來，四處看了看，然後說：「台灣人這麼勤勞的還不多。」

「是嗎？」

點點頭，她說以前雇用過幾個台灣的留學生，但是工作效率跟態度都差了很多，至少比較之下，同樣是留學生打工，大陸人可賣命得很。我笑了一下，沒多說什麼，原本所屬的國家環境不同，人也就會有所不同，而我不算是特別優秀，勉強來說，只是習慣了多做事，因爲多做事就可以少說話。

騎著同樣是渡邊留給我的老舊腳踏車下班，即便是日本最繁榮的首都，晚上過了十一點，路上一樣冷冷清清。踩了一段有點遠的路程，回到位在月島的那個小公寓，打開燈，滿屋子都是還沒整理的雜物，渡邊上個月底回青森去了，結束東京生活的他，結婚後將在老家繼承祖業，料理一大片蘋果園，我說搞不好以後我回台灣還可以買到他親手摘下來的蘋果，渡邊則說不必買了，他跟我要了台灣的老家地址，種出來的第一批蘋果他免費寄來請我爸媽吃。

洗完澡，在小窗戶旁邊坐下，這幾年來養成習慣，睡前總要看一點書，不過我的日文閱讀程度還不夠好，總有些詞彙不易解讀，所以這種放鬆心情的時候，我只看中文讀物，而這兒的中文書籍也不多，泡了杯茶，坐下時，我翻開的是村上春樹的《挪威的森林》，這也是渡邊留下的。當初我好奇地問他，一個日本人到台灣去念書，卻在台灣買一本台灣人翻譯的日本小說，這意義到底在哪裡，渡邊說這就叫作哲學。

老實講，我到現在還是搞不懂這種行爲哪裡有哲學的意思在裡頭，不過倒是拜他所賜，我終於看到了這本書，而且一看就是好多年。到現在，隨便翻開一頁，我都能夠輕易地繼續接著讀下去。今晚會想看這本書是有原因的，下班時，老闆娘說她有個遠房親戚最近會申請來日本念書，屆時也會在店裡打工，就可以替我分擔一點工作的負擔，不然一家店就他們夫婦跟我一個員工，光是清潔工作就夠累了。說著，她拿出申請表格給我看，那表格上有張大頭照，女孩有張瓜子臉，細長而捲的頭髮，眼睛一樣很大，微笑的側臉很有當年小橘的味道，但可惜沒有若隱若現的梨渦，而就算有，她也不是小橘。

看完，把表格還給老闆娘，沒有多說什麼，我把擺在店門口的小招牌推了進來，正想回家時，卻看見老闆拿著一疊舊報紙要去丟，於是我又自告奮勇幫他帶出來，反正回家的路上就有廢紙回收站。不過也就在我騎到回收站前，正想把報紙投進去時，卻看見那一疊被繩子束起的報紙上還有幾張傳單，第一張是個附近演藝廳的公演訊息，有個在京都很有名的管絃樂團要來東京表演，而且還邀請了台灣那邊的樂團來，兩大管絃樂團將舉行一連四天的表演。原本我只是被傳單上管絃樂團演出的宣傳照片所吸引，然而更仔細一看文字說明，卻頓時陷入了思緒的泥沼之中，上頭標註了幾位台灣那個管絃樂團的知名樂手名字，其中一個是我已經好久沒有想到過的人——龍眼。

所以這一晚，我想好好回味一下從前。有幾年了呢？畢業就當兵，退伍後直接來日本，到現在六七年了，我今年廿五歲。沒想到龍眼已經這麼有名氣了，竟然參加了隸屬於政府的樂團，而且還受邀來日本表演。

把那張傳單用圖釘固定在牆壁的木板上，我翻開書，剛好看到小說中，男女主角散步的段落。如果小橘沒死，我們會不會還常常一起去散步？我想應該會吧，如果還有更多的時間跟機會，也許我能夠更完整地探索她內心裡的那面湖泊，知道始終包圍著她的那片寒冷究竟是怎樣的存在，而也或許，我可能會改變心意，在柚子之後跟她告白。

當然這一切都來不及了，已經過去了太久，我現在能夠清楚記得的，只剩下小橘受傷的那一晚，我們窩在汽車旅館的床上，她赤裸著身體，帶著我的手，輕撫過她身上的線條，然後她說無論如何，希望我要記得她。可是我能記得什麼呢？我不記得她當時身體的溫度是冷或熱，也不記得她說那些話時，到底是什麼樣的表情，唯一還烙印在心裡的，只是小橘的聲音，還有她長髮落在我臉頰上時的感覺。

然後我還沒忘掉的，還有她生前的最後一個晚上，那也是她自殺前的最後一次表演，那燈光、那靈動的雙簧管的旋律，雖然我已經忘了那些音符是如何起伏迴盪，但它卻是那年我心中最美的旋律。

最後我終於還是喪失了閱讀的興致，嘆口氣，把書闔上，躺回床邊。窗戶外頭的路燈照了進來，清清冷冷，四周一片靜謐。氣氛很和諧寧靜，多麼適合像小橘那樣個性的人，如果此時此刻，能夠再聽到她吹奏的音樂該有多好？當年要是她好好休養，今天也許手傷早已痊癒，就算不繼續念音樂學校，也可能還在音樂的路上發展，那又是一番怎樣的光景呢？長嘆口氣，在床上抽菸、喝茶，我一直很想伸出手，去拿就擱在床頭邊的小鐵盒，但卻沒有那個勇氣再承受一次內心的苦痛，那是一種要把自己早已破碎不堪的心給碾磨得更粉碎的痛。

❋「多希望回到那一天，你們在下五子棋，他們在玩桌球，而我在一旁寫譜的星期天下午……」鐵盒裡，小橘的遺書是這樣開頭的。

35

多希望回到那一天，你們在下五子棋，他們在玩桌球，而我在一旁寫譜的星期天下午，那是我們第一次見面的時候。天很藍，有涼涼的風，李老師家的院子裡有好幾棵樹，樹下蚊子有點多。像是昨天，又像是很久以前，時間之於我有些錯亂，可能是喝了酒的緣故。

昨天晚上，我做了一個夢，夢裡有你坐在李老師家門口的板凳上吃西瓜，看起來像是國中時的模樣，可是一轉眼，場景又換成了愛河旁邊，你卻是現在的樣子，但也還在吃西瓜，然後我就醒了，而且是笑醒的。醒來後一直在想，我們幾個人當中，這麼多年來都沒變的，也許就是夢中你吃西瓜的樣子。

可是我們都知道，從前是回不去的從前，對吧？我因爲這樣而又難過了起來，彷彿置身在一座幽深的隧道中，回頭是一片漆黑，沒有往回走的出口。於是我又轉過身來，或許只能朝著前方那微弱光芒的地方慢慢前進，只是當我亦步亦趨，小心翼翼地走到那道光芒前面時，卻發現它不是出口，而只是一盞燒到盡頭的燭火，就在我看清楚前，它也熄滅了。這時的我無論如何呼救，都沒人可以聽見，當然也不會有人來救我。到了最後，我只能在頭尾兩端都封閉的狹長世界裡窒息而死。

你知道嗎，這就是我的人生。跟看起來的樣子很不一樣，對吧？但沒辦法，我是眞的這樣認爲。這世界上絕大多數的人都不是眞正地明白身邊的別人，因爲我們生下來就是孤孤單單的個體，誰也不能眞正完全明白另一個人。於是，後來我們學著溝通，用各式各樣的方法，想多懂別人一點，也想讓別人多懂我們一點。但我認爲那一切其實都是多餘的，因爲語言可以修飾，動作要合乎禮節，所以根本就不能直接把自己的感情傳達出去，唯一有效的溝通，就只有音樂而已。這就是我不能離開這條路的原因，一旦離開了，我存在的意義也就隨之結束了。那些虛僞而喬裝的面具下，我完全不知道別人想表達什麼，也沒有傳達自己想法的能力。所以你明白了嗎？我相信你一定能夠明白的，也唯有你才知道我眞正想表達的是什麼意思。

今天晚上的演出，對我而言並不僅只是表演而已，你曾說過，只要有心，到處都可以是舞台。那時我也很認同，可是之後再想，就算人生無處不可以是舞台，但觀眾呢？那些觀眾他們能夠看得懂嗎？如果我在一個舞台上吹奏出最美的天籟，可是台下的販夫走卒卻完全視若無睹，那我的演出有什麼意義呢？也許你要說我太固執了，但我卻是眞心地這樣認爲，這世上的一切都是一體兩面的，而我太在意這世界給我的回應，漆黑夜裡孤單的舞步我已經旋轉又旋轉地跳了太久，那是很可怕的。

因此我很慶幸，這幾年一直有你們在身邊，儘管大家都笑我婆婆媽媽，但那是我唯一能讓大家看見我的方式，所以不管多疲累的工作我都願意幫忙做。而也唯有你們不嫌棄我的多餘，願意讓我這樣其實沒有任何特色的人一起跟隨著。

這就是我非得在今天晚上結束生命的原因，當離開這座有你們的舞台後，我將一無所有，也將不再具有獨立的存在價值。我們曾經聊過，如果有一天終將放棄音樂這條路，那會是什麼感覺，而現在我知道了。當一個人處在徹徹底底的寒冷當中，其實沒有任何感覺，就只剩下絕望而已。所以我覺得在某個方面，我也要很感激你，還記得我們有個約定嗎？說好的，非到萬不得已，絕對不要離開這個學校，不要離開大家。我做到了，三年終於過完，至少我在畢業展演上有個完美的句點了，對吧？多少個無法釋懷的夜裡，每當禁不住想要拿起我媽那些藥瓶時，我總想起這個約定，於是又縮回了手，一直撐到了今天，總算完成了心願。

同樣的滋味，在手受傷的那一晚也很強烈，但我慶幸的是那天晚上有你，在那相擁而眠的夜裡，是你的溫度讓我還有活著的勇氣，是你讓我對這世界還有期待，雖然幾乎無法上台獨奏了，但你還願意跟我三手聯彈。不過，你知道，那並不是我要的，對吧？所以那一晚過後，我決定不計任何代價，就算從此之後手不能動了也無所謂，我一定要在台上，用我的雙簧管，讓大家聽見我想說的話。儘管可能聽得懂的也只剩下台下的你。

我有看見你喔，坐在第三排的位置，你不該在那裡的呀，不是嗎？所以我羨慕你的豁達，羨慕你的無所謂，羨慕你曾說過的玩家心願，就這樣讓自己瀟灑地活在這世上。那是我無論如何都做不到的。也或許那就是我被你吸引的原因，總在似有若無間，你讓我看見了自己所嚮往的自由，也讓我察覺出自己心裡的黑暗。

是否還記得呢？我說你很像《挪威的森林》那本書裡的男主角，沒想到就一語成讖了，最後我也要這樣孤單單地死去了。很遺憾，請原諒我無法親口跟你道別，只能寫這樣一封長長的信給你，但這卻是我唯一還能做的。今天晚上，我已經把自己所有能燃燒的一切都完完全全地燃燒殆盡了，即便繼續活著，恐怕也只會造成別人的負擔，只會讓你跟其他人繼續爲我擔心而已，但我並不想要那樣，更何況，這當下的我已經完全沒有任何遺憾，如同盛開過後的曇花，燦爛過後，就不留任何憾恨，唯一掛心的，只有大家，還有你。

眞的很抱歉，我似乎永遠無法擺脫內心的困難，這可能就是我最大的缺點，而感謝你始終陪著我，包容這些缺點。我就要把自己永遠地沉浸到內心裡那片冰冷的藍色世界了，希望那裡聽得見雙簧管的旋律，也看得見你吃西瓜的樣子。

你要記得我身上每個位置的線條喔，就像那天晚上我拉著你的手，慢慢地劃過去的痕跡，我到現在都沒忘記你指尖觸摸過的感覺，希望你也別忘了。也要記得我今晚在舞台上的樣子，你說過那套禮服很好看，所以我就算存夠了可以買新衣服的錢，但也不想眞的去買，寧可穿舊的上台，然後你要記得那首曲子，但願第一次吹奏出來，沒有太大的瑕疵。我已經做完了所有自己想做的事，現在躺在床邊，一邊給你寫信，一邊滿足且幸福地微笑著。

最後一次，跟你說抱歉，我知道你對我的好，但很遺憾我這樣的人無法適度地回報，就算我也喜歡你；也眞的是最後一次，我想眞心地跟你說謝謝，謝謝你曾經這樣陪伴我。

小橘

＊其實我不需要那些道歉與感謝，我只希望妳還活著。

36

「加一點漂白水，但是別太多，否則味道會太重，而且會沒效，記得要攪拌一下。」示範著，我把一瓶蓋的漂白水倒入水桶，再拿拖把下去濡濕，一樣一樣慢慢做，就怕漏掉任何一個細節。

「只用清水不行嗎？」芋頭問。本來只是隨口問問她有沒有綽號，看是什麼香蕉、西瓜之類的，沒想到她居然說以前大家都叫她芋頭。河北應該算中國華北地區了吧？一直聽說中國華北、東北一帶的人體型龐大，但我看也不盡然，這一隻就很小。

「加了漂白水才有消毒效果呀。」我說。拖了兩行後，將拖把交給她，我自己開始整理起桌面。

她很像小橘，有細捲的長髮，圓圓的眼睛，眼神裡也總是帶點迷濛，不過也很貼心，大部分的時候也還算仔細。不過，當然她跟小橘比起來還差得很遠。

「地板拖完，水桶記得要歸位呀。」才說她還算仔細，結果水桶就丟在門口忘了收。

今天老闆夫婦有事，才晚上九點半就提早結束供餐，只剩下我們賣賣酒。十點多時，客人幾乎都走了，廚房裡的亂七八糟就由我來處理，外面交給芋頭。這些工作並不難，而且好處是不必像在築地打工那麼早起，儘管在日本的這幾年都習慣早睡，但每到冬天，一大清早就要踩著滿地的積雪去魚市場工作，那畢竟是件痛苦的事。

「你在這兒很久了嗎？」關閉電源後，放下鐵門，我上了鎖。芋頭圍著圍巾，雙手都戴著手套，說話時一陣白煙呵了出來。

「比妳早半個月吧。」

「我是說你來日本的時間。」

「那就眞的有點久了。」我點頭，牽著腳踏車，陪她一起往地鐵站的方向走。一邊走，我屈指算算，退伍後就來，至今都好幾年了。日本的大學最長可以念八年，雖然我不打算眞的在這兒窩滿年限，但反正回台灣也沒有一技之長，在這裡又能自給自足，就暫時先窩著。

「小時候聽說台灣遍地是黃金，瞧那些回大陸探親的人總是穿金戴銀，那時候還好羨慕，希望有天可以去台灣看看，沒想到臨了台灣沒去成，倒是來了日本。」芋頭自顧自地說著，又問我：「所以台灣怎麼樣？」

「小島，非常小的地方。」我說。

「我是說，那兒的生活怎麼樣？」

笑了一下，我說每個人的答案都不同，所以最好是等她哪天有機會，自己到台灣瞧瞧。我們相差才五六歲，講起話來卻滿是代溝。芋頭想了想，忽然又問我日後回台灣前，能否把聯絡方式留給她，哪天她存夠了錢，要來台灣度假時也好有個地陪。

「那有什麼問題。」我還是微笑。

「剛來那幾天，我看你很少說話，還以爲你這人挺嚴肅的，不好親近。」轉身前，芋頭笑著。

「我只是話少一點而已。」也給她一個禮貌的微笑，我說：「上班嘛，老闆是花錢請我來做事的，不是讓我來說話的，對不對？」

看著她走下地鐵站的入口，我騎上腳踏車，慢慢地往回家方向前進。如果芋頭眞的來了台灣，我能帶她去哪裡？腦海裡忽然想起當年的畫面，高二結束時的暑假，我們跟著柚子一家人到南投山上去度假，那是個叫作「春陽」的小部落，就在那裡，我第一次聽小橘說起她對音樂的熱愛，也說到如果有一天，她必須捨棄音樂這條路時，連自己都不能想像那會是什麼結果。這結果後來我們都看到了。

她過世後，我再也沒去過學校，在家窩了幾天，請老爸幫我安排關係，提前入伍當兵，老媽去學校替我拿畢業證書時，柚子託她把小橘留給我的遺書也順便帶了回來。退伍後，一樣靠老爸的幫忙來到日本，這麼多年過去了，我完全沒跟柚子他們聯絡，既不知道當初小橘的葬禮是怎麼處理的，也不清楚後來大家的下落，只知道龍眼所參加的市立樂團最近會來日本演出。

該去看嗎？我很想，想再聽聽那些當年我熟得不能再熟的樂器所發出來的旋律，更想去看看闊別已久的龍眼現在是什麼樣子。然而我也很猶豫，自己好不容易逃到這個新的環境，就算遠離家鄉，在這個語言很不方便的地方生存得很辛苦，但至少我都熬過來了，也已經有了新生活，有必要這麼折磨自己，再回頭環顧那些過去嗎？就像芋頭問我的，台灣在我看來是什麼樣子？我當然有著自己的答案，可是那答案是負面的，台灣對我來說，是一個充滿絕望與傷心的地方，那裡給我的唯一感覺，就是小橘跟她心裡那徹底冰冷的一片湛藍。所以我無法回答芋頭，要是真的老實講，可能會嚇壞她。以前渡邊就說我這人愛搞神祕，老是不肯對別人交代自己的想法，但我其實一點想法都沒有，真的。若真要有什麼是自己長久以來一直在做的，那應該就是逃避吧？不去學校拿畢業證書、不跟任何人聯絡、急著當兵、退伍就出國、一到日本沒半年就很少再去學校、工作一換再換，這些都只是爲了逃走而已，我只想躲得遠遠的，就怕自己在一個地方待得太久，又會像以前那樣，一旦對一些人或地方有了感情，任何一丁點的失去都可能讓人痛苦一輩子，而這種痛苦我已經感受過一次，不想再有第二次。

那些歡笑距離我都太遠了，現在我只想安靜地活下去。然而我自己也清楚，這種活著是不健全的，或者就像村上春樹在《挪威的森林》裡寫到的，我們在最親近的人死去時，自己身上的某一部分也跟著一起死去了。對我而言只怕也是如此，小橘死去後，我生命的一部分似乎也隨著她而去了，剩下的不過是殘缺的靈魂而已，所以我逃避的可能不只是回憶，還有對自己那份空缺的恐懼感。

於是我躲在這裡。停好腳踏車，上了鎖後，慢慢往階梯上走，到了公寓門前，嘆口氣，我打開門，屋子裡一如往常，只有窗邊透進來些許路燈的光。緩步走到小窗邊，我只點亮檯燈，就著微弱的光，沖了一杯茶，然後坐下、點菸。旁邊木牆上還釘著那張龍眼他們樂團要來表演的傳單，我看了良久，再看看擱在床頭的小鐵盒，忽然難過得流下眼淚，就在靜覷無聲的黑暗空間裡，獨自一人痛哭失聲。

❇逃到哪裡都一樣，因為我回憶裡還有你們。

37

票價有點貴，而且一次要買兩張，付錢時我好心痛。說要請假時，老闆娘有點不高興，但最後還是答應了，本來她大概認爲至少還有芋頭可以上班，沒想到一聽說我要去聽演奏會，芋頭立刻跟著也去請假，而且還是准假後才來問我能否一起同行。

「沒想到你是會聽這種室內樂的人呢。」她說。在特別交代後，今天她穿得很漂亮，黑色長裙配上紅色外套，算是比較正式的服裝，而我則穿著休閒式的西裝外套。這種場合，表演者要著禮服，聆聽者也不能太隨便，那是一種禮貌。

「妳也知道『室內樂』這個名詞呀？」我笑著說：「不過這不能只說是室內樂團，以編制來看，這算得上交響樂團了。室內樂團通常指的是編制較小的管絃樂團，或其他各種重奏樂團，交響樂團的樂器種類比較多。」

「可是都是古典樂，不是嗎？」

「那又未必，雖然這種正式演出大多是以古典樂爲主，但如果在學校裡，年輕的學生就可以玩出各種花樣，隨便什麼樂器都可以搭在一起配合演出，甚至還可以中西合併，來個中提琴跟洞簫的組合。」

「眞的假的？」她很訝異。

笑一下，點點頭，其他的我就不再多說。今天之所以願意帶她來，就是希望有個人在旁邊，或多或少可以分散一點注意力，不用讓思緒老在過去的回憶中打轉，然而她問起這些時，不免又讓我想起從前在學校的那些演出，而一想到學校，當然免不了會想到小橘。

觀眾很多，小小的會場擠滿了人，我們坐在很前面的位置。原本中間偏後一點也無妨，這種表演又不是看樂手的長相或動作，要光聽音樂的話，中間的音場環境才是最好的。不過看在芋頭興高采烈，對什麼樂器都很有興趣的份上，我們買的是正中央的前排位置，坦白講，是又貴又傻的作法。

日本樂團的水準極高，那個指揮的動作充滿感性，讓人看得心嚮往之，不過我卻沒什麼多餘的感動，畢竟這也不是我今天來的目的，到後來索性閉上眼睛，我專注地品味在那片齊聲悠揚的樂音中，人家怎麼表現中提琴，可是聽著聽著，我卻又被雙簧管所吸引。心裡在想，這個雙簧管的吹奏者水準確實不差，可是爲了跟整個樂團取得和諧，他也跟大部分的樂器一樣，都喪失了自己的特色。相較之下，當年小橘在舞台上的那首獨奏，眞是絕無僅有的演出。

上半場結束後，走到外面的休息區抽菸，芋頭臉上有既滿足但又困惑的神情，滿足是因爲剛剛的演出很棒，但困惑的是她其實有太多東西看不懂。

「這是什麼琴？」指著牆壁上的海報，她問。

「低音大提琴。」我說：「以前我有個朋友就學這玩意兒，很不簡單，拉出來的聲音又沉又厚。」

「那這個呢？這是小提琴吧？」

「中提才對，它比較大一點，聲音偏中高，但不到小提琴那麼高。」我沒說這就是自己當年學的樂器，視線也趕緊飄開，就怕她待會兒會問到雙簧管。

原本打算抽完一根菸就要進去的，但想著想著，我晃到欄杆邊，卻又點了第二根，只是一口也沒抽，我看著玻璃帷幕外的東京夜色發起呆來。

「我覺得你的心情不大好。」跟著走近，芋頭有點內疚地說：「如果你覺得我這樣很煩，會壞了你聽演奏的心情，那我還是先回去好了。」

「沒事的，」我給她一個微笑，「我心情沒有不好，只是剛好想到一些事而已，而那也都過去很久了，不是妳的關係。」

「你想到的那些事跟音樂有關嗎？」

「有一點。」我點頭。

「如果你有煩惱可以跟我說呀，我這個人很常聽人家說心事的。」她笑得很天眞。不過那笑容沒維持多久，見我一臉懷疑，她於是又低下頭來，說：「抱歉，我又亂講話了。」

不只是現在，芋頭是個常說抱歉的人，她經常在把不得體的話給說出口後，才俏皮地說抱歉，大部分人也不會因此而對她眞的生氣，頂多只是莞爾一笑。每次聽她說對不起，我都很容易聯想到小橘以前說謝謝的樣子。

下半場是台灣樂團的演出，這個隸屬於港都的樂團編制很大，而最顯眼的莫過於擺在指揮旁邊的鋼琴，那是龍眼的位置。

向觀眾鞠躬後，樂團人員就座，指揮是個大約四十歲上下的男人，剛剛轉過來行禮時，看他表情一臉剛毅，這樣的人應該很難開玩笑，而且恐怕非常嚴厲，不過我相信龍眼並不會讓他失望。第一首曲子是貝多芬降B大調鋼琴協奏曲第二樂章，雄渾沉鬱的絃樂開場後，幾個轉折，鋼琴開始加入。龍眼彈奏時的神情很專注，有一種彷彿置身在世界高峰的孤傲感，除了偶爾抬眼看看指揮，他幾乎都融入在音樂中，手指一樣俐落，聲音依舊紮實，那是他最大的特色。一首曲子結束，現場也投以熱烈掌聲，我一面鼓掌，一面讚嘆，沒想到這些年來，他的技巧比以前更好，而且表現在音樂中的情感也更強了。

第二首也是一樣，他跟小提琴的穿插將整個樂團的氣勢帶到最高點，聽得讓人血脈賁張，幾乎連呼吸都有困難，而且我很訝異他左右兩手交互彈奏的技巧，左手分明還在低音琴鍵上的，但右手已經拉到了很高音的位置，明明是在雙臂幾乎都完全伸直的狀況下，他卻忽然移動身體，右手位置不變，但左手立刻換到右手的更右邊去彈奏更高音的琴鍵，速度之快，認鍵之準，讓人嘆爲觀止。我看得驚訝不已，幾乎連嘴巴都忘了闔上，儘管察覺到芋頭就在旁邊滿臉疑惑，但那當下根本沒時間對她說明，此刻我只想多看一眼龍眼的精湛演出。

一連幾首都是大隊人馬的表演，眼看著時間漸晚，演奏會也接近尾聲，我原本想要提早離開，今天的目的已經達到，我覺得非常欣慰與滿足，正想趁著換場時站起身來，帶著芋頭先走，沒想到舞台上的撤場速度也很快，不到一分鐘時間，台上燈光又亮，於是我只好乖乖再坐下，這時舞台上已經沒了那些座椅跟譜架，只剩一架鋼琴，而龍眼行禮後又坐下。

「這個彈鋼琴的好厲害，從頭到尾都是他。」芋頭小聲地對我說。

「他在台灣名氣一定不小。」我點點頭：「宣傳單上被列出來的台灣樂手當中，除了指揮，他是排在第一個的位置。」

「意思是說，如果我想學鋼琴，應該要找他。」

我又笑笑，也點頭，跟龍眼學鋼琴應該很不錯，但是這個人恐怕挑學生也很嚴格，就像以前，除非有點本事的人，否則那些期中或期末考的術科，根本沒人敢找他伴奏，而因爲這樣，最後累死的都是因爲人緣太好，所以到處幫忙的柚子。

在鋼琴樂聲蔓延開來時，我定了定神，把目光焦點移回舞台上，但奇怪的是龍眼現在彈奏的曲子卻讓我有點陌生，那曲子的調性很特別，似乎都在幾個大調間游移來去，而且修飾音很多，但卻不顯得突兀，反而有種迷幻的特色。我有點疑惑，心想這可能是他們樂團自己編寫的新曲子，可是想想也不怎麼可能，如果是樂團的創作，那怎麼會只有鋼琴這項樂器在獨奏？又聽了幾個小節後，我忽然覺得不對，這曲子其實我並非第一次聽到，很多年前，在台灣，我聽過這首曲，只是當年它是用雙簧管吹出來的。

龍眼幾乎是閉著眼睛的，他也不看譜，就這樣全神貫注在手指跟耳朵上，全場觀眾幾乎都安靜無聲，每個人都在傾聽跟觀看他的演出。我只覺得全身無力，輕靠在絨布椅背上，雙眼有點睜不開來，腦海中看到的再不是現在的龍眼，而是當年那個穿著一襲白色禮服的女孩。

從輕靈迷幻開始，然後進入沉鬱跌宕，幾個轉折後，他將曲子帶入高潮，那反覆不過三五個和絃，卻被他彈得豐富飽滿，而且宛如疾風驟雨，我好想掩住耳朵，這聲音敲打的力量幾乎穿透了耳膜，把我殘存的靈魂擊得粉碎。就在我忍不住，想要不顧禮貌，急忙拔腿逃走時，他的演奏瞬間結束，連續幾個收尾的頓點非常用力，就這樣讓這首曲子畫下句點，而他也毫不猶豫地起身，就向觀眾鞠躬行禮，然後現場隨即被今晚最熱烈的一片掌聲所淹沒。

「你沒事吧？是不是身體不舒服？」當掌聲終於結束，樂團謝幕後，我拖著疲倦不堪的腳步，蹣跚地挨在人群裡，跟芋頭一起走出來，有好幾次還差點被撞倒，讓她攙扶著時，她問我。

「沒事，大概是睡眠不足，忽然有點頭暈。」我說。

點點頭，她又問我：「最後一首是什麼歌呀？感覺很亂，而且風格很奇怪，不過還挺好聽的。」

「那首歌很少人會，我連今天也不過只聽到過兩次。」

「那歌要能唱就好了，」點點頭，她又問我是否知道歌名。

「〈弱水三千〉。」點點頭，我說。

✽〈弱水三千〉，那年我心中最美的旋律。

38

「阿直，二號桌那頭沒擦乾淨，別忘了。」老闆娘叫了我一聲。剛來日本時，老師叫我們這些外籍學生每個人取個日本名字，我隨手抓了「石川」當作姓，名就是一個直字。石川，是因爲我想到高雄愛河邊的堤防砌石；直，則是我原本台灣名字裡就有的一個字。

「三號桌的串燒快送去，都要涼了。」一旁的芋頭小聲提醒我。

今晚非常忙碌，星期一就是這樣，大家都還忘不了週末的悠閒，所以週一夜晚多的是厭倦上班的人，他們特別需要在這一天晚上多喝兩杯，然後就累死我們。

辛辛苦苦忙了一整晚，好不容易把所有的點菜都送上，我環顧整家店幾乎座無虛席，心裡在想，我乾脆也歸化日本，自己來開家這種店算了。不過這只有想想的份，我根本連買個日本國籍的錢都沒有，而且連想像都沒能想像完，很快就又有客人要點菜，於是我又得跑過去。

到了晚上九點多，客人總算少了，店裡空出將近一半的座位，趁著有空，我坐在出菜口旁的小桌邊，整理今晚的點單，以便待會兒老闆娘結帳。本來在門口附近整理桌面的芋頭忽然大叫了一聲，每個人不約而同全都轉過頭去，只見芋頭面對著門口的布幔，雙手捂著嘴，不過罩在她嘴巴上的可是抹布。

有個高高瘦瘦的年輕人走了進來，他只看了芋頭一眼，似乎不放在心上，然後就朝著我這邊過來。不過才兩步，他忽然又停下，再轉頭回去，又多看了芋頭好幾眼；芋頭也是一樣，她就這麼呆在原地，視線一直隨著對方移動。

「該不會是因為她，你才在這裡的吧？」走到面前，他問我。

「當然不是。」把手上的點單放下，我回答。

「像。」他看看還一臉驚訝的芋頭。

「頭髮而已。」脫下繫在腰間的圍裙，我說。

「很像。」他也還盯著芋頭。

「眼睛而已。」稍微將桌面清理一下，我又說。

「眞的像。」他還在說。

「你是來看她的，還是來看我的？」然後我不想再解釋了。

「彈那首歌之前，我就覺得台下這個人好眼熟；彈完後，謝幕時看你急急忙忙地走，我就知道沒猜錯。」龍眼點了一根香菸，抓抓下巴的一撮小鬍子，說：「不過你可把我害慘了，那首歌根本不是我應該獨奏的曲子，表演結束後，我被團長臭罵了一頓。」

「至少你彈得不錯，那就值得高興了。」

「就算我彈錯，除了你之外，只怕也沒人知道。」龍眼吐出一口菸，喝下老闆親自端來的溫熱清酒，看著我說：「而且值得高興的，不是我彈完了那首曲子。」

我有種鼻酸的感覺，他的意思很明白，那當下不過就是賭一把而已，賭對了，就算回去會被開除，他可能也不在乎。

「怎麼找到這裡來的？」

「追呀，」他說得輕描淡寫：「看你跑了我就追，還好會場外頭有很多排班計程車，不然我上哪裡找人去。」

「那昨晚不找我？」

「跑得了和尚跑不了廟，知道你住哪裡就夠了，我下午過去，本來想直接敲門的，結果還沒下車，看到你騎著腳踏車又出門，所以就跟來了。」他說著，吃了一口烤魷魚，但眼睛還在看櫃檯那邊。剛剛芋頭跑進廚房裡，大概是跟老闆夫婦介紹了一下，知道是昨晚舞台上的明星，所以老闆才親自端酒菜來招待。

「來了又不進來？」我說。上班時間是下午四點開始，所以他就這樣在外頭吹了好幾個小時的冷風。

「你在上班呀，我怎麼來？後來覺得很冷，想要喝一杯時，你裡面他媽的全都是人，我又哪裡有位置坐下？」他瞪我一眼，然後我們都笑了出來。

「你們認識很久啦？」端菜過來時，芋頭問。

「老同學了。」龍眼點點頭。

「一起學音樂的？」

「高中音樂班同學。」龍眼又說。

「學鋼琴嗎？」

「論鋼琴，他不如我，但論別的東西，則我不如他。」龍眼還很認真回答。

「那爲什麼你現在是演奏家，他卻在這裡打工？」

「妳很想知道嗎？」看著芋頭一臉好奇，龍眼也很認眞地對她說：「我也很想知道，妳手上這盤菜什麼時候才要端到我面前來讓我吃？」

夜深時，讓我們留在店裡，老闆夫婦相偕離開，芋頭也走了之後，龍眼問起這個女孩是否是我的女朋友。

「當然不是，年紀差太遠，個性也差太多。」我搖頭。

「是她跟你差太多，還是她跟小橘差太多？」龍眼點了根菸。我明白他的意思，於是也解釋了一下，那些髮型、眼神跟一些基本的個性無論再怎麼雷同，但小橘的自我特質卻是別人不可能也擁有的。

「是嗎？」龍眼說：「但是看起來都一樣婆婆媽媽。」

我點頭，這確實有一點。剛剛芋頭離開時，先是交代我別忘了鎖門，然後又交代我記得關掉門口小燈，最後還不忘提醒我們少喝點。不過即使如此，我還是告訴龍眼，那中間還是有些不同，芋頭是眞的婆婆媽媽，小橘卻不是。

「是嗎？」

「小橘是不知道怎麼樣才能讓別人理解她的想法，也不知道怎麼跟人應對，所以只好對全部的事情都關心，也對全部的人都付出。她之所以什麼都替人家想，是因爲她不知道要如何判斷，究竟什麼時候應該自私。」我說：「她最眞實的情感，只有在演奏音樂時才能傳達出來。」

「這就是她與其離開音樂，不如選擇了斷自己的原因？」

「差不多。」而我說。

聊到香菸盒裡的菸都被我們抽完時，我們把店門關好，一起走到附近的便利商店，順便還買了啤酒，而龍眼居然從便利商店的書架上拿了好幾本色情漫畫，說要帶回去當紀念。

「眞看不出來你是這種人。」我指著那些漫畫。

「彼此彼此，你也一樣。」結完帳，走出來時，龍眼說：「我知道你跟小橘很要好，但沒想到是好成這樣。她一死，你居然就跟著消失了。」

「我只是不曉得怎麼面對才好。」

在附近小公園裡的長凳坐下，看著東京沒有星星的夜空，龍眼嘆口氣，說：「有空回去看看葉老師吧，她老了很多。前陣子我回藝術學校演講時，跟他們夫妻碰過面，李老師還不錯，幾個鋼琴學生都算成才；但是葉老師卻不然，她說從你之後，就沒什麼值得她教的中提琴學生了。」

「這麼誇張？」

龍眼笑了一下，又說：「現在想想，李老師的比喻果然貼切，他說我這個人狂妄暴戾，有貝多芬的風格。」

「的確。」我也笑。

「柚子則像是莫札特跟德布西的混合體，熱情又活潑，天眞地以爲全世界都是好人。」

「知子莫若父。」我笑得更大聲了。

「至於桃子，她像巴哈，像一座永不傾斜的天秤，也從來不逾矩，是個雖然不起眼，卻絕對必要的存在。可是我覺得她還有一個特色，在看起來很平靜的表層底下，她有股強大的信念跟生命力，還有一些自我的堅持，那比較像是孟德爾頌。」

我頻頻點頭，這些比喻都很適切。然後龍眼又嘆氣，說：「而最要命的是小橘，她看起來一切都好，平常也像莫札特，但其實骨子裡卻是完全的舒曼。」

於是我也嘆息。舒曼是個很傳奇的鋼琴家，他既是天才，卻也是瘋子，有很嚴重的心理疾病，清醒時能夠寫出很動聽的曲子，但有時卻又被嚴重的幻聽所困擾，腦海裡那些縈繞的旋律，時而是天使的天籟，時而是惡魔的嘶吼，神經質跟憂鬱的個性就藏在他光華萬丈的亮眼音符之下，但最後卻是以自殺的方式結束生命。

「那我呢？」我忽然問龍眼。

「李老師說他不知道你像誰，還說如果有機會遇到你，他要再好好觀察一下。」

「我這麼複雜嗎？」我苦笑一下。

「你不是複雜，你只是像你自己而已。」然後龍眼這麼說。

※我不像誰，那是因為我只像我自己。

39

沒有問我回不回台灣，龍眼只問之後還有什麼打算，搖搖頭，我說目前沒想太多，在日本的生活很好，反正距離畢業門檻還有幾年，而我在這兒的工作所得也夠繳學費買文憑，所以暫時不做太多考慮，我現在只想繼續窩在這個地方。

「小橋的死不是你一個人的責任。」提醒我，龍眼說：「別什麼事情都攬在自己身上，就跟當年一樣。」

「跟當年一樣？」

「柚子跟海專的那件事。」他說。

那已經是好久好久以前的事了，我們國中的時候，柚子讓人家予取予求，跟勒索沒什麼差別。而我天眞地以爲可以用幾句話就替他解決麻煩，沒想到還差點被揍，當時多虧了很能打的龍眼來幫忙。

「我自己會有分寸的，只是暫時不想回台灣而已。」我笑笑，點頭。

他在東京停留的時間不長，才待沒兩天，明早又要跟隨樂團一起移師到北海道，聽說那邊還有更盛大的演出。當然是充滿不捨的，就在飯店的餐廳裡，一起吃著晚飯，龍眼說起了當年的事。

那一晚，我們在醫院裡哭得死去活來，醫生跟警察都在，小橘的媽媽很不能諒解女兒的死，也堅決不肯讓我們去看小橘的遺體。一直到天亮，我們幾個才被各自的家長帶走。老爸當然也不能說什麼，反正都停課了，接下來就等畢業典禮，所以根本不在意我是否還去學校，而我也完全沒了準備考試的心情，就這樣整個人墮落了下去。在那同時，龍眼也因爲在校成績優異，很快就申請到了國外的學校，畢業典禮後立刻出國；大學畢業回台灣，在藝工隊輕鬆服完兵役後，連履歷都不必遞，就被延攬進了市立樂團。當時留下來的只剩下柚子，父母都是學校老師，他當然不可能在自習課缺席，結果後來居然就念了師範學院，現在也是老師。

「簡直像在做夢。」苦笑，在聽聞這些以前，我對每個人的印象都還停留在小橘過世的那一晚，然而曾幾何時，大家卻都已經有了自己的一片天。吃完桌上的焗烤龍蝦飯，開了一瓶紅酒，一邊喝，我問龍眼：「那桃子呢？」

「她去了幾天自習課，之後也不來了。詳細情形我不了解，不過前陣子遇到柚子，聽說桃子現在是錄音師。」

「錄音師？」我愣了一下。

「個人的錄音室，專門幫獨立製作的地下樂團錄音，然後發行唱片的那種。」龍眼也吃完飯，他一邊剔牙，一邊笑著說：「你不覺得這很適合她嗎？這個人個性那麼嚴謹，一板一眼的，正好去幹這種絲毫馬虎不得的工作。」

「那倒是，不過她的低音大提琴呢？」

「沒在拉了吧。」龍眼說：「這種樂器學的人雖然少，但是樂團裡的需求更少，她又不算拉得很好，隨便遇到一個比她強的，空缺就被搶走了。」

「說得也是。」嘆氣，我說。

「不過我看她也不是非常想走這條路，所以無所謂吧。」龍眼說：「比起來，與其去看她在音樂這條路上的造化，倒不如多了解她的內心世界。」

見我一臉茫然的表情，龍眼笑著說：「女人的想法永遠比她們表現出來的外在要來得有玩味價值，雖然她看起來像女人的成分不高。不過如果你以後還有機會遇見她，倒是可以多留意點，那應該會是挺有趣的事情。」

我笑著，那些年當中，跟我最少有互動的大概也是桃子，除了少數幾次我們有單獨聊天外，其他幾乎都是團體活動中才有交集。坦白講，桃子到底在想些什麼，我是眞的沒有認眞留意過。

餐廳營業得晚，我們也聊到夜深。今天特地跟小山屋又請了假，就是爲了想跟龍眼敘舊。當我走出飯店大廳時，都已經深夜十二點多，也難得他犧牲休息時間，陪我窮耗一整夜。臨別前，龍眼問我是否介意讓大家知道我的下落，點點頭，這無所謂，我想也不會有人眞的大老遠跑來日本找我。

「廢話就不囉唆了，你自己多保重。」告別時，他說：「還是那句話，小橘的死不是誰的錯，該回來時就回來，我們都在。」

很感激他的關心，我熱切地點頭，走出門時，雖然已經過了冬天，再沒大雪紛飛的景象，但我卻依舊覺得冷。攔了計程車，還不怎麼想回去，我一路坐到隅田川邊來，這條河很長，整治得很美，在夜裡看來，像極了我記憶中的高雄愛河。

我知道大家都還在，也知道不會有人不歡迎我回去，然而回去了又如何呢？獨自坐在河岸邊，我在想，就算回到了台灣，我也只剩下自己一個人了。老爸的工作前幾年頗有起色，但整個戰場全都轉移到大陸去了，而且還把老媽也接過去，家裡現在空無一人，我回去要做什麼？而且就算龍眼他們都在台灣，但加上我也不過才四個人，再也湊不齊當年的五個人了。就像龍眼說過的，我們像是一支籃球隊，少了一個就不能上場，而我攤開手掌看了看，這五個人也像一隻手掌，隨便少了哪根指頭都不能再算完整。就著夜晚的路燈，我反覆端詳掌心許久，這隻手曾經跟小橘打過勾，還蓋過印，我們承諾要堅持到最後的。想著，忽然開始鼻酸，然後就是一滴毫無預警就落下的眼淚。

我還是很想問小橘，失去舞台眞有那麼嚴重嗎？就算妳認為自己無法面對這個沒有音樂的世界了，難道就非得這麼極端地奪走自己的生命嗎？如果妳覺得失去音樂，就等於失去跟這世界溝通的橋樑，那為何不再多想一想，如果妳可以找到一條名為音樂的橋樑，那也許之後也可能再找到其他方式呢？至少大家都在，至少我在，不是嗎？看著深夜裡靜靜流淌的河水，我的視線很矇矓，只覺得沉重的無力感強烈襲來，身體像被掏空似的，完全沒有站起來的力氣，而同時我的胃一陣翻攪，也不曉得是否是因為喝了紅酒的緣故，忽然一陣噁心，跟著就趴在堤防邊用力吐了起來，不斷嘔出雖然看不見顏色，但卻腥臭噁心的汁液，我很想快點吐完快點回家，但肚子裡不斷被嘔出的酒液卻像腦海裡滿滿的感覺，怎麼也無止盡。

✻我永遠宣洩不完的，是對再不復返的妳的思念。

早已不復當年的新鮮感，除非是出門採買，或者像以前渡邊拖著我到處跑，否則最近幾個月，我根本哪裡都懶得去，除了去上班的路線外，我頂多只會到附近的超級市場買點日用品而已。對很多人而言，東京是個繁華的花花世界，多的是可以逛的去處，但之於我，這兒一點樂趣都沒有。

40

「那時候我真的很訝異，沒想到他竟然會來，而且你們還認識。」仍然在想著那天龍眼大駕光臨的畫面，芋頭喋喋不休地說著。在秋葉原逛了一遭，她先在藥妝店買了一堆東西，跟著又一家接一家電器行晃晃看看，買了小型烤箱跟吹風機。我很不想逛街，但實則自己的電動刮鬍刀也故障了，需要另外買一把，而且老闆娘交代了，要我充當導遊，給她這個小姪女帶帶路，還照樣付我薪水。看在錢的份上，當然沒有拒絕的理由。

「老朋友了，以前的同學嘛。」看著標價單上昂貴的金額，我在考慮是否該認命點，用刀片手動慢慢刮鬍子算了。

「難怪我們去聽演奏會時，你可以跟我介紹那麼多。」點點頭，她說。

不想多談音樂或當年，我多走了幾步，假裝正在參考標示特價的傳單，又問了店員一些相關問題，不過最後還是什麼都沒買，倒是芋頭在離開時又買了一支電動牙刷。

「妳哪來這麼多閒錢？連牙刷都還要買電動的。」忍不住，我問。

「我還在考慮要不要連修眉刀都買電動的。」芋頭說：「反正又不貴。」

眞的不貴嗎？我可不這樣認爲。雖然一整條都是電器街，但每一家的價位都差不多，全都是我不能亂買的等級。看看旁邊這個打扮得花枝招展的小女孩，我不禁搖頭，同樣是在日本生活，都以讀書留學當作居留藉口，我沒有多餘的閒錢可以亂花，以前大多依靠渡邊的幫助，而她則是父母給了大把銀子，讓她在這裡揮霍無度。

幫她提了大包小包，走到舊書店前，我忽然很想進去逛逛，找找看有沒有日文版的《挪威的森林》，芋頭卻說她想來想去，還是想回去買電動修眉刀。

「去吧，十分鐘後，這裡見。」說著，我把她手上拎著的塑膠袋也接過來，反正都當一天好人了，無所謂這一下子。

書店門口擺了不少舊雜誌跟兩張可供休憩的椅子，礙於東西太多，行動不便，最後我也不逛了，就在門口的椅子上坐下。很漂亮的晴天，湛藍的顏色。我試圖讓自己保持輕鬆的心情，不在藍色跟小橘之間再多做聯想，然而那畢竟是困難的，最後我只能又點起香菸來，看著路上的行人發呆。

剛來東京時，我也曾在這條街上閒晃。當初除了掛名念書外，老爸介紹我去的是一家台灣人在東京經營的小企業社，我負責跟幾個中文說得很爛的日本人溝通，權充翻譯，當時唯一能仰賴的，就是一本在這附近的書店裡購買的日英辭典。幾經搬遷，辭典早就丟了，而我也變成現在這個樣子。命運是不是很有趣呢？我們五個人，有的已經不在世上，有的變成頂尖演奏家，有人是老師，有人開設了錄音室，也有人流落異國，像流浪狗一樣地過日子。

「這麼悠哉？」正當我驚覺自己又快要掉進回憶裡，急忙想自拔時，眞慶幸有芋頭的聲音在旁邊響起，她手上又多了一個袋子，掏出來時，除了電動修眉刀，赫然還有一把電動刮鬍刀。

「這個送給你。」她遞給我。

「爲什麼？」

「因爲你對我很好。」她笑得很燦爛，「這算是一點點報答的心意。」

「這東西不便宜，我不能收，妳拿回去退還吧。」搖搖頭，我沒伸手去接。

「人跟人之間，有時候情感的分量並不能用幣值去衡量兌換，這世上有些東西不值錢，但有些東西卻不管多少錢都買不到。」也不管我的態度有多堅決，她把刮鬍刀直接塞進我裝了自己要的日用品的袋子裡，又說：「我做人很簡單，值得付出的我就付出，不値得的我就很小氣。」

「別以爲送個刮鬍刀，我就會介紹龍眼給妳當男朋友喔。」我調侃她，這將近半個月來，芋頭老是掛在嘴上的，就是龍眼的冷酷樣貌。

「我是很崇拜音樂家沒錯，但同時也對小眼睛的男人沒興趣。」笑著，她說：「你不是買了一堆青菜跟食材嗎？我用刮鬍刀換你一頓飯，這總可以了吧？」

還能說什麼呢？我的房間不大，再加上渡邊留下來那堆尚未處理的雜物，根本沒多少可以坐下的空間，帶著芋頭回來，把電視遙控器丟過去，我叫她自己找地方坐，然後提著東西進廚房。

「你常帶朋友回來嗎？」結果電視沒開，我洗米煮飯時，她在外頭問。

「從來沒有。」

「連女人都沒有？」

「倒是曾撿到流浪的懷孕母貓，帶回來養了幾天。」我說。

「那母貓呢？」

「肚子餓的時候吃掉了。」我已經開始胡扯。

「吃懷孕母貓的時候有很開心嗎？」

「像飢餓的非洲食人族看到妳時一樣開心。」模仿小說人物的說話方式時，我忽然心中一痛，這種對話以前也有過，一樣是這類型的女孩，但她卻不是她了。

勉強自己專心做菜，都是些家鄉口味，台式味噌湯跟幾樣青菜，另外還有一盤炒牛肉。菜餚端上桌時，芋頭很開心地也不盛飯就先吃了起來。

「台灣味兒。」她豎起拇指，吃得很過癮。雖然不是多麼精緻的菜色，但這是人在日本的我，唯一能跟故鄉有所連結的事，平常我也喜歡這樣煮。以往不認爲自己有多了不起，但聽著人家的稱讚，總也還是開心的。

「這樣好了，以後我每個星期來你家吃一次飯，可以嗎？」每盤菜都嚐過一點後，她這才甘願扒飯。

「妳就快要開學了，哪來的時間？」

「週末總可以吧？小山屋又不是不放假。」

「如果妳有時間吃飯，而我有心情做菜，那當然可以。」笑著，我說。

「一言為定。」她豪邁地說話時，筷子隨著舞動，還有飯粒飛到我臉上來。

雖然龍眼的出現，讓我的心情有了波瀾，然而那畢竟是太短暫的時間，隨著日子過去，生活依舊是生活，一個人的日子很簡單，但如果變成兩個人，偶爾吃頓飯也麻煩不到哪裡去，我很希望就維持這樣的平淡，芋頭不是小橘，我也不想拿她當小橘的替代品，這個依賴心很重的小女孩，頂多只能像是妹妹，而我則負責照顧她一些簡單的日常。

很輕鬆，很愉快，但通常老天爺不這麼善良。芋頭果然幾乎每個星期都來，就這樣從冬末一直到初春，為了她每來一次，我就稍微整理一點東西，渡邊留下的很多雜物慢慢清理乾淨後，客廳的空間也逐漸變大。這天，爐子裡在煮味噌湯，烤箱裡有秋刀魚還沒烤，而我拿抹布將地板擦拭過，正考慮是否要多買兩個軟墊，讓這個不愛坐椅子的野丫頭可以窩地上時，門鈴響起，我本來以為是芋頭來了，結果開門時卻愣了一下。

「我還以為你也死了。」門口擱著一袋行囊，是很灑脫的行軍背包，背包的主人這麼對我說。

「怎麼會來？」我手上還拿著抹布，滿臉都是錯愕。

「來要錢呀。」

「什麼錢？」

「當年你欠我一百元，我人很好，不算利息，你照本金還我就可以。」把手伸出來時，桃子冷淡的臉上有溫馨的笑容，原本不明顯的小梨渦冒了出來，她說：「快點，我趕時間。」

※

「日幣妳收不收？」我問。

「收呀，不過手續費要多三成。」她說：「而且你屋子裡好像有味噌湯燒焦的味道。」

那風，那海，那艷陽下的港都，都成了一口呼吸時的海鹽鹹味，
摻著回憶的味道。
而我帶著殘缺的靈魂回來。

那旋律還依舊，思念依舊，但明天會來也依舊。
我不是明白愛情的人，只是在海天漂泊後，找到了妳從不曾離開過的溫度。

41

「會不會下次就是柚子來敲門了？老實說，我不覺得台灣跟日本有這麼近，誰都可以說來就來。」一面倒啤酒，我一面端詳著桃子，帶著狐疑的口氣開口。幾年不見，她比以前成熟許多，雖然依舊是一頭比我還要短的短髮，像小男生的帥氣造型，但舉止間還是很有女人味。

「啤酒不太夠，我去買。」芋頭自告奮勇地站起身來。

我們三個人一起吃飯的感覺很奇怪，但總不能把食物丟著就開始聊天。大白天的，芋頭出去後，我跟桃子先對乾了手上這一杯。

「說近的確不近，機票很貴；但說遠也不遠，飛機上才去廁所尿個兩次就到了。」說起話來毫不遮掩的她依舊保有那份豪爽的氣質。乾完酒，她問芋頭是不是我的女朋友。

「不是。」我搖頭。

「挺像的。」

「我知道，不過其實只有髮型而已。」有種感覺，這對話似曾相識。

「眞的很像呀，我剛剛還嚇了一跳。」

「那是因爲臉型的關係。」我又說。

「哪是！這該怎麼說呢……」沉吟一下，她說：「總之就是不曉得哪裡像，你懂嗎？」

「個性啦，雞婆的個性很像。」我開始不耐煩了。

「還有啦，一定還有！」腦袋裡轉動得很激烈的樣子，桃子一直說。

「還有你們到底是來看她還是來看我的？」我拿起桌上的衛生紙盒丟過去：「他媽的不要每個人來都一樣大驚小怪好不好！」

桃子說她大約一個多星期前接到龍眼的電話，也不仔細說清楚，就給了她一個東京這邊的地址，還說這兒有好看的東西。

「什麼叫作好看的東西？」我皺眉，下次遇到龍眼要捶他幾拳。這幾年我任勞任怨地工作，比起一直斯斯文文地彈鋼琴的他，我應該打得贏才對了。「所以呢？所以妳就這樣被騙來了？」然後我又問桃子。

「誰這麼閒工夫？老娘可是來工作的。」桃子拿出她的記事本，說：「明天下午劇團開始錄音，一連四天，錄完後我還要去找些錄音室的器材，東西買好就得趕回去，算算也只有今天下午有空。」

「這麼急？」

「除非平常劇團可以早點結束，否則就是只能這麼急。」她點頭。剛說完，芋頭氣喘吁吁地跑回來，點頭招呼後，又進了廚房。她手上的袋子裡除了六瓶啤酒，另外還有些下酒的小菜。

「買那些做什麼呢？」我問，芋頭則在廚房回答，說什麼我煮的飯菜太簡單了，這樣怎麼能待客，還說喝啤酒聊天當然也要吃點東西才有意思。

「大陸人？」等我們對話結束，桃子開口問，而我點頭。然後她又問我：「眞的不是女朋友？」

「以我的人格發誓。」

「一個賴帳賴了快十年的人還有什麼人格可言？」結果她完全不給面子。

芋頭說我的朋友好像幾乎都是音樂人，的確，雖然未必如龍眼般演奏音樂，但事實上每個人的工作都跟音樂有點關係。桃子嚴謹的個性很適合當錄音師，她的資歷如何我不知道，但品質一定沒話說。很短的聊天，礙於芋頭在旁邊，我們不太提及小橘，不過那樣也好，我可不想跟每個朋友碰一次面，就要把心裡的瘡疤挖出來再檢視一次。

比平常早打烊，我騎著腳踏車回家。不曉得桃子今天工作如何，說是有空就找我，但一連三天都沒接到電話。她陪同一個台灣的劇團來日本演出，做現場收音的工程，聽說收入還不錯，而且食宿都是劇團出錢。眞讓人羨慕。

想著想著，我把車騎回宿舍外面，停妥後，乾脆走到附近的地鐵站，直接搭往東京車站。那天桃子有把劇團落腳的飯店名片給我，就在車站附近。東京車站是很古老的建築，底下有無數條地鐵幹線穿過，簡直就像被頑皮的地鼠給到處亂挖洞似的。不過這裡也是我最少來的地方，因爲平常根本沒有到東京車站搭車的必要。

走到飯店，跟櫃檯小姐解釋一下，請她幫我打電話。過不幾時，電梯門口開處，桃子滿頭濕地走了出來。

「時間算得眞準。」她苦笑：「我一走出浴室，電話就響了。」

拖著有點疲倦的步伐，桃子說本來打算收工回來就睡覺的，沒想到我居然會來找她。車站附近有咖啡店，隨便找了一家坐下，我點的是熱奶茶，她卻要了黑咖啡。

「再不來，也許妳忙完就直接回去了。」我說有朋遠到，總得盡些地主之誼。

「看看你的護照，看看你的身分證，再聽聽看我們現在用什麼語言在說話，你是哪個國家的人？還地主之誼呢！」她點了一根香菸，說：「能碰面當然很好，但我不希望你是以待客的姿態來找我。」

我默然，一時間不曉得怎麼說才好。桃子的香菸點了之後就放在菸灰缸上，她也嘆口氣，然後才說：「不好意思，今天工作不太順利，火氣也有點大。」

搖搖頭，我說沒關係。她把手機拿出來，看看上頭的行事曆，無奈地說這幾天根本沒能好好休息，工作的器材樣樣都不順手，偏偏人生地不熟，很多東西都臨時張羅不到，所以壓力很大。

「但妳不太像是會害怕壓力的人。」

「是呀，但不怕也不代表就喜歡呀。」她說：「而不喜歡也不代表就只能逃走，有時候還是不得不鼓起勇氣或膽量去面對。」

我點點頭，這話說得也很有道理，不過我卻覺得她似乎意有所指。飲料送上後，她啜了口咖啡，然後就問我有沒有打算回去。

「這問題上次跟龍眼也稍微聊到，答案是目前沒有。」我回答得很乾脆。又說了一次相同的理由。

「你家人都不在台灣也好，日本的留學期限未滿也好，或者打工足夠生活也好，這些都是外在因素吧？你家人不在台灣，但也不在日本呀；留學年限未滿，但你也不去學校呀；打工賺錢過得去，難道在台灣就會餓死？我覺得我的眼睛比龍眼大一點，腦袋可能也比他清楚一些。」桃子搖頭，又問我是不是因爲芋頭而滯留不返。

「當然不是。」我苦笑。

「所以眞正的原因應該跟我想的一樣吧？」

看著她尖銳的眼神，我覺得今天眞是不該來的，不若與龍眼之間那種男人的來往，我們什麼都心照就好，但桃子是個會追根究底、找出答案的人，而且非得逼著人家親口承認不可。於是我無從抵賴，只好點點頭。

「這麼多年了，難道你還放不下嗎？」

「該怎麼放得下呢？」

長嘆，桃子背靠在小沙發上，看著天花板的柔和燈光，想了很久後，她說：「有時候我會覺得，也許小橘死了也好。比起我們這些還活著，還在為了生活跟想法而掙扎的人，她是完全的自由了。」

「這樣說法怪怪的吧？」

「難道不是嗎？」桃子坐直了身，撥弄著咖啡杯旁的小湯匙，說：「你還記得小橘以前常常拿在手上的那本書吧？」

「當然，」《挪威的森林》，我宿舍現在就有一本，還是中文版的。

「死不是處在生的對立面，而是包含在生的一部分裡。」桃子說：「我也這樣認為。所以對我而言，小橘從來沒死，她只是走進了另一個世界，得到她真正的自由而已。那個方向是我們這些凡人所無法選擇的，所以今天她依舊優遊自在，但我們卻庸庸碌碌。」

這是我第一次聽到桃子提起她對小橘過世的看法，而我訝異於她這樣的理解觀點。桃子說：「因此我才會說，也許她找到了最適合她存在的方式，死亡不見得有那麼可怕，至少她做到了。」

「但是剩下來的人呢？這些還活在世界另一端的人呢？」我說：「難道我們就注定了無處可逃？難道我們就只能永遠活在對死者的想念當中？任憑她將我們靈魂的一部分也跟著帶走？」

「你覺得自己的生命會因爲小橘的死而不再完整了嗎？」無視於我口氣的激動，她冷冷地看著我。

「我認爲是。」斬釘截鐵，我回答。

「那好，我告訴你，其實每個人都是。但生命不再完整之後，要怎麼活著才是問題，這也是我這些年來很想跟你說的話。小橘是死了，但我們還活著，還存在的人有義務讓自己繼續好好活下去。對死去的人懷抱思念，這不是壞事，但也應該積極一點，繼續去追尋之後的人生目標或幸福，這樣才對。活著的人不該逃避，也不需要逃避，因爲你根本無處可逃，只要小橘還活在你心裡，你不管逃到哪裡，都是沒有用的。況且她的死不是你或任何人的責任，即使我也很難過，但我還是得這麼講，沒有人需要爲了小橘的死而負責。」

「至少我做不到冷眼旁觀，也不可能置身事外。」

「沒血沒淚的人才會冷眼旁觀，才會以爲自己可以置身事外。」桃子說：「除了你之外，每個人都很努力地活著，而且是連著小橘的份，一起努力地活著。」

「難道我錯了嗎？」我說，剛剛激動的情緒已經消失無蹤了，我只剩下疲軟無力的身子。如果按照桃子的說法，那我這些年的逃躲豈不是大錯特錯？小橘的生命已經結束了，而我則還在浪費這剩下來的人生。

「對或錯由你自己決定，沒有人可以替你判斷。我只是想要告訴你一件事，希望你好好記得。」看著我，桃子說：「生命中有一部分隨著小橘的死而跟著一起死去的人，絕對不只你一個。」

※我們的生命有一部分隨著小橘而死，但她卻始終陪著我們繼續呼吸。

42

大阪新機場果然很有國際大機場的時尚氣息。直到飛機起飛時，我都還在爲了機場的遼闊與現代感而讚嘆不已。陪著芋頭搭乘新幹線到大阪，她去探訪住在那兒的親戚，途中，看著列車窗外的富士山，她若有所思地說：「人跟人之間的感情，眞的也能像富士山上的積雪一樣永不融化嗎？」

「對有些人來說應該可以。」我點頭。說話時，想起桃子跟龍眼他們。

同樣是帶著簡單的行李，她準備的是要在大阪停留幾天所需要的換洗衣物，而我的背包裡裝的則是極少數需要帶回台灣的東西。到了大阪，去天守閣晃一晃後，她要去親戚家，而我則要轉車前往機場。之所以拐了個大彎，跑到大阪來搭飛機，主要還是因爲芋頭希望這三個小時的新幹線車程能有人陪，而我除了東京，日本的其他地方則從來沒去過。

那天，在小山屋的工作結束後，芋頭忽然問我是否急著回家，搖搖頭，她說那好，咱們去鐵塔逛逛。早過了可以上鐵塔看夜景的開放時段，我們就在地面上仰望。細雨斜斜，亮黃色燈光把東京鐵塔映得很美。芋頭忽然問了我一個怪問題，她說：「那個死掉的女孩子跟我眞的很像嗎？」

我不作聲，既沒去推敲她何以知道小橘，也沒揣測她接下來想表達的內容。芋頭說幾天前，她上班的路上，就在步出地鐵站，快要走到小山屋時，遇到了原本想來找我道別的桃子，兩個人就在附近聊了一下子。

「還記得嗎？那天我遲到了。到了店裡，你問我怎麼會遲到，我說是因爲睡過頭。」芋頭說：「很抱歉我騙了你。」

凝著眉，我想知道她跟桃子聊了些什麼。

「雖然桃子姊希望我不要提起那天的對話，但想了又想，我覺得還是應該跟你說。」坐在鐵塔園區入口旁的屋簷下，芋頭說：「本來已經想好了很多話，可是現在思緒卻又有點複雜，我不知道該從何說起。」

「妳從結論開始說也行。」我說。

「結論就是我覺得你應該回台灣。就像桃子姊說的一樣，每個人都應該朝著前方走，就算心裡背負了再多的傷痛跟遺憾，但還活著的人，有義務連著已經死去的人的那部分一起活著，而且要活得更精采。」

「所以妳知道小橘的事了？」

「桃子姊沒說很多，我只知道我跟她長得有點像。」芋頭說：「但我們是不一樣的，小橘是小橘，我是我。儘管我現在的年紀跟當初她過世時的年紀差不多。」

「是差不多。」我點點頭。

「可是在你心裡，多少會把我當成她，對吧？」

我又點頭，但還是解釋了一下，那只限於我想要回報給小橘的部分，都是一些當年我沒能給她的關心。

「我想也是，否則平白無故的，你也不會讓我這樣依賴著，對不對？」芋頭說：「可是這樣對我來說很不公平喔，畢竟我是我，我是芋頭呀。雖然讓你一天到晚照顧著也是一件很快樂的事，很多麻煩都有你替我解決，然而你認爲那是你在對小橘好，卻不是在對芋頭好，對吧？」

「沒有這麼嚴重吧？」我說：「我當然知道妳跟她是不一樣的呀。」

「但如果我一點也不像她，不管是個性或外表都截然不同，你還會對我一樣好嗎？」她問，而我就答不出來了。

沉默了好久，離開鐵塔時，雨停了，電車的末班車也離站了，我們順著馬路慢慢往前走，芋頭在便利商店裡買了兩杯熱咖啡，一杯給我。

「桃子姊很關心你。」

「我知道，我們是很多年的老朋友，跟龍眼一樣，都是高中同學。」

「是比一般朋友還要關心的程度喔。」

點點頭，我說這是一定的，那幾年在李老師家、在學校，我們累積的交情，跟那些患難與共的過去，確實會比一般人有更堅定的友誼。

「雖然我會很捨不得你，但我更相信他們的看法。」芋頭說：「他們一定知道怎樣才是對你好的方向。」

「那是他們不知道我在日本的生活呀，所以才會希望我回台灣。」我說。

「你在日本的日常生活沒問題，但是眞的快樂嗎？」她問我：「你眞的不想再玩音樂了嗎？眞的在這裡就可以過得比較開心嗎？那天跟桃子姊聊過後，我很認眞地思索，也在觀察。坦白講，我一點都不認爲你是開心的。」

無言，我也知道自己並不快樂。

「既然這樣，那爲什麼不回台灣一趟，把心裡那些結給解開，讓自己再當一個快樂的人呢？」芋頭說：「不笑的你很帥，但笑起來應該會更帥。」

能否拋去心裡的回憶是一回事，但要不要好好地繼續活下去則是另一回事，而我們誰都知道，回憶是不可能拋下的，就像很久以前渡邊跟我說的，每個人都會有些非常深刻的回憶，是無論如何都不可能被忽略的。正因爲有那些曾經發生過的事情，所以我們才有了現在，而既然人還活著，那麼就只好繼續認眞地活下去，而且要試著解開心裡的結，再看見新的陽光。

「如果解開了心裡的結，我會再回來的。」在天守閣附近搭地鐵時，我跟芋頭說。

「就算沒有解開，你還是可以回來。」她笑得很燦爛，說：「不過回來是看芋頭，而不是看很像小橘的女孩喔。」

揹著簡單的行李上了飛機，我腦海裡不斷迴繞的，只剩下在地鐵站入口，芋頭最後的幾句話：「每個人都應該有自己所屬於的世界，爲了你自己，爲了小橘，爲了每個關心你的人，別再逃避了，這個暫時休息的地方你已經待了太久，就算是沉睡，也該睡醒了。」想到這裡，飛機在漫長的加速後，終於拉高機鼻，開始升空。我看看小窗外的景色，芋頭應該已經抵達親戚家了吧？再過一個星期，她就要開學，有了新生活了，雖然依舊在小山屋打工，也接手了我繼承自渡邊那兒的小宿舍，但新的未來終究是不同的，在學校裡，她會有新朋友，也可能就談幾個戀愛。

至於我，移開視線，輕閉眼睛，腦海裡慢慢地出現一些好久好久以前的畫面，我們穿著工作人員的制服，但是一堆人都赤著腳，有些人在收譜架，有些人在搬樂器，我收拾完便當盒後，則過去協助幾個女生一起推鋼琴。然後我又想到，那一年，在老舊磚牆邊，幾棵樹下，是星期天的午後，龍眼跟桃子用桌球廝殺，打得難分難解，小橘還在角落桌邊寫譜，而柚子則因爲講了髒話被罰站，我在角落發呆。也想起曾有一天，音樂教室下課後，小橘牽著腳踏車，背對著滿天夕照彩霞，要回家時的美麗身影。

好久好久了，那些都不再回來的故事。我一直以爲自己眞的逃得夠遠也夠久了，孰知這道本以為很堅固的堡壘，卻這麼輕易就被擊潰了，龍眼沒說什麼，桃子也沒刻意勉強我，然而他們的話卻句句都打穿了我的防衛線，讓我毫無辯駁能力。之後會怎樣呢？我一點都不敢想。矇矓中睡去前，腦海裡是小橘拉著我的手，輕撫過她身體曲線的指尖觸感。

※我逃不出最深心裡的思念，是因為妳始終都在我心裡。

43

「小橘的事我很遺憾，那樣樂觀而且開朗的人，沒想到竟然會選擇這條路。」嘆口氣，大媽問我接下來的打算。

「目前沒有。台灣對現在的我而言，算是非常陌生的世界。」微笑，我說。好像每個人都覺得我是個很不會打算的人似的，所以久別重逢後都要問一樣的問題。

從出境大廳出來，我先在外面抽根菸，正猶豫著該往哪裡去時，旁邊有人叫我一聲「蓮霧」，轉個頭，眼前是一個長髮披肩的女子，很面熟，也非常好認，她是大媽，高我一屆的學姊，我們一年級展演時，她就是負責率領大家的樂器組組長。剛從美國回來，正要去轉搭客運的她，原來已經在旁邊端詳了我許久，最後才鼓起勇氣，過來試探性地打招呼，沒想到竟然就被她給認出來了。

「你也要回高雄嗎？要的話，不妨一起去搭車？」她很好心地問，手還往附近一指。

微笑著婉拒，我說有朋友要來接機，應該會先往台北去。這是謊言，我只是還沒做好要跟故人碰面的心理準備，而且尤其不想跟我們幾個以外的高中友人談到關於小橘的事。

大媽點點頭，給我一張名片，上面印著的是文化中心場地管理組主任跟她的名字，還說如果有興趣，不妨到上班地點找她，他們單位最近很缺人。

「這是在幫我介紹工作嗎？」我微笑問。

「算是交換條件，」她也笑了一下，「有機會遇到龍眼的話，幫我問候他一聲就好。」

直到她離開了，我臉上還掛著笑。那年我們大家剛接觸學校展演的工作，誰不手忙腳亂？就只有龍眼總是很冷靜，能夠好好地處理每件工作。大媽這樣熱心又善良的人，本來應該會喜歡跟她同類型的男生，沒想到最後卻對龍眼留下很好的印象。只可惜龍眼姿態太高了，根本不給別人機會。現在如果讓他們再接觸，不曉得會不會有新的火花？一個是知名演奏家，一個是文化中心的高階職員，好像還挺相配的。

在出境大廳多坐了一個多小時，又去逛了一圈機場裡的書店，心想大媽應該已經搭車離開了，我這才慢慢地晃到客運轉乘站。接下來的方向是毫無規畫的，什麼都沒有，就只有時間多。我悠哉地買了車票，上了客運，心裡還沒想好下一個目的地在哪裡。

半夢半醒中，搭著客運到高雄，下車時我只覺得腰痠背痛，還有台灣真的好熱。舉目無親，爸媽去了大陸後，房子就租人了，現在可好，我連過夜的地方都沒有。撥了幾次龍眼的電話，全都轉入語音信箱，最後我只好打給桃子，而她也沒接。無可奈何，我只好搭上計程車，依照桃子給我的錄音室地址過來，要是再撲空，恐怕我今晚只能睡飯店了。

「你確定你這叫作有練習？我不認爲那能算得上是練習，你只是編出了一段東西而已。這段東西你編得出來，但是卻彈不出來。對我而言，那有編跟沒編是一樣的意思。嘿，看著我，我在講話的時候，你最好抬起頭來看著我，我告訴你，之後這幾天不必預約了，除非你有把握能夠錄得好，否則就不必約時間了，我這裡是錄音室，不是讓你練琴的地方，這不只是實力的問題，更是態度的問題。你的態度讓人非常不滿意，請你回去好好修正，否則麻煩另請高明，不要浪費我的時間。」一陣痛罵，桃子的口氣極爲嚴厲，而且態度咄咄逼人。都已經走到她錄音室的樓下了，看見她在門口對著一群小鬼發飆，我當下決定站在遠遠處觀望就好，千萬別過去自找麻煩。

「你們也一樣，自己的團員在錄音室受苦受難，你們卻完全無動於衷，還這樣愛來不來的，一點向心力都沒有。你們眞的以爲自己的程度都很好了嗎？眞的每個人錄出來的東西都沒問題了嗎？我是錄音師，不是保母，你們的團員哪裡有問題，請你們自己協調好，別讓我問來問去都問不到一個答案，團長不像團長的，成什麼體統？」罵完一個，桃子轉頭又罵起其他人，一陣超過十分鐘的嘮叨，這群揹著樂器的小鬼毫無頂嘴的空間，大概表現眞的很差。好不容易等到桃子罵完，他們還得乖乖鞠躬行禮跟道謝，然後這才摸摸鼻子，灰頭土臉地離開。

「嘿，這麼囂張的錄音師可不多見呢。」那群孩子們離去後，桃子轉身就要準備上樓，我這才走出來。

「怎麼，你也想來讓我轟一頓嗎？」見到是我，原本冷峻的臉孔忽然變了個樣，桃子的臉上有說不出的光采，笑著，她問。

「目前沒這打算。」揹著行李走過去，我說：「不過如果妳願意請我先吃頓飯，再借個地方讓我窩一晚，小弟會非常感謝。」

「你在高雄沒朋友啦？爲什麼要跑來我家當食客？」雙手叉腰，微側著頭，細短的頭髮有斜斜的劉海，她俏皮的樣子很可愛。

「因爲是妳害我在日本待不下去的，當然回來要妳負責呀。」

「那請問你打算在這裡叨擾多久？」

「看妳良心。」

「那有什麼問題，」笑著，她手一招，叫我跟著上樓，關鐵門前，她說：「你高興的話，一輩子都可以。」

※其實，「一輩子」這三個字可以很短，也可以很長。

44

小公寓，但是卻有複雜的隔間，一邊是桃子的起居之處，分成臥室、小廚房跟衛浴設備，另外還有個小客廳；另一邊則是她的錄音工作室，有樂團人員休憩的小吧台，也有廿四小時始終恆溫的錄音間跟控制室。

「看樣子這幾年妳賺了不少？」參觀過一圈後，我讚嘆。

「賺是有賺，但沒到多的程度，不過養食客還可以。」笑著，她說這房子本來就是家裡買給她的，她只是改改裝潢，陸續添購設備而已。這幾年台灣的樂團風氣盛行，多的是存錢自製唱片的小鬼，她剛好發了筆小財。

看完錄音設備後，在小吧台邊，她打開了音樂，不是古典的東西，而是很爵士的曲子，叼著菸，就用吧台邊的幾瓶酒簡單調了點飲料，遞了一杯給我，自己也喝了起來。她問我回來後的計畫。

「先找找工作，再找找宿舍吧。」我啜口用伏特加調出來的酒，一入口就感到陣陣熱辣。

「你家呢？」

「租給別人很久了。我爸媽不在台灣，總得有人看房子。」我說：「他們大概連我現在人在哪裡都搞不清楚吧。」

「這樣吧，如果暫時沒有適合的去處，你可以先住我這兒一陣子，不管是小客廳或錄音室都可以，反正常有一些沒錄完就不能走的小鬼睡我的錄音室地板，這不稀奇。」桃子說：「至於工作嘛，可以留下來幫我是最好，錄音很簡單，你只需要稍微學一下就好。有興趣的話就考慮看看，我也可以付你薪水，不過當然是學徒的等級。」

「很簡單嗎？」我可不這麼認爲，看看那些複雜的機器，我才不信。

「難的是後製。」她說：「但學徒不必學這麼多。」

「爲什麼？」

「萬一你學會了，跑到我對面去開一家新的錄音室，那我不就慘了？」她笑著說。

也不知道是說眞說假，喝完了酒，我決定暫時先睡在小客廳裡。錄音室雖然恆溫，非常涼爽，但我實在不想跟一堆冷冰冰的機器窩在一起。小客廳雖然有點雜亂，至少感覺溫馨許多，而且還有電視可看。

桃子把靠在窗邊的沙發攤開，那原來可以變成一張小床。撥了點牆邊的空間給我放置行李，就這樣，我有了一個棲身之處。洗過澡後，窩在陽台邊往外看，高雄的夜景很美，閃爍的霓虹跟東京夜深時的靜謐顯得很不一樣。七樓高，有風徐徐，但撲面還熱呼呼。

「其他人知道你回來了嗎？」桃子忽然走到背後來，她已經換了很休閒的衣著，棉質長褲跟一件上衣，我認得那是以前二年級展演時的工作人員制服，沒想到她還留著，當年她可是整場活動的總監呢。

搖頭，我說目前只有大媽知道，而且跟她還是在機場巧遇。不過我沒提起工作的事，反正也不想去文化中心上班。回台灣對我來講已經很難了，要去碰觸以前的人或事，那是更難的選擇。

桃子把抱在手上的棉被跟枕頭全都放在小床上，然後又去拿了兩瓶冰涼的水過來喝。看著外面的霓虹，她問我現在介不介意聊到當年的事。

「跟別人的話是不太想，跟妳就無所謂。」

「那你還真是給面子。」笑一下，她問得很直接，「我只是很想知道，當年你是不是很喜歡小橘。」

想了想，我說在那樣的年紀裡，每個人都是懵懂而青澀的，誰都需要朋友，可是誰也不曉得怎樣交朋友，剛好小橘表現出來的是那麼親切跟溫和，所以恐怕每個認識她的人都會喜歡她。

「誰問你朋友之間，我說的是男女的喜歡。」她瞪我一眼。

「那不是廢話嗎？當然喜歡呀，只是剛好柚子先講出來了，所以只好讓他去追了。」我說：「不過我很好奇，卻一直沒機會問妳一件事：那時候妳是怎麼知道的？印象中，我沒有表現得很直接，而且大家的目光焦點都在柚子怎麼追小橘，怎麼妳會看得出來我的想法？」

「還不簡單，眼神呀。」她冷笑一聲：「人的眼神是很難僞裝的。」

「眼神？」我愣了一下，轉頭看看跟我一樣趴在欄杆上的桃子，問她：「妳是不是有什麼毛病，幹嘛吃飽撐著去觀察別人的眼神？」

「你喜歡小橘的時候，會不會注意她看每個人事物時的眼神？」不回答，桃子反問。

「會呀。她看柚子的時候……」我點頭，但是話沒能繼續講下去，桃子就先打斷了我。

「那就對了，一樣的意思。」她說。說話時口氣很平淡，可是我卻呆住了。

「一樣的意思？」

「因爲那時候我喜歡你，所以我會注意看你在看什麼。」她說。

※我在不經意間，錯漏了什麼嗎？是向日葵的溫暖，或是桂花的寂寞？

45

躺在小沙發床上，有點不習慣。可能是睡慣了榻榻米，也可能是因爲睡前桃子說的話。她沒什麼大的語調起伏，就淡淡地說了那樣一句，反而讓我不曉得該接什麼才好。桃子在陽台邊抽菸，輕描淡寫地，她說：「本來或多或少會覺得有點不公平，爲什麼全世界的人都喜歡小橘，沒有人看得見我，然而後來又想開了，因爲你說過，看到自己喜歡的人得到幸福，那才叫作眞正的喜歡。」

桃子的客廳只有很簡單的擺設，不像一般女孩子那樣有些裝飾品，甚至連牆上都沒有任何海報，當然也沒有時鐘。小燈下，我看著大多屬於原木色跟黑色系的裝潢，心裡有很複雜的思緒，腦袋裡幾乎都是那些年裡的片斷畫面，可是無論我怎麼回想，裡頭卻幾乎都是跟小橘有關的事情，桃子的部分好少。那些年，除了每星期去柚子他家學音樂，剩下的時間幾乎都在學校裡忙碌，音樂班永遠有忙不完的展演活動，還有永遠都練不完的琴。我跟桃子的互動不算多，平常聊的也少，甚至有時我還挺怕她的。桃子說話永遠冷冰冰，不怎麼像女孩子，個性又強勢，而且做人做事往往沒什麼通融空間，所以展演時才會去必須分寸計較的定位組，後來當上要背負龐大責任的總監，現在是個不能允許有任何誤差的錄音師。

而她以前喜歡過我？眞是要命，我覺得最糟糕的還不止於此，而是我不但不曉得她的想法，還跟她聊過好多次小橘的事。翻來覆去的，了無睡意，最後我又爬了起來，原本想從李當中找出那本《挪威的森林》來翻翻的，不過瞥眼見電視櫃下方就有一整排的書，於是我翻身下床，走到櫃子邊。那兒放的書籍幾乎都跟錄音工程有關，看來桃子對這工作眞的投注了不少心力。好不容易有幾本其他的類型領域，卻都是古典樂的書，而我實在不想碰觸那些玩意兒。萬分無奈地，我正想站起身來，還是去看自己的小說時，卻發現書櫃旁邊的角落裡也有一本《挪威的森林》，而且跟我一樣，是舊版的書，在機場的書店裡，我發現台灣後來還有新的版本，居然把一本書硬生生給分成了上下兩冊。

這一本也舊了，抽了出來，看看封面，感覺上頗有年歲，沒想到桃子也會有這一本書。隨手翻看了裡頭幾頁，都跟我的書一樣。正想縮回沙發上慢慢啃時，卻忽然發現封面底下的扉頁上好像有寫字。就著燈光，那上頭只有寥寥幾句話，但卻是我早已看過無數次後，非常熟悉的字跡。

給桃子：

今晚我就睡進了那片迷濛中的森林裡，願這世界都晚安。並祝福我最放心不下的妳，但願妳能如《挪威的森林》裡那最自然且美好的綠，找到眞正的幸福。而我們都知道他就在不遠處。別等了，告訴他吧？

短短幾行字，我反覆不斷地看著，心裡卻莫名地沉重，身體也微微顫動起來。那是小橘寫的，字跡的最後所押上的日期，跟那封遺書的日期一樣。我只知道小橘寫了最後一封信給我，卻不曉得她也把一些身邊的小東西分贈給大家，而這就是小橘當初留下的遺物。

她早就知道桃子喜歡我了嗎？那到底是多久以前的事？爲什麼從來沒人告訴過我？我們五個人不是最要好而且應該沒有祕密的嗎？頹然坐地，我在想這是不是自己太笨或太天眞了？每個人都是有心事的人，只有我以爲大家跟我一樣簡單。

「已經過去的就別一再翻看了，看多了，人的現在跟過去就會攪在一起，又分不開了。」

忽然，很輕的聲音從客廳旁的走廊邊傳來，背著光，我看不清楚她的臉，桃子靠在牆上，輕細但微微低沉的聲音，她說：「這句話我常跟自己說，看來現在也得常跟你說才行。」

※然而對我們而言，「過去」跟「現在」從來就沒有分拆來過。

46

「這個段落不太順，三連音的那幾個小節有點卡，要不要再來一次？」用麥克風對著錄音室那邊說，我看見監視器畫面裡的吉他手點點頭，於是把段落又調整回去，我按下播放鍵，讓他聽著已經錄好的鼓聲節奏繼續錄吉他。

的確不是很困難的工作，我只需要注意一些小細節就好，反正樂器都是一段一段分開錄，隨時可以中斷重來，甚至後製時還可以把每個音都剪開，重新對準拍子去編排，簡直是化腐朽爲神奇的工作。

一群年紀看來只有十八九歲的小鬼，看起來都不是什麼乖乖牌的好小孩，身上又是刺青又是穿孔打洞，頭髮還染得五顏六色。我一邊幫他們錄音，一邊在想，以後我兒子要是這副德性，我一定會跟他們斷絕親子關係。不過雖然看來很不像樣，這些玩重金屬搖滾樂的孩子倒是非常客氣跟禮貌，也許也跟他們聽到的傳言有關。錄音時，我聽他們說，一些玩樂團的朋友們都會互相告誡，到桃子這兒來錄音，一定要乖乖聽話，而且最好是準備齊全了再來，否則會被桃子修理得很慘，據說以前還有樂手在這兒錄到哭出來，也有人被困在錄音室十幾個小時，就為了幾個段落讓桃子不滿意。

「大哥，你覺得這個音色會不會太尖銳？」一個在額頭上刺青的小鬼問我。他是樂團的團長，這幾天錄音時，他都會陪同團員過來。

「還好，不過拍子不太穩倒是眞的，而且有幾個音都跑出了和絃外。但是這也沒關係，只要不是大問題，後製時都可以再處理。」我說。

每天都從中午開始，一直錄到晚上十二點多，我幾乎完全沒有休息，而且也沒下樓一步，就這樣一連四五天。有了我的協助，桃子可以多接一點外面的錄音工程，她每天一早就扛著器材出門，直到三更半夜才回來。而我則在錄音室等那些小鬼。還好有這麼一個江湖規矩：錄音的樂手要幫錄音師順道買食物，所以我才沒被餓死。

「怎麼拍子這麼亂，你還讓他們過關？」幾天後，聽我錄的東西時，桃子皺起眉頭。

「這個後製可以處理嘛。」

「這樣你錄得很輕鬆，但是後製卻累死我呀。而且這會讓他們有依賴性，以後都只想靠後製處理，自己的練習反而就隨便了。而且就算拍子穩了，音準對了，你還是可以要求他們把聲音的表情做出來呀。」桃子說：「你該不會是因為我給的薪水少就故意整我吧？」

「整妳倒不會，不會薪水少卻是眞的。」我說。有人來錄音，我才有工作，那個重金屬樂團之後，我又閒了幾天，可都完全沒收入。「而且聲音會有什麼表情？演奏者跟聽眾都是主觀的，誰能說明聲音的表情怎麼表現？」

「不多錄一點時間，這樣我怎麼存錢呀！」錄音室是以時間計費的，桃子很激動地說。

「妳一個女人家要那麼多錢幹嘛？」

「我不多攢一點，難道以後靠你養我嗎？」瞪我一眼，她說：「這房子剩下的貸款都算在我頭上耶，再囉哩囉唆的，我就叫你幫忙付。」

「我幫忙付？」

「不想付也沒關係，你以後就睡在陽台吧。」說著，她轉頭就回房間去了，只剩下我無奈地站在原地。

如果有個人可以讓我養，這種感覺似乎也不賴。不過那對一個隨時可能三餐不繼的人來說，未免有如天方夜譚。在報紙上看了幾個徵才廣告，都沒有適合的，最後我在鹽埕區的鐵工廠問到一個臨時的工作，那個老闆有時會承接一些造船廠的發包工程，就會需要臨時性的人力，雖然我完全不懂鐵工，但至少身強體壯，而且除非是很細膩的焊接工作，否則其他的事務都可以現學現賣。

「在日本好端端的，爲什麼要跑回來？而且你以前音樂學得好好的，做這種粗工太浪費了啦。」嚼著檳榔，很像流氓的胖肚子老闆說他辛辛苦苦了幾十年，養了一個女兒，從小栽培，讓她學音樂，國中跟高中念的都是音樂班，花了不少錢在她身上，沒想到這女兒到了台北之後，音樂系念了兩年，居然一聲不響就偷偷辦了休學，現在跑去酒吧裡頭跟人家組樂團，光靠表演賺點小錢過日子。

「你不埋怨嗎？」

「怎麼可能不埋怨？但是後來想想也就算了，兒孫自有兒孫福，每個人都有自己的選擇吧。只是這個結果跟我想像的差很遠，我本來希望她當鋼琴演奏家的。」

「也不是每個人都那麼有天分，可以當演奏家呀。」我說：「再說，粗工也不見得不好，至少賺錢賺得心安理得。」

「話不是這樣講，雖然什麼工作都一樣，要認眞做才有錢賺，可是你既然會音樂，能走音樂那條路，就應該朝那邊去好好發展呀。我們是沒讀過書的人，所以只好靠這個討飯吃。」雙手滿是油污，坐在一個報廢馬達上，他一次點兩根菸，點著後遞一根給我。說：「趁著年輕要好好打算，仔細想一想，不要以爲自己年輕，就隨隨便便過日子。像我，以前覺得鐵工廠當學徒，做一陣子就好，結果他媽的一不小心就過了四十年。」

我知道老闆的意思，他雖然經營著這種出賣勞力，看似低微的工作，但聊起音樂也頭頭是道，幾天前在修繕一組鐵架時，一邊焊接，他居然一邊跟我討論起德布西的音樂，也講起舒曼的神經質跟他的音樂創作有何關聯。我詫異於他的博學，果然有個學音樂的女兒，好處就是自己也可以跟著學很多。然而聊到舒曼時，我又忍不住想到小橘。

「這工作四十年如一日，你不覺得悶嗎？」不願多想那些會讓人難過的事，那天聊著聊著，我這麼問他。

「人哪，認清現實，知道自己的程度到哪裡，然後別太執著，這樣日子就可以很好過了。做什麼都無所謂，要讓自己開心就好。」

「做鐵工你很開心嗎？」我詢問的態度是認眞的，一小段時日下來，我的雙手被噴濺的鐵屑扎得到處都是小傷口，衣服也弄得又髒又破，但這陣子錄音室沒太多工作，雖然桃子在社區大學還有音樂課可以兼，但我也不想每天在家無所是事，所以她即使不怎麼喜歡我做這種勞力工作，卻也無可奈何，畢竟現在是相依為命過活，我也不想被趕去睡陽台。鐵工廠裡都是勞力付出，最近雖然過得踏實，然而如果一成不變四十年，也不曉得感覺會怎樣。

「每個人的一輩子都會有些很難過的難關，這是一定的，我做這一行也是。但是再難過的難關，到最後一定都還是會過，為什麼？因為人要活命就得想辦法呀，你一直往死胡同鑽，當然最後就沒救了。可是拐個彎想想，如果你不要計較那麼多，好好地、認眞地看看身邊，其實世界還是很漂亮的。日子一成不變，你眞的認為一成不變嗎？」老闆拿起兩根等著要焊接的鐵棍，指給我看：「兩根鐵棍都要焊，但是要焊的地方卻不同，它們裂開的程度不一樣，挑戰性當然也就不一樣，左邊這支很簡單，兩下子就可以解決；右邊這支就麻煩了，搞不好根本焊不起來。你看，什麼都不一樣，日子怎麼會無聊？」

這話讓我聽得恍然失神，老闆笑著說：「年輕人，想開點。我看你的樣子就知道，你心裡一定有什麼解不開的事情，不然也不會好端端的一個人，這麼年輕就台灣、日本跑來跑去，還從音樂班淪落到鐵工廠來。」

爲了那一番話，我在下班後，還穿著破爛的上衣跟牛仔褲，騎著桃子的摩托車，晃到藝術學校附近。很久沒到這一帶了，沒有太大改變，一切都跟過去差不多。人眞的說看開就能看開嗎？還是就像老闆說的，或許許多想法的轉變都只是一念之間？如果當初也有人能夠這樣跟小橘說就好了，也許她就不會執著自己的想法，最後走上絕路。我惋惜於人世間這樣的錯落與難以挽回，也感慨隨著時間變遷後，還活著的人原來竟能有如此多的惆悵與複雜情緒。

在校門口停車，反正學校本來就沒有圍牆，我輕易地走進校區，表演廳的大門緊閉，今天沒有表演活動，走到琴房時，倒是還可以聽到一些練習的聲音。都過去好久了，可是往事卻還歷歷在目。我讓自己盡量以輕鬆的心情，走過長廊，到了音樂科辦公室附近，正想過去看看學校最近有什麼資訊時，卻看見一個人從旁邊的男廁走出來，他一邊甩手，一邊走近，就在距離沒幾步，跟我面對面時，他忽然愣住。

「嗨，好久不見。」我對柚子說。他的長相跟以前幾乎完全一樣，還是充滿稚氣的臉孔、圓亮的眼睛，那個呆呆的髮型搞不好還是葉老師幫他剪的。

我看著柚子，本來以爲他會給我一個適當的回應，比如男人般很瀟灑的微笑之類，但沒想到他在一陣發愣之後，居然大哭了出來，衝過來就一把抱住我，「蓮霧，蓮霧，是蓮霧！

蓮霧終於回來了……」

※我知道久別重逢很讓人感動，但至少請別這麼激情。而且所有出來看熱鬧的人都知道我叫作蓮霧了。

47

如果從小到大，我有一個像柚子這樣的老師，那麼學習效果肯定也會很好，說不定今天就會變成另一個人，搞不好還會跟龍眼一樣，當一個揚名海外的演奏家。我和柚子的談話數度被打斷，一直有學生跑來找他，有的問樂器的問題，有的問生活的瑣事，還有一個很漂亮的女學生問柚子今晚有沒有空，她們要去唱歌，想找老師一起去。

「眞不簡單呀你。」讚嘆不已，我說。

「你以爲她們眞的想跟老師約會嗎？」柚子哼了一聲，「那些小鬼只是想找人出錢罷了。我是不怎麼聰明啦，可是至少不是白癡呀。」

柚子說我太不夠意思，回來這麼久了才找他，我說這不是我的問題，早在將近半年前，我在日本就跟龍眼碰過面；回來一陣子了，也每天都住在桃子家。

「嗯，所以現在是連他們都排擠我就對了。」柚子這麼結論：「下次見面我會扁他們。」眼見得根本沒辦法好好聊天，我們乾脆離開學校，到了附近的麥當勞，但沒想到連在靠窗的角落吃漢堡都可以遇到他的學生，還跑過來打招呼。

「你怎麼會把自己搞成這樣？」柚子說他覺得不太應該問，這似乎有點以人的外表論高下，然而這麼多年朋友，他實在壓不下心中的好奇。而我很坦然地跟他說了自己這些年來的遭遇，也跟他說了目前在鐵工廠的工作，還告訴他，若非鐵工廠老闆的那席話，也許我根本不會想逛到藝術學校來，當然也就更遇不到他了。

「這麼說來，我還應該感謝那個讓你變成邋遢工人的傢伙。」

「可不是。」我笑著說。

問起他的父母，柚子說都還好，兩老都退休了，不在學校教音樂，不過家裡的琴房還在，也還有幾個鄰居的小孩來學鋼琴。

「你走了以後，一切都變了，我幾乎很少再遇到那時候的朋友了。」柚子感慨地說。

「不是我走了以後，而是小橘走了以後。」嘆口氣，我也說。

因為提到了小橘，柚子忽然想到什麼似的，一擊掌，也不管我東西吃完了沒有，急急忙忙拉著我就又往外走，說是家裡有東西要給我。很好奇，當初我媽替我來學校拿畢業證書時，柚子轉交了那封遺書，難道除此之外，還有什麼東西要給我嗎？

「至少等我漢堡吃完吧？」

「漢堡算什麼！春宵一刻值千金哪！」他說著夾纏不清，而且不倫不類的話，扯著我一直往外走。

在計程車上，柚子說起自己這幾年在學校教書的事，他的言談中，似乎不太受到當年那件事的影響，我有點不解，他就在距離當年那些回憶最近的地方，而且幾乎是零距離，怎麼還能處之泰然？對比起來，我遠離傷心地，跑到日本待了這好些年，反而顯得自己很脆弱似的。我問柚子，他想了想，卻反問：「這有什麼不對嗎？」

「只是覺得怪，怎麼你好像不太受影響？」我說。

「仔細回想，小橘過世的那天晚上，是我哭得最慘的時候，你還記得吧？她媽媽不肯讓我們看她的遺體，還叫警察把我們都趕走。我回家以後還在哭，一直哭到天亮。後來她媽媽處理喪事時，也完全沒有知會我們，直到法事都辦完了，遺體也火化了，才在畢業前把小橘的一些東西拿給我。

「那陣子不是還有自習課嗎？你不來，過沒幾天，連桃子都不來了，然後龍眼也忙著辦出國的事，就留下我一個人在這裡，天天看著教室裡的這些空位，心裡眞的很不好受。要不是我老爸每天盯著，我也不想來。可能是因爲人在孤單的時候腦袋特別會轉吧，我就在想，到底生離跟死別，哪一個讓人痛苦？看著那四個空位，我想了好久。」

「結論呢？哪一個痛苦？」

「其實都一樣痛苦。」他說。

「你他媽的這是哪門子的結論？」我架他一拐子。

笑了一下，柚子又說：「當然還是有差別啦，死了就死了，不然還能怎麼樣？不管那個座位上有沒有人，學測我都一樣得去考，琴房還是每天都得踏進去練習，對不對？但是生離的話就不太一樣，因爲還有期待的空間，我好多年沒看到你們了，每次在高雄閒晃，我都會想像，搞不好迎面走過來的人就是你們其中一個，那種感覺你懂嗎？雖然我也知道只要多打幾通電話，總會有辦法找到人，但感覺就是不一樣。」坐在計程車的後座上，柚子用充滿憧憬的口氣說：「以前我一直很想走遠一點，多看看外面的世界，老是覺得每天都跟一堆樂器窩在一起的日子非常無聊，可是後來又覺得，其實留下來也不錯，因爲我相信不管過了再久，也不需要刻意安排，只要我還在這個最初的地方等著，那麼總有一天，我們一定會再重逢，還會聚在一起的。」

「但是少個人了。」

「你眞的覺得少了個人嗎？我不認爲。這幾年我每天都在學校待到很晚，有太多笨學生需要課後指導。每天我回家時，都會跟琴房那邊點個頭，在心裡說一聲再見，那句話是對小橘說的。我總覺得，其實她就在我們身邊，從來沒有眞的離開過，而且好像她一直都用跟以前一樣關心的眼光在看著我。眞的，只要用心感覺，你就會覺得她還在。

「所以囉，只要能夠保持這樣的想法，那就沒什麼好難過的了，就算我身邊隨處都是以前大家在一起的回憶，那也無所謂，因爲一切就都跟以前一樣，只是我們都長大了，要忙各自的未來跟人生了，對吧？」

我很佩服柚子的人生觀，下了車，他爸媽都睡了，所以我沒進去，就改天再來拜訪吧。站在門口，等柚子進去拿東西時，我看著安靜的庭院，不斷回想那些少年時期的畫面，沒想到自己還能有親眼看著這院子的一天。還沒感嘆完，柚子捧著一堆東西走出來。

「她留下不少東西，給桃子的是一本書，給龍眼的是一本樂譜，給我的則是一個小燭台，給你的可就多了，都是她媽媽拿來學校的，還問我蓮霧是誰，長什麼樣子，是不是小橘的男朋友。」

我苦笑，當時還喜歡小橘的柚子聽了這番話，心裡一定很不舒服吧？不過這話我沒問，畢竟都過去那麼久了。柚子把東西放在院子的小桌上，我不用仔細看，一眼就認出最大的物件是小橘的琴盒，打開一看，果然是她的雙簧管。

「你確定這是給我的？」

「是呀，不用懷疑。當初只是因爲東西多，所以除了那封遺書之外，我什麼也沒帶在身邊，才只把信託你媽順便帶回去，剩下的就一直堆在我家。現在這也算是完璧歸趙了。」他說著，拿起其他的東西給我看，那不外乎是些小橘當年身邊的瑣碎之物，比如髮簪、耳環之類的，我對那支髮簪很有印象，那是小橘受傷的晚上，我們在汽車旅館過夜時，她還繫在髮上的東西。把雜物收下，我又看看雙簧管，已經老舊了，太久沒有保養，大概此刻也吹不出好聲音了吧？不過轉念我又想，就算吹得出來又如何？這是小橘的樂器，它存在的意義是小橘所賦予的，而這支雙簧管已經在我們畢業展演的那天晚上表現出最美好的旋律了，我想那也就足夠了，剩下的就只剩紀念意義而已。

很晚了，回到桃子家，她剛幫一個劇團做完後製，滿臉疲倦地從錄音室走出來，我們在電梯口遇到。看見我抱了一堆小橘的遺物，她愣了一下。

「今天去找柚子，他拿了這些給我。」我說。

「心情還好嗎？」

「不曉得，很複雜。」我說，跟她一起開門，進了小客廳。我將這些東西跟角落裡那堆自己的行李擱在一起。「有沒有空的紙箱？」我問。

「要裝箱嗎？」

點點頭，忽然有點感悟了吧，我說：「如果人還活著，就無可避免地非得繼續往前走，那麼或許我前幾年根本就錯了。」伸手擦擦臉時，看見手上那些油污，想到鐵工廠老闆的話，再想想柚子說的，我對桃子說：「就算沒有人能夠逃得出那段回憶，但我也不能永遠靠著舔舐傷口，依偎著它過活。就像村上春樹那本書裡說的一樣，同情自己，是下等人所做的事，對吧？」

※舔舐傷口而同情自己，是下等人才做的事。

48

鐵工廠的老闆果然是好人，見我電焊的手藝慢慢熟練，他問我是不是玩出興趣了，我說這還不賴，至少看著一堆破銅爛鐵在自己手上被修復，算是很有成就感的工作。他點點頭，還調侃我一句：「所以現在你也可以玩這些東西玩上個四十年而不無聊了嗎？」

「四十年可能有點難，二十年也許可以。」我笑著回答。

老闆介紹幾個朋友一起應酬，那些大多是同業人士，不過經營的規模大了不少。吃喝中，他問我有沒有興趣到那些大老闆的手底下工作，薪資跟福利都不差，也比較有機會建立人脈，甚至以後也許可以自立門戶。

「你這是給我一個搶你生意的機會嗎？」

「搶得到你就試試看呀，」他很豪邁地大笑，說：「我是覺得跟你很投緣啦，而且工作態度跟技術都不差，永遠當個小工人其實還挺浪費的。」把手上那杯高粱酒一口喝乾，也絲毫不覺得熱辣，他紅光滿面，興致高昂，陪著又喝了幾杯，他忽然壓低音量，跟我說：「雖然我可以盡我所能，幫你鋪條好走一點的路，但還是那句話，我認為你不適合做這個。如果有機會，還是回去走你該走的路吧。」

聽了我的際遇與結論，桃子顯得心情不佳。酒宴結束後，回到家，她剛洗完澡，就在客廳研究新器材的說明書，我一進門，她就聞到了高梁的味道，直嚷著說難聞，逼著我先去洗澡。沖澡時，我不斷思索著該怎麼跟她說，想了很久，沒有一個好的說法，最後洗完澡出來，我只能簡單地陳述，就說鐵工廠的老闆幫我安排了今天的聚會，希望我到那些大老闆底下發展，但礙於地點較遠，所以我可能要搬了。

「沒想到當個鐵工也能有升遷機會，很荒謬吧？」自我挖苦，不過桃子卻沒笑，她只看著我，看了看後，問我這是不是自己眞正想要的選擇。

「也沒有特別想或不想吧，只是既然能夠有個長遠而穩定的工作，那當然是再好不過。而且錄音室這邊雖然比較輕鬆，可是工作不是那麼固定，妳這房子還有貸款，汽車也貸款，壓力不小，如果還付給我學徒的薪水，那自己就所剩不多了，對吧？」

「如果只是錢的問題，你不用擔心這麼多的。」她說：「難道你還眞以爲我會叫你幫忙付貸款嗎？」

「可是我老是住在這邊也不行吧？萬一哪天妳爸媽來看妳，卻發現這兒窩了一個男人，那不是非常尷尬？」我說：「暫住一陣子也就算了，長期叨擾，我覺得不太好。」

「你怎麼都拿我當藉口呢？」桃子苦笑了一下，說：「如果這些我都不介意，那你還擔心什麼？當初會讓你住進來，我就沒有考慮過長期或短期的問題了。如果你有自己的想法跟理由，可不可以老實跟我說？」

「眞的沒有，我只是這樣想。」

「所以你還是跟以前一樣，做事都不太爲自己考慮，一點都沒變。」她嘆口氣：「可是，爲什麼你非得去當鐵工不可？這件事我本來還可以無所謂，因爲之前你只是打打零工，但現在你要眞的投身這一行，我就無法視若無睹了。」

「不偷不搶，心安理得，有什麼不好？」

「當然不好。」她說：「你學了那麼多年音樂，難道是爲了當焊接工人？在這裡學了這些，你也打算拋諸腦後不用了？就算不碰音樂，你在日本那幾年，有這樣的日文程度，你不會拿來發揮嗎？如果你眞的當了焊接工人，那等於以前二十幾年的一切都徹徹底底地白費了。你認爲這樣值得嗎？」

我默然，過了良久，我說跟日文有關的工作還可以，但目前對音樂還不太有想接觸的意願，而且除了錄音室之外，也沒這方面的機會。結果桃子嘆了口氣，她拿出一張皺掉的名片，問我：「那這是什麼？」

那是剛回台灣時，在機場遇到大媽，她拿給我的一張名片。桃子說今天她把衣服丟進洗衣機裡清洗，順手將我幾件不穿的外套也洗了，晾曬時看到這張紙。名片材質很好，防水，所以沒被洗壞。

「我打了一通電話給大媽，她明明就曾跟你說過，希望你可以到文化中心上班，幫她處理場地的工作。」桃子說：「這難道不是機會嗎？所以你的問題還是在於自己。」

我已經完全無話可說，只能像個做錯事而被發現的小孩，懦弱地站在原地。桃子嘆口氣，說：「你還是沒有眞的走出來。」

「對不起。」我說。

「不要跟我說對不起，好嗎？我要聽的絕對不是這個，你知道的。」桃子站起身來，走到我旁邊，很少見的舉動，她的手輕撫過我臉頰，用充滿哀傷的語氣，說：「我從來都不介意你的方向，住不住在這裡也沒關係，但至少我希望你對自己好，多爲自己想想。很多事情是不可能被遺忘的，這大家都知道，但不管怎麼樣，日子還是得過下去，我們都應該把那些往事藏好，收起來，就放在一個老了之後才能打開的回憶箱子裡，等以後眞的雲淡風輕了再去品嚐它，好嗎？」

「那對我而言眞的很難……我只是覺得，不管到了哪裡都一樣，自從小橘死了以後，我就什麼也沒有，什麼也不剩下了……」懊惱地，我坐了下來，有一陣不爭氣的鼻酸，就覺得想哭。那些回憶實在太沉重了，不是說丟就能丟下的，甚至我連淡忘都很難。它們總在不知不覺間湧出，跟我的現實相重疊，讓我在看著十年後的今天時，恍然間就彷彿又回到過去，彼此交錯，互相左右，最後終至思緒紊亂，甚至崩潰。

「別急，別急，好嗎？我沒有要逼你的意思，我只是希望你好好的……」流著淚，桃子蹲了下來，抱著我的背，她身上有著很甜的香味，臉頰靠了近來，桃子的聲音呢喃，「我只是不希望你離開我身邊……至少你還有我，好嗎？至少你還有我……」說著，她吻上了我的嘴唇。

※真的愛過，就不能說忘就忘。我們都一樣。

49

我還記得兩個人如此相擁時，那溫潤的肌膚觸感，桃子的身體很燙，跟她平時的冷漠完全不同。窗外似乎有雨，滴滴答答，朦朧的夜色很美，卻又很眞實。她的短髮斜披在我肩上時，有著恬淡的香氣。我吻著她的耳垂，吻著她的肩膀，那片迷濛中，她什麼都沒說，就這樣緊緊地抱著我，一直到沉沉睡去為止。

我們都不再是當年了，當這一刻之後。誰都是清醒的，誰也都是理智的。沒有對或錯，我們只是在這時候選擇做一件我們都想做的事情而已。天亮前，我睜開眼，看著還在熟睡、臉上很平靜的桃子時，心裡有無限的感觸，但不曉得為什麼，我卻沒有背叛了自己或背叛了小橘的感覺。

「你身上太多傷了。」端詳她許久許久，直到桃子終於也醒來時，她指尖輕撫著我雙手那些在鐵工廠所受的小傷口，用很溫柔的聲音說：「這樣不好。」

「妳眞的覺得我應該回到跟音樂有關的工作領域嗎？」我很認眞地問。

「我只是不希望你這樣討生活。」她說：「至少，我不會希望自己喜歡的男人這麼辛苦地工作。」

黎明時分，桃子抱著我的手又睡著。這才是她眞正卸下武裝的時候吧？長長的睫毛，薄薄的嘴唇，還有白皙的皮膚。又過了大約十來分鐘，我小心翼翼地把手抽出來，口渴地走下床，想看看房間裡有沒有水喝。在這裡住了一段時間，卻從來沒有走進桃子的房間，平常我們的貼身衣物都自己洗，只有外衣或長褲才會丟在洗衣機裡一起洗滌，如果是我幫她摺衣服，通常摺好也只會放在她房門口。擅自走進女孩子的房間是很不禮貌的舉動，我這樣認爲。不過想想也挺匪夷所思的，第一次走進這女孩的房間，我居然就跟她上床了，而且她還是我認識超過十年的對象，感覺很奇怪，以前我甚至有點怕她呢。

桃子的房間跟外面客廳一樣，都沒有多餘的擺設或裝飾，甚至連梳妝台都沒有，就只在書桌前的檯燈下方擺了一面小鏡子，旁邊有幾瓶零星的化妝或保養品而已。書桌的另一邊，幾乎全都是唱片。我拿起擺在桌緣的礦泉水，就坐在書桌旁邊喝了起來。昏暗的房裡除了我灌水的吞嚥聲，幾乎什麼也聽不到，外面的雨已經停了，但水痕漬滿了玻璃窗，外面天還沒完全亮起，只有一片藍黑色。我一邊喝水，一邊看著側睡的桃子，心裡忽然又想起那個疑問，她究竟何時開始對我有感覺的？國中二年級我開始學中提琴時，大家都一樣青澀懵懂，那時我們不懂愛；高中以後，每個人都忙於學校活動，我們沒時間懂得愛，當有一天柚子說他喜歡小橘時，我還覺得不可思議。爲什麼是我？從何時開始？我忽然好想知道這些。眼前的女孩沒有開口，她只是安靜地睡著，而我忽然有了另一種完全不同的感覺，原來她是屬於我的，至少她願意如此。但我呢？我還能屬於誰？或者，像我這樣的人，還有資格屬於誰嗎？以前在東京時，渡邊經常找我去喝酒，喝多了以後，長相很帥氣的他總會找一樣寂寞的單身女孩們搭訕，玩玩一夜情，雖然我一次也沒去過，但心裡卻經常懷著疑問：難道這完全沒有責任嗎？或者說，做愛就是做愛，但其實只是做而已，卻沒有愛？

於是我又看看桃子，這個女孩是我愛的人嗎？一時間我感到糊塗了，究竟怎樣才能算是愛？是明知早已不可能再回來了，卻又存在於我長久思念中，那割捨不下的記憶裡的青春幻夢嗎？抑或是眼前這再清楚不過的眞實呢？我能爲桃子做什麼？如果當年選擇走上絕路的人換成是她，我會不會一樣難過悲傷到需要遠走他鄉的地步？不管怎麼想，我都想不出答案，直到把半瓶水全都喝完，我才忽然發現，這根本無從比較起，因爲小橘是小橘，桃子是桃子，生死是已經發生的事情，不能做這種過於草率的比較。

我嘆口氣，想點亮小檯燈，也許這時候不該想太多，不如還是穿好衣服，回我的客廳去睡小沙發。伸手要去摸檯燈的開關時，手背忽然被什麼毛毛的東西劃過，我嚇了一跳，趕緊把手抽回，還差點碰倒了小鏡子。小心翼翼地，我看見檯燈的骨架上似乎掛著一束什麼東西，把燈點亮後，這才瞧得清楚，那是一束很短的馬尾，不過幾公分長，用一條金色的橡皮髮束給束著。看著那束頭髮，我出神了好久好久，腦海裡有個早被遺忘的記憶片段流過，那年，我高二，就在展演上台前，大家覺得我的造型有問題，七嘴八舌地討論後，桃子認爲頭髮最怪，於是就在後台，她直接把我原本已經稍長的頭髮給隨手修剪了一番。當時，她臨時用來束起我後腦那撮頭髮的，就是這條金色的髮束，而那已經是將近十年前的事了。看得癡傻，我忽然想到好多以前的畫面，但那些卻全都不是平常我念茲在茲的內容，我想起有一次，一群人從學生餐廳出來，分明坐得離我很遠的桃子，卻發現我忘在餐桌上忘記帶走的松香，她沒多說什麼，只是把東西丟還給我；也想起那年，她是第一個察覺到我也喜歡小橋的人，以前我總不解，究竟她爲什麼會猜到，但其實柚子早就在不經意間給了解答，他說當一個人喜歡上另一個人時，不論怎麼掩飾，言行舉止間總會露出破綻，即使僞裝得再好，只要有心，終究還是察覺得出來。所以當我們去南投山上玩時，她才會又一次地問我，究竟我對小橋的感覺是什麼。還有太多太多的記憶，包括那些她早就已經對我付出，但卻完全無人知曉的細微動作，這些其實我都記得，只是從來沒注意過，因爲那麼多年來，我的目光焦點都在小橋身上，根本就忽略了桃子，而她卻始終都把這心事藏在心裡，不但未曾說出口，甚至還鼓勵我去追求自己想要的幸福。直到我孑然一身地從日本回來，在最窮途潦倒、毫無目標的時候，她才告訴我那個心裡藏了多年的祕密。或者對她來說，會認爲唯有在我毫無其他選擇，想離開也離不開的時候，才能眞正屬於她。這是何其卑微的想望，而我竟然從來沒好好體會過，原來看似堅強與頑固的外表下，桃子有這樣的心思與想法。

看著那束頭髮好久，最後我長嘆口氣，正想伸出手去摸摸那搓頭髮，背後卻傳來桃子的聲音：「別摸，那是收藏了我將近三千個日子以來所有回憶的東西。」

我回頭，她眼睛還沒完全睜開，撐起了身子，薄薄的棉被蓋住她身子，但露出了光滑的右邊肩膀。

「妳居然還留著它。」

「兩個原因。第一，那天晚上，我喜歡的人，他要跟他喜歡的人一起演奏，我希望他是開心的，組合是完美的，所以我要讓這個男孩用最好的樣子出場；第二，我吃醋，雖然很想亂剪一通，但是沒想到自己原來手藝不差，居然剪得還不賴。」

苦笑，沒想到當年桃子動刀時居然想了這麼多，我看著那束頭髮，想把它拿下來時，桃子雖然還惺忪著，但口氣卻非常認眞，她對我說：「你要碰它之前，最好先想清楚，因爲對我來說，有些事情，一旦開始了，就永遠沒有回頭路了，比如愛情。」

聽完，沉默了半晌，所有往事飛快地又閃過一遍，那瞬間我已經再沒有任何對她或對自己的懷疑，如果我們都一樣，只剩下殘缺的靈魂，那至少在未來的歲月裡，我們誰都不應該再輕易地傷害彼此，或讓每個人的心中再留下遺憾了吧？桃子只有平靜的神情，她靜靜地看著我，像在等待一個答案。沒有說話，最後我再回頭，輕輕地從檯燈上摘下了那搓頭髮。

※我們其實都是殘缺的靈魂，或許從此只能如此相濡以沫地活著。

50

「曲子的和絃很簡單，但是中間太多次轉調，所以一定要有漸層感，不能說轉就轉，那太突兀，也太草率，跟原本的曲風會不相符合。原本的主旋律是雙簧管，我們可以改用中提琴，低音的伴奏當然是低音大提琴，而我跟柚子就做雙鋼琴的部分。」接著，龍眼把譜翻開，一一說明每個段落所要求的部分。我對當年那場演奏已經沒剩下多少印象，每次想起，腦海裡幾乎都只有小橘的身影，至於旋律如何，卻只記得一些片段，即使在東京曾聽龍眼又獨奏過一次，但曲子高低轉折實在太多，也難以記得清楚。此刻對著曲譜一一細看，這才驚嘆於當年小橘譜曲的才華。

「她如果還在，一定可以寫出更多更經典的曲子。」仔細地看完譜，桃子嘆口氣說。她平常做錄音工作，別人的歌聽得多了，通常都沒有什麼反應，但看完這首曲，卻也跟我有一樣的感想。

「時間不多，能練習的機會也很少，大家有沒有問題？」龍眼看看大家，而我們都一致搖頭。

大媽有她自己的辦公室，平常很少遇到，難得我們開會時她進來過幾次，總是面帶微笑地問大家有沒有其他需要。我知道她很想幫忙，畢竟小橘是她的直屬學妹，能在這時候辦一場追思音樂會，是一件很有意義的事。十年前那一晚，我們都因爲小橘的死而使得生命從此殘缺，但也在十年後，我們何其有幸，還能聚在一起。

那已經是一年前的事了，鐵工廠的老闆很高興，他終於不用提心吊膽，怕我這個後起之秀眞的自立門戶，搶走他的生意。我撥了電話給大媽，她很爽快地叫我過去面試，而且不過一杯咖啡的時間，我就被錄取聘用。說是香火之情也好，或是因爲小橘而愛屋及烏也好，我都覺得她眞正的意圖還是在龍眼身上，那場面試，話題很少跟我這個主角有關，大媽問來問去，還是在問我有沒有龍眼的消息。

而那之後沒多久的一個晚上，幫一個要求很多的樂團錄完音，桃子跟我都筋疲力盡，她幾乎連續兩天不眠不休，而我除了文化中心那邊的行政事務，回家也得跟她接力一起工作。好不容易才完工，正想一起出去覓食，沒想到電話響起，柚子說他跟龍眼就在樓下。

「你這樣子看起來像樣多了。」端詳已經兩眼無神、非常恍惚的我一番，柚子說現在的工作眞是太適合我了。

「我寧可只負責訂便當就好。」我說。眞懷念以前展演時的工作，現在才覺得那眞是美好。

「看來妳在日本眞的找到了好東西。」另一邊，龍眼叼著香菸，看了我一眼後，他對桃子說。

「還好，說是璞玉，但其實也是頑石。」一樣也叼著菸，雖然疲倦，但是口氣依舊倨傲，絲毫不下於龍眼。桃子也看我一眼，說：「要讓一顆石頭聽懂人話可眞難。」

「至少現在算是成功的？」龍眼問。

「孺子可教。」而桃子點頭。

我很像一顆石頭嗎？那天晚上回家後，我問桃子。她洗過澡，根本就跟以前我認識的她完全不一樣了，穿著寬大的上衣，抱著抱枕，賴在我的床邊，手上拿著的是晚上龍眼印給大家的樂譜，但眼睛根本沒在看，我發現她的目光焦點其實都在電視螢幕上。桃子說我當然是石頭，當每個人都知道什麼才是對的時，只有我還堅持自己的想法跟感覺。

「不過與其說是石頭，不如說是烏龜，而且是只躲在自己世界裡的烏龜。」她說。

「所以以前的小橘也是烏龜嗎？」我停下手上的筆記，轉過頭來問她。

「至少她是漂亮的烏龜，而你充其量不過是一隻會說日文的烏龜。」

「去你媽的。」然後我手上的筆就朝她飛過去了。

我還是不曉得這樣能不能算是愛情，但至少跟桃子在一起時，自己的心是平靜的，儘管我們還是會經常提到小橘，但桃子總明白地讓我知道：只要我願意更積極一點地面對未來的人生，她對我思念小橘的事並不在意。最後我聽了她的建議，婉拒了鐵工廠老闆的盛情好意，選擇留在桃子的住處，也順利在文化中心上班，同時幫忙協助錄音，只是從此以後桃子就不肯繼續支付我薪水了，她說那點薪資只夠當作是我補貼房貸的部分。

那個晚上，龍眼剛下飛機，就約了柚子一起來，他剛結束香港的活動，原本應該跟著樂團，直接飛往美國的，但是卻中途請假，跑回台灣。在全天候營業的茶店裡，他提了一個提議。

「我覺得你這根本不能算是提議，你自己早就決定了，只是要大家照做而已。」桃子瞪他一眼，然後打了個哈欠。我伸手過去，幫她按摩一下肩膀。

「在單身的人面前表現親熱是有罪的。」瞄一眼，龍眼又繼續說：「所以這個構想很簡單，原本我最擔心的是場地問題，但現在蓮霧在文化中心上班，一切就好解決了。」

「說是我在文化中心上班，不如說大媽對你還餘情未了，你龍眼哥提出來的要求，她還有什麼拒絕空間？」換我將他一軍。旁邊柚子說既然要辦演奏會，不如盛大舉行，把以前認識的人全都找回來，雖然老鼠跟技安妹早就不知道消失何方了，但他最近跟育舒倒是有聯絡，那個男人婆參加的舞團也正在籌備公演。

「那我來問比較快。」我冷笑一聲，說：「他們劇團租用場地的案子現在是我在審，能不能過關是看我臉色。」

大家都笑了出來，說是風水輪流轉，以前是育舒瞧不起我們音樂科，現在可好，還真是報應不爽。不過就在那一陣笑完後，龍眼卻說我現在的刻薄樣子跟桃子愈來愈像了。

「所以呢，決定怎麼樣？別管他媽的什麼舞團了，就我們自己弄這個音樂演奏會，要不要？」他把手一攤，問大家意見。

「你一向是老大，你說了算。」柚子先點頭。

「我沒有說不要的理由。」桃子也說。然後大家一起看著我。

「我有很多很多話想對她說，十年了，那些好的與不好的記憶，直到今天我都還念念不忘，在她死後，我一直覺得自己是殘缺的，好像生命或靈魂有一部分也跟著她一起死去，所以只好窩囊地逃走，還自以爲可以躲到一個跟那段記憶完全無關的世界裡去。沒想到一轉眼就這樣過去了十年，最後我終於還是回到這城市，還是回到這裡。不過，我覺得很慶幸，至少當我再回來時，才發現你們都沒放棄我。」看著桃子，我只剩下感激與感動的心情。「以前小橘最愛說的兩個字是謝謝，現在我也要這樣對你們說。她曾經是我最大的夢想，也是唯一的寄託，即使到了現在，我還不是很明白自己的愛情究竟是怎樣的，但至少我有桃子願意陪我，也有你們兩個好朋友，不管基於什麼理由，就像當年龍眼說的，我們五個人少了誰都是殘缺，也像柚子說的，其實小橘還在，只要我們對她還有思念，她就不曾眞的離開過。」我把手伸出來，握著桃子，眼裡不知何時已經流下了眼淚，但還是繼續說：「曾經，小橘的死是我心裡無論如何都解不開的結，但或許就像桃子說的，小橘離開後，其實我們每個人就都殘缺了。所以爲了我自私的遁逃，我也要跟你們說聲抱歉。但那是以前，現在跟以後都不會了，雖然那個結依舊在，但我還是會努力往前走，就像你們一樣，至少爲了桃子，我會好好地，也勇敢地活著。」

「別以爲你是主角就可以佔用篇幅地說個沒完喔。」龍眼無視於我的眼淚，他說。

「你可以給答案了嗎？要或不要，最多只需要兩個字就好了。」柚子也說。

「我很感動，但也要提醒你，把我弄哭的下場可不好過。」連桃子都這麼說。

「那就辦吧，這是我們唯一能爲她做的，也是我們非做不可的。」於是，我說。

⁂一場追思紀念音樂會，在她逝世十週年後。

給我們最親愛的小橘。

就在最華美瞬間灰飛煙滅，埋葬我滑落眼角墜地的淚，
掬一把流逝而過三千弱水，留一滴掌中末了消散的美。
清醒著，走一回，白花繽紛天空點綴。

當容顏如曇花委地時，有妳是我漂泊時晨露相隨，
請牢記我如此禱告終夜，即便早已記憶成了灰。
我願化身鬼魅，但求思念最深處原地徘徊。

就吻妳嘴哪，就吻妳眉，就吻妳唇哪，就吻妳淚。
就吻妳嘴哪，就吻妳眉，就吻妳唇哪，就吻妳淚。
妳是晨雨後醒來的玫瑰從不枯萎，我是葬送了軀殼的殘缺靈魂在飛。

〈弱水三千〉

場地不大，與會的幾乎都是闊別多年的面孔，李老師他們夫婦都在，因爲得了肺癌而終於戒菸的莊老師也在，當然衝著龍眼的名氣而來的聽眾也不少，有些則是柚子的學生，另外還有一群看起來不像正常人的傢伙，他們是我跟桃子邀請來的客人，這些玩搖滾樂的小鬼一輩子也許只有今天這個機會可以聽聽古典樂器的演奏。

大媽充當主持人，開場時先跟所有來賓介紹了我們所要紀念的主角。小橘的遺照就安放在舞台最後方，那是一張她笑得很甜美的照片，就拍攝於她生前最後那場雙簧管的演出之後。白色的禮服，亮眼的五官，還有淺淺的梨渦。而遺照前面的琴盒裡，放著她最心愛的雙簧管。當年，她用這支雙簧管，吹奏出讓全場聽眾心醉神馳的曲子，音樂是她唯一能夠精準傳達感情的途徑，而今晚，我們不能辜負她。其實，不管是否用的是音樂，我們都知道她對每個人的關心與愛，那早在最後一場演奏會前，她就已經讓所有的人都明白了。

大媽介紹完畢後，首先邀請龍眼致詞，可是西裝筆挺的龍眼走到台前，看了台下的觀眾一眼後，卻說：「其實，我跟小橘不太熟。」這句話讓全場譁然，但是龍眼絲毫不以爲意，接著又說：「君子交如水之淡，我認識的小橘就只是小橘，是個誰有事找她幫忙，她都不會拒絕的人。如此而已。所以，我想把麥克風交給眞正認識小橘的另一個人。」

那種感覺是有點尷尬的，當龍眼走開後，舞台中央只剩下我一個人。站在台上演奏樂器是一回事，講話又是另外一回事。我看看台下的面孔，不管熟或不熟，都只覺得有點畏懼，正想轉頭向舞台邊的其他人求救時，卻瞥見小橘甜甜笑著的遺照，那笑靨彷彿在給我勇氣一樣，我甚至感覺到她就在我耳邊鼓勵我，叫我勇敢開口。

「我今年快三十歲，」於是我湊近麥克風，腦袋裡沒有半點雜緒，很自然而簡單地說：「十年前的今天晚上，我聽到一首用雙簧管吹奏出來的創作曲，那位作者已經不在人世間，而我何其有幸，曾在高中時跟她有過一次合奏。這位優異的雙簧管演奏家，她是有資格被稱爲演奏家的人，因爲當年的今夜，她用自己的音樂，打動了那時候在現場的所有聽眾，當然也包括我在內。雖然自從高中畢業後，我就離開了有音樂的環境，但這三十年裡，那一晚我聽到的雙簧管獨奏曲，確實是這一生當中，長存在我心裡，最完美的旋律。」我說。

而後燈光漸暗，我在心裡對自己說，就演奏吧，爲了永遠活在我們心中，最美的小橘。工作人員把中提琴跟弓交給我時，桃子也走向她的低音大提琴，擦肩而過時，她溫柔地對我說：「親愛的，加油。」

「等等……」不知道爲什麼，明明燈已經亮起，柚子跟龍眼都已經就定位，但我卻輕輕地拉住了她的手腕。今天晚上的桃子很美，雖然仍是俐落的短髮造型，但她難得地穿上一襲連身的黑色長裙，荷邊窄袖下是細長的雙臂。這突如其來的舉動讓大家都爲之一愣，連我自己都有點錯愕。

「你不先表演嗎？我們要不要……」也傻眼的桃子先看了一下四周，又看看台下納悶的觀眾，她說：「有什麼話，要不要等表演完，下去以後再說？」

「但是我現在很想告訴妳。」我知道就是現在，當我站在台上，對著全世界傾訴自己對小橘的無限思念後，有些感覺，我非得現在告訴桃子不可。「直到現在，我還是不能確定自己心裡的愛情究竟是什麼樣子，可是，我知道現在妳是我最重要的人，也許明天會變成什麼樣子，我們誰都不能預料，然而，就算明天早上醒來，這世界就會毀滅，我希望至少在睜開眼睛時，還能握著妳的手。」我說

※那，其實就已經是愛情了。

後來在場的每個人都這樣對我說。

【全文完】

·後·記·

那年我心中最美的旋律

這樣近乎飢渴式地想要寫完一篇小說，是嘗試寫作多年來的唯一一次，腦海裡無時無刻都在構想故事的感覺非常令人興奮，但強烈的壓迫感也讓人幾乎崩潰。從來，我不曉得寫作是可以這麼誘惑且迷人的。很規律地，星期五、六、日跟星期一的白天都忙於各類瑣事，且於開車、洗澡、吃飯或任何一個可以動腦的當下思索著故事的下一幕；而每週的二、三、四則以一天將近一萬字，或根本就超過一萬字的速度在進行。大約從二〇一〇年的三月中開始創作這部作品，然後月底之前寫完。沒有趕稿壓力，只是純粹地想寫完它。那不是我自己積極催生故事，比較像是故事本身急著從手指下竄出來，躍然而成它獨立的存在。

於是，即使晚上忘了把存好檔案的隨身碟帶回住處，但我還是騎著機車，冒著應該是初春的最後一波寒流，只穿短褲，到店裡拿檔案，就爲了寫完最後兩集跟這篇後記。

我很想用這個故事來紀念一位已經離開世間的朋友，曾經我們很要好，曾經我們也交惡，甚至斷絕往來，但數年後，當我們終於又間斷有了聯繫時，她卻在二〇〇九年末的跨年夜前車禍去世，得年甚短。而得知她逝世的消息後，不到五分鐘的時間，我正要跟樂團一起上台演出，用音樂讓全場觀眾慶賀跨年。

不若那更前八個月，奶奶辭世時，一聽知消息便痛哭失控的情緒崩潰，我一直到了她頭七的那天，幾個好朋友去上香致意後，獨自開車去新竹找當時人在台灣的父親時，才在高速公路的夜車上淚流不止。那張遺照裡，我最要好的朋友笑靨依舊，彷彿從來不曾離開過。而上香後，我們幾個朋友一起去唱歌，雖然都笑著，然而我相信，那時沒有人是眞正快樂的，因爲我們幾個把酒高歌的這一幕，就是朋友生前最大的心願，她很想把這些人全都湊在一起，陪她一起做這件事。那時終於我們完成了，但她卻不在了。死別是令人無法挽回的極度創傷，無論日後如何追思，也不管做多少補償，逝者已矣，就注定了是永無追挽的餘地。

那天晚上，是父親留在台灣的最後一晚。一年時間，我只見到他兩次面，每次都短暫不過寥寥幾個小時。而當晚一別，下次見面又不知何時，而日漸老邁的父親還能有多少體力應付中、台兩地來回奔波？生離，是讓人非得期待，卻又難以甘願承受的期待，能把握的相聚是如此短暫，而習慣浪費生命的人類，又眞懂得什麼叫作把握？

所以我寫了一篇跟生離、死別有關的小說，是紀念已經離開的朋友，也是獻給父親，並企圖在漫長的文字中，向所有值得紀念與想念的人或物或事致意。大概是基於這樣的心情，所以才有了十多年來頭一回，這麼用力地想寫小說的衝動與渴望。儘管後記至此，我還有小說完稿後，悵然若失的迷茫感。

很長的故事，含後記已經超過十三萬字，歷年來出版的小說當中，這應該可以擠進字數爆炸的排行榜，大概可與《約定》跟《大度山之戀》同列。會寫這麼長，是因爲前面幾本都很短，都太專注於情感的描寫，而忽略了其他的部分。

但我在想，年輕的生命裡難道眞的只有愛情嗎？小說前面很長的篇幅都著墨於人物的校園生活，儘管看似嬉笑怒罵，但那卻是影響人物後來每一個決定的重要部分，那些曾經有過的美好與喜悅，才突顯出失去後的孤寂與落寞。所以我沒有刪減的打算，只想按照構想好的感覺與架構繼續寫下去，只有如此，他們五個人的青春才是完整的。

生或死都一樣，都是生命的一部分，誠如村上春樹先生在《挪威的森林》裡所描述，死不是作爲生的對極而存在，而是早已包含在生的當中，成爲生命的一個必然走向。不過即便如此，大部分的人，連我在內都一樣，我們都是害怕死亡的，儘管一再告訴自己，死亡其實並不恐怖，然而誰又能眞正超脫，讓還活著的靈魂獲得眞正的救贖？那些對美好回憶的不捨，以及對所愛之人的眷戀，又怎麼是說放就能放下的？究竟是死者的一切剝離比較殘忍，還是生者無盡的遺憾比較讓人感慨，這是小說已經寫完的這當下，卻依舊沒有答案的問題。在短短八個月內，接連失去生命中兩個最重要的人之後，我也沒有眞正懂過。

相信在這篇故事完成後，我會有好長一段時間無法再好好寫一部長篇小說，因爲幾乎所有的力氣都消耗光了。寫作是跟自己的一場拔河，感謝主，讓我在這次競賽中僥倖獲勝，當所有人都告訴我，日光燈下，我的臉孔看起來呈現的是黃綠色，店裡的人開始禁止我接觸酒精類飲料，而動不動就頭暈目眩的毛病愈來愈頻繁發生時，我想，也許就是暫時休息的時候到了。

在此感謝哖同學提供大量音樂科的相關資料，以及關於古典音樂的知識，也感謝容忍我寫作期間異常的歇斯底里與丟三忘四，只好一再替我收拾殘局的朋友們，還要感謝給這個故事很多啓示的村上春樹先生及他的大作《挪威的森林》，與當小說付梓後，願意不計較篇幅太長，繼續支持我的所有讀者朋友。謹以這故事獻給每個人，以及那些雖然不在身邊或世上，卻始終常在我們心裡的重要的人，是他們的存在，才讓每個人心中都有了一首最美的旋律。

穹風　二○一○年三月二十五日清晨，於沙鹿

國家圖書館出版品預行編目資料

那年我心中最美的旋律／穹風著. －－初版. －－臺北市：
商周出版：家庭傳媒城邦分公司發行, 2010.06（民99）
面；　公分. －（網路小說；155）

ISBN 978-986-6285-96-7（平裝）

857.7　　99008914

那年我心中最美的旋律

作　　者／穹風
企畫選書人／楊如玉
責任編輯／楊如玉

版　　權／翁靜如
行銷業務／甘霖、蘇魯屏
總經理／彭之琬
發行人／何飛鵬
法律顧問／台英國際商務法律事務所　羅明通律師
出　　版／商周出版
台北市104民生東路二段141號9樓
電話：(02) 25007008　傳真：(02) 25007759
Blog：http://bwp25007008.pixnet.net/blog
E-mail：bwp.service@cite.com.tw
發　　行／英屬蓋曼群島商家庭傳媒股份有限公司城邦分公司
台北市中山區民生東路二段141號2樓
書虫客服服務專線：(02) 25007718、(02) 25007719
服務時間：週一至週五上午09:30-12:00；下午13:30-17:00
24小時傳真專線：(02) 25001990、(02) 25001991
劃撥帳號：19863813；戶名：書虫股份有限公司
讀者服務信箱：service@readingclub.com.tw
城邦讀書花園：www.cite.com.tw
香港發行所／城邦（香港）出版集團有限公司
香港灣仔駱克道193號東超商業中心1樓
E-mail：hkcite@biznetvigator.com
電話：(852)25086231　傳真：(852) 25789337
馬新發行所／城邦（馬新）出版集團【Cité (M) Sdn. Bhd. (458372U)】
11, Jalan 30D/146, Desa Tasik, Sungai Besi,
57000 Kuala Lumpur, Malaysia.
電話：(603)90563833　傳真：(603)90562833

封面設計／斐類設計
排　　版／新鑫電腦排版工作室
印　　刷／鴻霖印刷傳媒股份有限公司
總經銷／聯合發行股份有限公司
電話：(02)29178022　傳真：(02)29156275

■2010年6月29日初版
■2011年5月24日初版13刷

Printed in Taiwan

商周出版 部落格

定價200元

 ISBN 978-986-6285-96-7

商周出版

廣告回函
北區郵政管理登記證
台北廣字第000791號
郵資已付，免貼郵票

104台北市民生東路二段141號2樓

英屬蓋曼群島商家庭傳媒股份有限公司　城邦分公司

請沿虛線對摺，謝謝！

商周出版

書號： BX4155	**書名：** 那年我心中最美的旋律	**編碼：**

請於此處用膠水黏貼

商周出版

讀者回函卡

謝謝您購買我們出版的書籍！請費心填寫此回函卡，我們將不定期寄上城邦集團最新的出版訊息。若在2010年7月31日前回覆此回函卡（以郵戳為憑），即有機會獲得創見MP3一只（共三個名額）。贈獎名單將於8月10日，同步公布於商周出版及商周網路小說部落格。

姓名：________________

性別：□男　□女

生日：西元________月________日________

地址：________________

聯絡電話：________________　傳真：________________

E-mail：________________

職業：□1.學生 □2.軍公教 □3.服務 □4.金融 □5.製造 □6.資訊

□7.傳播 □8.自由業 □9.農漁牧 □10.家管 □11.退休

□12.其他________________

您從何種方式得知本書消息?

□1.書店□2.網路□3.報紙□4.雜誌□5.廣播 □6.電視 □7.親友推薦

□8.其他________________

您通常以何種方式購書?

□1.書店□2.網路□3.傳真訂購□4.郵局劃撥 □5.其他________

您喜歡閱讀哪些類別的書籍?

□1.財經商業□2.自然科學 □3.歷史□4.法律□5.文學□6.休閒旅遊

□7.小說□8.人物傳記□9.生活、勵志□10.其他________

對我們的建議：

____

____

____

____

請於此處用膠水黏貼